»Der wilde Osten«: Junge Autoren erzählen von Kindheit und Jugend in der DDR. – Wie wild, brav, grau, schön oder deprimierend, wie erotisch, monoton, gefährlich, aufregend oder einfach normal waren die 70er und 80er Jahre in der »Zone«? Waren Braunkohle- und Zweitaktgerüche, FDJ und Jugendweihe die bestimmenden Größen? Der Ungarn-Urlaub? Oder die Suche nach den richtigen Jeans?
Wie sah es hinter den heute geläufigen Klischees wirklich aus – oder sind das vielleicht gar keine Klischees?
Die hier versammelten Autoren schreiben neueste deutsche Literatur im wahrsten Sinne des Wortes: Sie sind in dem einen System groß geworden – und sollen es heute in dem anderen sein. Wer also könnte besser in Worte fassen, was Aufwachsen in Deutschland bedeutet? Und wer könnte einen schrägeren, gebrocheneren und damit oftmals so viel direkteren und klareren Blick auf unsere »blühenden Landschaften« werfen?

Roland Koch, geboren 1959 in Hagen, lebt als freier Schriftsteller in Köln. Er veröffentlichte unter anderem zahlreiche Kurzgeschichten, den Erzählband ›Helle Nächte‹ (1995) sowie die Romane ›Die tägliche Eroberung‹ (1991), ›Das braune Mädchen‹ (1998) und ›Paare‹ (2000).

Unsere Adresse im Internet: www.fischer-tb.de

INHALT

VORWORT

> Jeder bekommt seine Kindheit über den Kopf gestülpt wie einen Eimer. Später erst zeigt sich, was darin war. Aber ein ganzes Leben lang rinnt das an uns herunter, da mag einer die Kleider oder auch Kostüme wechseln wie er will.
> *Heimito von Doderer*

Die Autorinnen und Autoren dieses Bandes haben eines gemeinsam: Kindheits- und Jugenderinnerungen an den real existierenden oder bereits untergehenden Sozialismus, die Erfahrung von Wende und Wiedervereinigung in jungen Jahren.
Ende 1998, fast zehn Jahre später, als die ehemalige DDR längst zu den neuen Ländern geworden war, kam ich zum ersten Mal in den Osten, nach Leipzig. Ich war eingeladen, mit Studierenden am Deutschen Literaturinstitut zu arbeiten. Schon auf der Fahrt vom Flughafen in die Innenstadt spürte ich eine besondere Nähe, eine Anziehung und eine Neugier, die sich in den nächsten Monaten noch verstärkte. Was hatte ich 38 Jahre am Westrand Deutschlands getan? Was versäumt? Unter welchen Bedingungen war ich aufgewachsen? Und wie hatten die jungen Schreibenden, die in meine Seminare kamen, in der DDR gelebt? Aus Begegnungen und Gesprächen in Leipzig entstand die Idee zu dieser Anthologie. Sie sollte nicht nur die üblichen Namen versammeln. Sie sollte ein Anlass sein, über etwas zu schreiben, das noch nicht in weiter Distanz lag. Waren die 70er und 80er Jahre im Osten wild, brav, grau, deprimierend, monoton, erotisch? Welche Rolle spielten politische oder autoritäre Strukturen in den Familien?

»Der wilde Osten«? Die meisten Reaktionen der Angesprochenen waren spöttisch, ungläubig, ironisch. Dennoch haben sehr viele der eingeladenen jungen Autorinnen und Autoren auf das Thema reagiert. Mit anderen Texten, als ich erwartet hatte. Mit Geschichten, die Alltagserlebnisse beschreiben, die viel konkrete Erfahrung festhalten. Mit verrätselten Texten, in denen die DDR nicht sofort zu erkennen ist. Mit Kindheitsgeschichten, die auch im Westen hätten spielen können. Genau das war das Spannende: Wie kann ein politisches System Kindheit bestimmen? Oder unterscheiden sich Biografien aus ganz anderen Gründen?
Mir ging es darum, ein Spektrum verschiedener Stimmen und Standpunkte zu sammeln, verschiedener Erfahrungen, verschiedener Schreibweisen. Es gibt bekannte Namen unter den Autorinnen und Autoren, viele neue, die zu entdecken sind. Bis auf wenige Ausnahmen wurden alle Texte eigens für diesen Band geschrieben.

Köln, April 2002 Roland Koch

VOLKER H. ALTWASSER

PRAG

»Lass doch das arme Tier!«, sagte Mutter, aber er hörte nicht auf sie. Er hielt sich am Käfig fest und jagte den Wellensittich. »Komm her, du Mistvieh, du wirst gewaschen jetzt!«, wiederholte er. Ich umklammerte Mutters Bein. Sie legte ihre Hand auf meinen Kopf. Er fing Putzi und holte ihn aus dem Käfig. Als er sich umdrehte, lachte er mich an. Aber ich drückte mein Gesicht an Mutters Schenkel. Sie setzte sich, nahm mich auf den Schoß und hielt mir die Hand vor die Augen. »Das tut dem Vieh gut, das stinkt doch so!«, sagte er und ging aus dem Wohnzimmer. »Papa ist wieder betrunken.«, sagte Mutter, aber das wusste ich schon. Ich kletterte von ihr herunter und ging ihm ins Bad hinterher. Er hielt Putzi mit der linken Hand fest. Mit der rechten hielt er die Brause und duschte ihn ab. Putzi krächzte und jammerte bald nur noch. »Papa.«, sagte ich. »Vögel müssen ab und zu gewaschen werden.«, sagte er. »Papa.« – »So, das reicht schon.« Endlich schaltete er die Dusche ab. Er setzte Putzi auf die Wäscheleine. Putzi schüttelte den Kopf. Er ließ die Flügel hängen und sah mich an. Ich ging zur Badewanne und wollte ihn streicheln. Aber ich reichte nicht bis zu ihm. »Warte noch. Ich muss ihn erst trocknen.« Vater holte einen Föhn, schaltete ihn an und hielt ihn auf Putzi. Putzi schleppte sich ein paar Schritte weg, versteckte seinen Kopf im Gefieder und fiel in die Wanne. Es klang matschig und hohl. Ich streichelte Putzi, aber Putzi bewegte sich nicht. Seine Flügel lagen neben dem Körper. Vater hob ihn hoch. Ich sah ihn fest an, aber er sagte nichts. Ich ging ihm in die Küche hinterher und sah zu, wie er Putzi in Butterbrotpapier wickelte, ein Kühlschrankfach leer räumte und Putzi genau unters Eisfach legte. Als die Kühlschranktür zuging, hörte sich das fast wie Putzis Tod an. Vater schloss die Küchentür, drehte den Schlüssel um, setzte sich an den Tisch und sagte, dass ich mich zu ihm setzen soll. Ich setzte mich ihm gegenüber und sah aus dem Fenster. Er holte etwas aus seiner Hosentasche, öffnete es und nahm etwas heraus. Er zählte laut bis zehn und legte bei jeder Zahl einen blauen Geldschein auf den Tisch. »Aber sag deiner Mutter nichts. Versteck's!«

Ich erinnerte mich nicht, wie er damals ausgesehen hatte. Während ich die Wohnungstür zuschloss und die Treppen von der fünften Etage nach unten ging, fiel mir wieder ein, dass ich das Geld damals nicht versteckt hatte. Kaum war er mit Putzi in der Hand gegangen, hatte ich Mutter geholt und ihr die Scheine gezeigt. Sie hatte sie genommen und ein Sparbuch für mich eingerichtet. Vor zwei Jahren hatten wir davon ein Wandregal und eine Liege für mein Zimmer in unserer Neubauwohnung gekauft. Ich zog die Haustür hinter mir ins Schloss und steckte die Hände in die Jackentaschen. Ich wollte nicht zu i-hm gehen. Ich sollte zu i-hm gehen.
An unserer Stammkneipe hatte ich mich mit Ronny und Jens verabredet. Sie lag am Ende der Hauptstraße, gegenüber der Schule, die einer Tumba ähnelte, auch wenn ihr die figürliche Darstellung auf der Deckplatte fehlte. Sie musste sich mit einem Holzschild begnügen, das an die Hauswand genagelt war. Die Abschlussprüfungen lagen hinter uns. Unsere letzten Ferien waren schon drei Wochen alt. Ich riss ein Grasbüschel aus dem Vorgarten und schleuderte es gegen das Holzschild, auf das die schmiedeeisernen Buchstaben ›KARL-MARX-OBERSCHULE‹ aufgeschraubt waren. Ich traf mitten ins O.
Ich war auf dem Weg zu i-hm. Gestern Abend hatten Ronny, Jens und ich im Anker gesessen und überlegt, wie wir zum nötigen Reisegeld kommen könnten. Wir wollten nach Prag. Wir wollten unsere letzten Ferien nicht einfach nur absitzen. Dazu mussten wir Uwe mitnehmen. Uwe und ich, wir wa-

ren die beiden einzigen in unserer Klasse, die ein Moped hatten. Ich hatte eine Schwalbe elektronic; Viergang! Eine Schwalbe mit vier Gängen war das Meisterwerk unter den Mopeds, die aus Zwickau kamen. Der Klang ihrer Auspuffgeräusche war zuerst immer weich und wurde dann härter; direkt, aber selbst im vierten Gang nie überheblich. Die Karosserie hatte keine Ecken oder Kanten; alles war ausgeformt. Egal wo man sie berührte, überall spürte man etwas Gerundetes, Angenehmes in der Hand. Sie wirkte auf den ersten Blick wie eine strebsame Neuntklässlerin, aber wenn man mit dem linken Zeh den Ganghebel ganz nach oben drückte, ein Geheimnis, das nicht viele kannten, den Gasgriff bis zum Anschlag drehte, dann zeigte sie ihren wahren Charakter. Dann flirtete sie und amüsierte sich mit dem Fahrer über die Langsamkeit der Enduros und das Stottern der S 51'er. Die Schwalbe elektronic Viergang hatte es nicht nötig, ihren Motor vorzuzeigen. Sie war eine Dame. Keine von den Huren, die an jeder Straßenecke ihr Innerstes ins Licht hielten. Leider war sie mir gerade geklaut worden.

Gestern Abend hatte ich Ronny und Jens die Geschichte erzählt, in der ich als Fünfjähriger zehn Geldscheine auf den Tisch gezählt bekommen hatte. Sie drängelten, ich solle mir mehr holen; jetzt und sofort. Sie meinten, man wäre mir was schuldig. Es war ein gutes Gefühl zu denken, irgendwer sei einem was schuldig. Ich bestand darauf, dass sie mitkamen. Ich musste zu i-hm gehen. Von Ronny und Jens war noch nichts zu sehen. Ich setzte mich auf die Brüstung der Kneipenterasse und sah die Hauptstraße des Neuen Ostseeviertels entlang. Fast zwei Jahre hatte es aus nur zwei fertigen Karrees bestanden. Vereinzelt standen Rohbauten zwischen den Sandbergen. Heute lag unser Block längs der Hauptstraße rechts neben der Schule. Von meinem Fenster im fünften Stock aus konnte ich auf den flachen, lang gezogenen Bau der Kaufhalle sehen, der uns gegenüberstand. Aus den Rohbauten waren Teile von Karrees geworden, in deren Winkel Ecklösungen standen, in denen sich heute Post,

Fischladen, Obstladen, Kneipe und die Altstoffhandlung befanden, in der der Mann unsere Zeitungspacken nicht durchstöberte und uns ohne Kommentar das überhöhte Entgelt auszahlte. Eingezäunte Rasenstücke, gefegte Fußgängerwege und abgeteilte Müllcontainerecken verbanden die Aufgänge des Viertels. Unser Block war der Mittelpunkt des Stadtteils. Wir waren eine der ersten Familien, die hier eingezogen sind. Meine Mutter war einem Heiratsschwindler aufgesessen, der in der Nähe von Oranienburg hauste. Er hatte sie geschlagen, und ich hatte seinen Sohn daraufhin in einen leicht gefrorenen See geschubst. Wie Flüchtlinge waren wir zurückgekommen; ohne Möbel, ohne Fotoalben, ohne Stolz. Jens hatte genickt, als ich es ihm erzählte, und gemeint, dass wir den mal besuchen fahren werden. Als wir einzogen, war alles um uns Sumpf und Acker. Mit dem Straßenbau wartete man, bis die neubaublockhohen Sandberge den Plattenbauten gewichen und die Kolonne der Bagger, Kräne und Kipper abgezogen war. Bohlen verbanden die Aufgänge unseres Blocks mit einem Brettersteg, der bis zum Alten Ostseeviertel reichte. Den Müll kippten wir auf einen Berg, der hinter dem Block war. Wenn ich den Eimer leerte, stiegen Scharen von Möwen auf, die ich mir als Albatrosse vorstellte; als Verkünder von Land für jubelnde Entdecker. Ich sah zu, wie Schächte ausgehoben, Kellerwände montiert und Rohbauten aus nummerierten Betonplatten zusammengesetzt wurden. Mit anderen Kindern aus den umliegenden Dörfern grub ich Höhlen in die Sandberge und wartete, bis der Bagger die andere Bergseite hochgefahren war und Sand über die Spitze kippte. Wer zuletzt aus den Höhlen kroch, hatte gewonnen.

Jens kam die Hauptstraße entlang. Auf Höhe des Schildes nahm er einen Stein und warf ihn gegen das Schulgebäude. Es schepperte. Welchen Buchstaben er getroffen hatte, konnte ich nicht erkennen. »Scheißwetter!«, rief er schon von weitem, und ich nickte: »Es ist schwül.« – »Mist, dass der Anker noch nicht aufhat.« – »Nachher spendier ich ordentlich was. Wenn alles klappt.« Wellenförmig kam mir das Licht vor. Als schwappte und schwappte und schwappte es mir aus der grauen Bewölkung auf die Schultern. Jens setzte sich neben mir auf die Brüstung und spuckte zwischen den beiden gebogenen Stäben eines Fahrradständers einen kleinen, schmierigen See zusammen. Eher einen Teich, wenn man den Schleim mit seiner Färbung betrachtete, stellte ich fest. Das war Jens' Lieblingsbeschäftigung. Wenn er nicht trank oder rauchte, saß er da und ließ Schleim zwischen den Lippen hervortropfen. Er spuckte eigentlich nicht, sondern zog die Rotze mit aufdringlichen Geräuschen von der Nase in den Mund, ließ sie über die Lippen gleiten und zu Boden fallen. »Das dauert wieder mit Ronny!«, sagte ich und sah die Hauptstraße entlang. Wie das lahme Bein eines Kriegsverletzten kam die Zeit die Straße entlang. Die Tür zum Obstladen stand offen, aber niemand fühlte sich von den Apfelkisten und Kartoffelnetzen angezogen. Gestern hatte es Melonen gegeben. Wir hatten bis gegenüber zum Fischladen angestanden. Ich hatte mich zweimal angestellt: Einmal zwei Melonen für Mutter und Sandra und einmal eine Melone für mich. Meine Melone hatte ich mir auf dem Hof mit tiefen Bissen einverleibt. Auch am Fischladen gingen die wenigen Menschen vorbei. Einige blickten hinein, aber da sie keine Anstehenden sahen, gingen sie weiter. Jens holte seinen Kamm aus der Hosentasche, kämmte sich den Mittelscheitel und die halblangen Nackenhaare. Aber das Einzige, was er bewirkte, waren Rillen, die in den speckigen blonden Haaren entstanden. Dann steckte er den Kamm wieder weg und meinte, er hätte einen verdammten Knast. »Spendier ich nachher im Anker: Zigeunersteak mit Letscho und Bratkartoffeln – und Bier!« Jens nickte. Er hatte ein breites Kreuz und eine gewölbte Brust. Tag für Tag trainierte er im Keller von Andreas. Eigentlich trainierte er nur Oberkörper und Arme. Bevor Jens mit seiner Mutter und seinem jüngeren Bruder ins Ostseeviertel gezogen war, hatte er auf einem Dorf im Bezirk Neubrandenburg gewohnt. Dort hatte er

Tag für Tag mit ansehen müssen, wie sein Vater zum Versoffenen wurde und seine Mutter schlug. Sie hinkte. Jens hatte für ein paar Jahre ins Heim gemusst. Als er wieder herauskam, war seine Mutter mit einem anderen Versoffenen zusammen. Sie zogen nach Greifswald. Der zweite Versoffene schlug auch auf Jens' Mutter ein. Jens trainierte Tag für Tag. Wir wussten alle, dass er zurückschlagen wird. Ich hatte ihm geholfen, durch die Prüfung zu kommen. Oft hatte es mich gefreut, wenn er nach ausführlichem Erklären sagte: »Ach so!« Seine Mutter hatte uns fast immer Spiegeleier, Bratkartoffeln oder eine Suppe gebracht. Sie hatte an Jens' Tür geklopft, Jens hatte mürrisch »Ja« gesagt und dann hatte über den Heften das Essen auf den Tellern gedampft. Sie war wieder hinausgehumpelt, hatte an der Tür gelächelt und sie leise zugezogen. Ihr Gesicht strahlte, wenn ich an der Wohnungstür gesagt hatte: »Vielen Dank für Speis' und Trank.« An einem dieser Abende hätte ich meinen Freund fast getötet. Ich spielte mit seinem Butterfly, fuchtelte damit vor seinem Gesicht herum und tat, als stäche ich ihm in den Bauch. Das Messer traf auf Widerstand, Jens kippte mit einem Schrei vom Sofa auf den Boden. »Frau Kahl!«, schrie ich. Doch da brach er in Gelächter aus. Die Messerspitze hatte die Haut durchschnitten. Blut sammelte sich auf der kleinen Wunde. »Du Scheißkerl.«, hatte ich gesagt und mitgelacht.

»Wo der nur bleibt?«, fragte Jens. Er sah nicht auf. »Nichts zu sehen.«, sagte ich. Jens' Gesicht wirkte ein wenig wie das eines Pferdes. Wenn man es ihm sagte, war man kurz davor, eins in die Fresse zu bekommen. Der nach hinten gekämmte Mittelscheitel verstärkte diesen Eindruck noch. Ronny hatte knochige Wangen, eine kleine Nase, breite Lippen und einen fröhlichen Blick. Sein Haar war dunkelblond. Auch er trug einen Mittelscheitel; alle trugen wir Mittelscheitel. Obwohl er Judoka war, wirkte er zierlich. Ronny reichte uns bis zum Hals. Sein drahtiger Körper und seine ungeheure Wendigkeit hatten für uns den Vorteil, gut an die Schnapsflaschen zu kommen, die überall in den kaum gesicherten Kellern der Neubaublocks standen. Während Jens Ronny über die Holzgitter hievte, stand ich im Hausflur und sicherte: Wenn jemand kam, pfiff ich vor mich hin; schöpfte jemand Verdacht, pfiff ich »Partisanen von Amur«. Dann polterte es im Keller, die Kellertür flog auf, meist stürmte Jens, geschoben von Ronny, zuerst raus und zu dritt sprinteten wir aus dem Hausflur. Immer hatte »die Gefahr« nur hinter uns herschreien können. Ich durfte mich nicht irren.

»Da bist du ja!«, brüllte Jens. Er war vom Hanseclub gekommen, der am anderen Ende der Hauptstraße stand. »Klar!«, sagte Ronny und lachte auf. Wieder konnte ich seine weißen langen Vorderzähne sehen. »Na los denn.«, sagte ich, sprang von der Brüstung über den Fahrradständer und wischte mir die Hände an der Wranglers ab. Jens kletterte mit rutschendem Hintern, hangelnden Beinen und sich auf den Ständer stützenden Füßen herunter. Danach klopfte er sich sorgsam den Staub aus der Levis.

Schmale und lange Betonplatten lagen zweireihig in der Wiese. Sie verbanden das Ostseeviertel mit Schönwalde II. Mit jedem Schritt, den wir weitergingen, bekam ich mehr Lust umzukehren. Wären Jens und Ronny nicht neben mir gegangen, hätten wir nicht das Geld benötigt, um unsere letzte freie Zeit für eine Reise nach Prag nutzen zu können, ich wäre auf der Pappelallee, die den Weg kreuzte, abgebogen. Wie ein Bettler kam ich mir vor, der gar nicht zu betteln braucht.

Vor zwölf Jahren, kurz nachdem e-r mir das Geld auf den Küchentisch gelegt hatte, war e-r verschwunden. Es war ein grauer und kalter Tag, als ich vom Kindergarten nach Hause kam, den Schlüssel am Bindfaden aus dem Kragen zog und mit einigen Verrenkungen die Wohnungstür aufschloss. Es war still in der Wohnung. Ich ging in mein Zimmer, öffnete das Fenster und streute ein paar Körner ins Vogelhaus. Dann holte ich mir die Schere aus Mutters Zimmer und schnitt Figuren aus der Bummi aus. Unter meinem Bett standen schon zwei Schuhkartons mit ausgeschnittenen Bildern und Figuren. Fragte man mich, was ich damit wollte, hob ich die Schultern. Mit der Nagelschere schnitt ich die Geraden und Rundungen. Kurz bevor die Schere ganz zuschnappte, setzte ich jedes Mal neu an. Nie ließ ich einen Rand, blieb immer auf dem schwarzen Strich. Ich musste vorsichtig sein, damit die Figuren nicht verletzt wurden. Ich ließ die Hände in den Schoß sinken und sah mich wieder im Flur stehen: Das Deckenlicht war eingeschaltet. Mutter hatte ihre Lieblingsjacke an, betrachtete sich im Spiegel, rückte die Haare zurecht. Plötzlich flog ein Buch in den Spiegel. Mutter hatte Splitter im ganzen Gesicht. Vater stand in der Wohnzimmertür und lachte. Ich kniff die Augen zusammen, öffnete sie und schnitt weiter. Meine Figuren sollten sich nicht gegenseitig wehtun. Ich legte immer ein Blatt Papier zwischen sie. Hatte ich kein Papier, nahm ich Zeitungsblätter. Es ist wichtig, dass alle ihren eigenen Platz haben. Das hatte Mutter gesagt. Vater war aus dem Wohnzimmer und Mutter war aus dem Schlafzimmer gezogen. Jetzt gab es Mutters Zimmer und Vaters Zimmer; und mein Zimmer. Ich lag dann auch lieber ohne den Teddy im Bett. Trotzdem wurde ich manchmal aufgeweckt und erschrak, weil Mutter meinen Kopf in ihren Schoß drückte und weinte. Vater stand im Flurlicht und sagte, dass Mutter herauskommen soll. Ich sah ihn immer so fest an, dass er schnell wegging. Ich legte die halb ausgeschnittene Figur in den Karton, ging in Mutters Zimmer, legte die Schere zurück und sah auf die Wanduhr, die über dem Fernseher hing: Noch zwei Stunden, bis Mutter kommt, und vier, bis Vater da ist. Ich ging aus dem Wohnzimmer in die Küche und erinnerte mich, dass mir Vater einmal einen Teelöffel mit Salz gegeben hatte. Ich hatte es mit lautem Prusten ausgehustet. Er hatte gesagt, dass ich damit aufhören soll. Ich konnte Salz zu allem essen. Salz schmeckte mir schon immer. Ich kletterte auf den Küchenschrank, hockte mich hin, hielt mich am Kühlschrank fest, zog den Kopf ein und öffnete die Hängeschranktür: Ich leckte die linke Zeigefingerspitze an und tippte sie in die Salzdose. Neben der Dose standen die Tütchen mit Natrium, mit dem sich Vater morgens immer eine Brause machte. Natrium schmeckte auch gut, aber nur als Brause. Ich duckte mich wieder, schloss die Tür und sprang vom Schrank. Mit vorsichtigen Zungenspitzenberührungen nippte ich das Salz vom Finger. Ich kniete mich auf den Stuhl und schob die Gardine zur Seite: Leute gingen an unserem Haus vorbei. Ich schloss mit mir Wetten ab, wer das Zauntor öffnen würde. Das Tor bewegte sich nicht ein einziges Mal. Einmal kamen drei Kinder mit einem Ball vorbei, die ich aus dem Kindergarten kannte. Ich zog die Gardine wieder zurück und rutschte vom Stuhl. Ich dachte, dass Vater ja vielleicht schon da wäre und schliefe, und klopfte an seine Zimmertür. Einmal war ich ohne zu klopfen in sein Zimmer gegangen: Mitten am Sonntag hatte er mit einer Frau im Bett gelegen. Sie hatten mich angestarrt, niemand hatte etwas gesagt. Endlich hatte er »Na Großer, hallo! Sag Guten Tag zu Fräulein Schmitt!« gesagt. Ich war zu ihr gegangen, sie hatte sich die Bettdecke bis an den Hals gezogen, und ich hatte ihr die Hand hingehalten und »Guten Tag!« gesagt. Sie hatte mich angelächelt und mir über das Haar streichen wollen. Aber ich war schnell aus dem Zimmer gelaufen. Die Tür hatte ich leise geschlossen. Ich klopfte noch einmal, lauschte: Nicht ein einziges Geräusch hörte ich. Vorsichtig öffnete ich die Tür: Die Sonnenstrahlen, die durch die beiden Fenster fielen, malten zwei gelbe Vierecke auf das Linoleum. Eine einzige Matratze lag an der Wand zwischen den Fenstern. Alle anderen Möbel waren weg. Mein Vater war weg. Gestern Abend war er noch da gewesen. Er war weg. E-r. Ich fiel auf die Knie, kroch quer durch das Zimmer, zwischen den Vierecken zu der Matratze; hielt sie umklammert.) . . . . -------- . . . . --------- (Eine Hand streichelte mich. Mutters Hand. Ihre Handtasche lag mir auf dem Bauch. »Absence« ist ein schwarzes Loch, das sich manchmal über einen stülpt, Zeit und Raum ausklammert. Es gibt grellbunte Striche und geometrische Figuren in diesem Schwarz. Sie kommen auf einen zu oder gehen von einem weg. Plötzlich stülpte es sich über mich. Ich stand auf der Straße, saß am Esstisch im Kindergarten oder schnitt aus und kam zwischen Autoreifen, mit dem Gesicht im Essen oder mit der Scherenspitze in der Haut wieder zur Besinnung. An der Hand meiner Mutter ging ich über die hohe, eiserne Bücke, die über die Gleise führte. Durch die Gitter sah ich einen Zug kommen. Während er pfiff, umhüllte uns Rauch. Meine Mutter musste mich in den Kinderpavillon der Nervenklinik bringen. Sie wollte nicht wieder weggehen. Wir saßen an einem Tisch, und ich sah meine Mutter die ganze Zeit an. Andere Kinder saßen auf ihren Betten und schauten grinsend. Die Wände des Pavillons waren aus Glas; ein achteckiges Gebäude. Rasen und ein dicker, knorriger Baum waren hinter dem Glas. Meine Mutter legte mir einen hohen Stapel Bilderbücher auf den Tisch. Sie weinte. Krankenschwestern hoben sie an den Armen hoch, und sie winkte durch die Glastür. Eine Schwester kam herein und sagte: »Deine Mutti kommt nächsten Sonntag wieder. Nur noch sieben Tage. Kannst du schon bis zehn zählen? Nimm diese Tabletten.« Mein Hals war wie zugeschnürt. Die gelben Tabletten hingen im Schlund fest. Ich wollte sie runterschlucken, aber ich spuckte sie aus. Die Schwester gab mir neue Tabletten. Keiner blieb bei mir. Alle gingen weg. Die Schwester legte mich auf das untere Bett eines Doppelstockers und ging aus dem Zimmer. Ein Kind, das in einem Bett mir schräg gegenüber hockte, lächelte, lachte mich an, schlug seine Bettdecke zurück, trieb zwei Finger in den Kot, leckte die Finger ab und lächelte mich an. Ich schob ein großes Bilderbuch davor. S-ein Zimmer war leer. Wo war e-r? Was hatte ich getan? Meine Mutter? Kommt sie wieder? Niemand hatte mir erklärt, worum es sich bei »Scheidung« handelt. Scheidung ist, wenn man schon lange vom schwarzen Strich abgekommen war und mit einem Mal bemerkt, dass man die ganze Zeit in die Figur schneidet.

E-r wohnte in der vierten Etage eines Neubaublocks, der nach Süden ausgerichtet war. Ich sah auf den Klingelknopf: S-ein Name. Mein Name. Ich sah zu Jens und Ronny. Jens sah nach rechts zur Boddenschänke, die hinter der Einmündung auf der anderen Seite der Hauptstraße lag. Ronny grinste in den Hausflur. Die Haustür stand sperrangelweit offen, aber ich konnte doch nicht einfach so nach oben gehen. »Wir trinken drüben erst mal ein Bier!«, sagte ich, aber Jens schüttelte stumm den Kopf, ohne mich anzusehen. »Klingel!«, sagte er. Ich starrte auf das Klingelknopffeld: so viele andere Namen. Einfach einen anderen Namen, einfach einen fremden Menschen. »Es geht um unsere Fahrt!«, sagte Ronny. Jetzt grinste er mich an. Sein Lächeln lud mich auf, und plötzlich konnte ich den verdammten Klingelknopf drücken. Ich drückte noch einmal darauf; und noch einmal. E-r hatte mich in der ganzen Stadt bekannt gemacht. S-ein Name schwebte in gewissen Kreisen über mir und zwang mich fast, in eine bestimmte Richtung zu gehen, wie ein Gewitter: »Ach, bist du der Sohn von Heiko.« – »Heiko hat ja schon oft von dir erzählt.« Ich war in vielen der Greifswalder Kneipen. Dort kannte man nicht nur den Namen, man glaubte auch mich zu kennen, man glaubte den Erzählungen eines mir Fremden, die jedenfalls mich unmöglich meinen konnten. Einige Attacken kamen so überraschend und laut, dass ich es nicht mehr geschafft hatte, das nötige Bier in langen Schlucken zu trinken. Bei diesen Überfällen hatte ich den aufgedunsenen, brabbelnden Männern geraten, »ja ihre Fressen zu halten«. Meist hatten sie versucht, mit ihren fetten Ärschen von den Stühlen zu kommen, aber da hatten Jens oder Stephan sie schon wieder nach unten gedrückt; geflüstert: »Mach ruhig, alter Mann, mach ruhig.« Der Goldene Anker war meine Stammkneipe. E-r wusste, dass e-r dort nichts zu suchen hatte. Mein Domizil war für i-hn tabu. Der Anker war erst seit einem Jahr offen. E-r wusste von anderen, dass ich im Anker saß. Und wo ich war, konnte e-r nicht bleiben. Das hatte e-r mir zu verstehen gegeben. Jetzt kam ich zu i-hm. Ich wusste, dass ich es i-hm zum ersten Mal gleichtat. Ich überfiel.

E-r sah aus dem Fenster und erkannte mich nicht. Ich musste unseren verdammten Namen brüllen und e-r musste »Ach Gott« mit einer Betonung sagen, die Furcht vor s-einer Angst machte. Dann warf e-r mir den Haustürschlüssel hinunter; ich solle heraufkommen. »Wir warten hier, Alter! Du schaffst das schon!«, sagte Jens, und ich antwortete ihm, dass er das mal gleich wieder vergessen sollte. Wir stiegen die Treppen nach oben. Ich musste vorangehen. Niemals in meinem Leben bin ich gerne vorangegangen. Aber s-ein Name hat mich dazu gezwungen.

Ich blieb auf den letzten Stufen der Treppe stehen und legte meinen rechten Unterarm auf das Treppengeländer. Mit der linken Hand fingerte ich an dem Plasteschutz und zog die ersten Zentimeter vom Metall ab. Wenn man erst einmal den Anfang hatte, ging der Rest fast wie von selbst; aber man musste den Anfang machen. Ich bog das kurze Stück weit nach hinten und riss mit ihm ein paar Meter Plaste vom Geländer. Ich bräuchte das gelöste Stück jetzt nur noch zum Wellen bringen und warten, bis der ganze Schutz von alleine abfiel. Wenn man wusste, wie es ging, war es leicht; aber man musste es eben wissen. S-ein Name war mit einem Lötkolben in ein Stück Holz eingraviert, das an die Tür genagelt war. Ronny sagte nichts. Ronny hatte es gut. Er hatte einen Vater, eine Mutter, zwei Brüder und noch eine Schwester. Niemand in seiner Familie trank. Jens war es, der mir auf den Rücken schlug. Warum sagte denn keiner, dass wir auch wieder gehen können? E-r öffnete s-eine Tür, stand in der Leere und sah uns an. Ich stieß mich vom Geländer ab und ging langsam auf i-hn zu. Ansehen konnte ich i-hn nicht. Ich drückte i-hm s-einen Schlüssel in die Hand und e-r lachte; lachte laut, unbeherrscht, unpassend; e-r lachte und zappelte, zappelte wie ein kleines Kind. »Kommt rein! Tag!« – »Tach.« – »Hei.« – »Wo? – Haha. Tag.«

»Setzt euch«, sagte e-r, aber wir blieben stehen. Es gab ein

Bett, ein Wandbett, mit zerwühltem Bettzeug. Im Stoff waren riesige Bierflecken. Es gab ein Sofa, ein aufgeklapptes Sofa, mit zerwühltem Bettzeug. Im Stoff waren stark geränderte Bierflecken. Es gab einen Sessel, einen Schlafsessel, mit Bettzeug. Im Stoff waren riesige, stark geränderte Bierflecken. »Wir bleiben nicht lange«, sagte ich, und e-r nickte, grinste und war so klein. E-r trug nur einen ausgebeulten Slip und ein Unterhemd. S-ein Haar war ungekämmt und s-ein Blick huschte wie ein Dieb durch nächtliche Straßen. Jens lachte laut auf, und ich drehte mich zu ihm um. Er deutete auf ein Stück Rinde, in die ein betrunkener Mann mit Flaschen in den Händen eingeschnitzt war. Darunter stand: »Nicht das halbe, das ganze Deutschland soll es sein. Prost.« Ich drehte mich wieder um und sah aus den Augenwinkeln Ronnys entsetzten Blick. Er starrte mit offenem Mund auf den Tisch. Ich hatte Ronny gern. Noch nie in meinem Leben hatte ich mich für etwas schämen müssen. Ein Mensch, der nach Belieben überfallen wird, der braucht sich nicht zu schämen. Und doch: Ronnys Blick knüllte etwas in mir zusammen.

Es war ein Tisch mit Glasplatte. Die Platte war über und über mit leeren Schnapsflaschen voll gestellt. Ausgedrückte Kippen lagen auf dem Glas oder in den Flaschen. Unter dem Tisch stand ein Pappkarton. In diesem Karton lagen Scherben von Schnapsflaschen; ›Klarer‹. Aufgedrehte Fischdosen stanken dort vor sich hin. »Wollt ihr ein Bier?«, fragte e-r, und Jens hörte ich »Ja« sagen. Ronny sagte gar nichts, und ich schüttelte langsam den Kopf. Leise sprach ich von unserem Plan, in unseren letzten Ferien nach Prag zu fahren. Ich erzählte von den letzten drei Wochen, in denen wir schwarz für eine Kabelfirma gearbeitet hatten. Im Alten Ostseeviertel hatten wir Kabelschächte die Straßen entlang ausgehoben; achtzig tief, spatenbreit. Ich sagte, dass es eine sehr schwere, aber sehr gut bezahlte Arbeit gewesen sei. Dennoch reiche das Geld nicht für eine vierwöchige Tour. Dann sagte ich i-hm die Summe, die wir vorher ausgemacht hatten. E-r nickte und meinte, dass wir zur Sparkasse gehen müssten. Ich antwortete, dass wir unten warten werden. Keinesfalls wollte ich sehen, wie e-r sich anzog oder gar umzog. »O Mann!«, sagte Jens beim Runtergehen. »Wenn ich das gewusst hätte«, sagte ich, ohne den Satz zu vollenden. »Mach dir nichts draus. Für seine Alten kann keiner was«, sagte Jens, während Ronny immer noch stumm war. Unten steckten die beiden sich Zigaretten an, und ich hätte jetzt gern ein kühles Bier getrunken. Ronny schüttelte den Kopf und setzte sich auf die Stufen. Wie sehr beneidete ich ihn: Er hatte nur einen Blick durch ein Fenster geworfen. Jens warf seine Kippe gerade in seinen kleinen, ganz privaten See, als e-r endlich aus dem Hausflur trat. E-r hatte ein rotes Sparbuch in der Hand und meinte, dass wir nun losgehen könnten. Auf dem Weg zur Sparkasse sprach keiner von uns ein Wort. E-r ging voran. Jens, Ronny und ich gingen nebeneinander und schliffen Blicke über Steinplatten härter.

Bis zur Sparkasse waren es keine zehn Minuten Weg. E-r stellte sich an und wir setzten uns um einen runden Tisch. Es dauerte lange, bis e-r an der Reihe war. Jens holte ein Skatblatt hervor und grinste mich an. Ich nickte, und wir spielten ein paar Runden. Meistens gewann Ronny. Ich achtete kaum auf die Andeutungen und Zeichen, die man sich beim Skat so gab. Endlich sah ich aus den Augenwinkeln, dass e-r kam. E-r legte mir das Geld auf den Tisch. Es war ungefähr das Doppelte von dem, was ich vorgeschlagen hatte. Ich zählte es halblaut vor. Als ich aufsah, war e-r schon nach draußen gegangen. »Alter, achthundert! Achthundert!«, sagte ich, und Jens brüllte ein »Yeah« in den Saal. Ronny grinste wieder über beide Wangen, und ich meinte, dass es eine verdammt gute Reise werden würde. Ronny wollte aufstehen, aber ich packte ihn am Arm und zog ihn wieder herunter: »Warten wir noch, bis der hundertpro weg ist.« Jens nickte und mischte die Karten.

»Jens, guck dich mal draußen um.«, sagte ich nach der dritten Runde, und er erhob sich auf der Stelle. Unter dem Tisch berührte mein Knie das von Ronny. Er zog es nicht weg. Ein paar Mal wippte ich das Bein auf dem Hacken und strich so an seinem Knie entlang. Ronny zog sein Bein immer noch nicht weg. Vielleicht hatte er Mitleid mit mir, vielleicht hatte ich auch nur Furcht. Langsam sammelte er die Karten zusammen. Aus den Augenwinkeln sah ich, dass er nicht hochsah. Er hielt mich aus. Er rannte nicht weg. Er half mir. Ich starrte quer durch den Raum auf einen gelben Briefkasten und blinzelte nur, wenn sich Bewegung durch meinen Blick schob. Ronny hatte ein weiches Knie, an das ich mich anlehnte.

»Alter, jetzt hab ich tausendneunhundert.« – »Hätten wir gar nicht die Scheißarbeit machen müssen.« – »Naja«, sagte ich und dachte an meine Mutter.

TERÉZIA MORA

LAGER MIRA

MORITAT

Es begann mit den Mäusen, so etwas hast du noch nicht gesehen, die hatten Löwenmähnen oder eine Halskrause wie so ein übertriebener spanischer Adliger, aber natürlich alles in Grau, einen grauen Haarkranz an der Stelle, wo der Hals normalerweise ist, solche Mäuse waren das. Sie kamen mit der Dunkelheit, zogen durchs Zelt, eine Minilöwenherde oder eine alte Armada, wegen besonderer Grausamkeit in Mäuse verwandelt, nun ziehen sie des Nachts ins Feld. Das Gras am Zeltboden war eine Spanne hoch, die Pritschen noch eine Spanne höher, die Mäuse hätten das spielend geschafft, aber sie wollten gar nicht, sie wollten durch das Gras ziehen. Mit einem Schlag waren sie da, zogen von Ost nach West durch das Zelt hindurch, wuselten zwischen den Eisenständern der Betten und den Stiefeln, die wir danach nicht mehr anzufassen wagten, es hieß, bestimmt haben sie sich in den Stiefeln eingenistet, deswegen sind sie nicht mehr zu sehen. Das war am ersten Abend.

Wahrscheinlich ist auch noch, dass die Mäuse etwas vom Wetter gespürt hatten, denn als wir am nächsten Morgen aufwachten, nieselte es und das änderte sich auch nicht mehr bis zum Schluss. Alles sog sich voll mit Nässe, Zelte, Kleider, Haut und Haare, die einzigen trockenen Flecken waren dort, wo die Mäuse wohnten: unter unseren Betten.

Sonst war es mit Wasser eher knapp. Einen Eisentrog mit sechs Kaltwasserhähnen gab es für beide Lager. Achtzig Mann auf unserer Seite und ebenso viele Polen, etwas über die Hälfte davon Frauen. Für diese richtete man später ein

Waschzelt mit sechs Waschschüsseln ein. Macht nicht ganz sieben Frauen pro Waschschüssel. Das Waschzelt war, wie der Trog und die Küche, auf der polnischen Seite, man musste über den Exerzierplatz, dafür gab es feste Zeiten, zwischen beiden Lagern hin- und hergehen, wie es einem gerade passte, das gab es nicht. Ein Kessel wurde geschrubbt, bis der Fettrand verschwunden war, aus dem schöpfte man das warme Wasser, morgens zwischen 7 und 8. Wir nahmen dafür die Blechnäpfe, die sie uns fürs Essen ausgeteilt hatten. Wer den Napf verlor, bekam kein Essen und kein warmes Wasser. An den Näpfen klebten unten Kiefernnadeln, die dann im Kessel herumschwammen, wir nannten sie Krokodile, heute wieder Krokodilsuppe, denn wenn wir einmal daran gedacht hatten, die Näpfe unten abzuwischen, bevor wir sie eintauchten, dann fielen die Nadeln von oben, von den Bäumen, in den Kessel, auch in die, in denen der tägliche Suppeneintopf gekocht wurde, die mit dem ewigen schwarzen Fettrand. Wasser und Krokodile trugen wir ins Zelt und kippten alles um in die Waschschüsseln. Man empfahl uns, ein Küchenhandtuch zu benutzen, um das Blut abzuwaschen, aber niemand hatte ein Küchenhandtuch, also nahmen wir Klopapier, die grauweißen und rosa Krümel verfingen sich in den Schamhaaren.
Die Frauen also bekamen ein Waschzelt, um sich von ihrem Blut zu befreien, aber für die Notdurft mussten alle die Latrinen benutzen, und niemand benutzte die Latrinen, weil niemand wusste, wie man eine Latrine benutzt. Nur nicht hineinfallen, wenn man in der Nacht in den Wald geht, um sich unter die Büsche zu hocken. Manche der Bäume waren Aufpasser, sie warteten, bis man sich hingehockt hatte und sagten dann: Losung? Dann musste man aufspringen und die Losung sagen, und sie lachten. Das war ihr Spiel, ansonsten ließen sie uns machen. Bald war der Wald übersät mit Papierfetzen und Watteklumpen. Die Haare wuschen wir uns gar nicht. Man empfahl uns Löschpapier. Löschpapier mit Rosenwasser befeuchten und strähnchenweise

durchs Haar ziehen. Keiner hatte Löschpapier oder Rosenwasser. Im Dreikilometerumkreis gab es keinen Laden, und es war sowieso nicht erlaubt, das Lager zu verlassen. Dass es irgendwo in der Nähe ein Dorf oder wenigstens eine Siedlung geben musste, ahnten wir auch nur, weil wir einmal eine Frau mit einer Kuh durch den Wald haben gehen sehen. Beide waren knochendürr, die Frau und die Kuh, und jemand meinte, so sehe es aus, morgens raus mit der Kuh, abends heim, was anderes machen die nicht, wozu auch.
Ohne Haare ist so ein Gesicht ganz was anderes, und wir hatten noch Glück, auf der polnischen Seite waren einige kahl geschoren, wir trugen wenigstens noch eine Haube aus Fett gegen den Niesel, im Nacken zusammengebunden und unter die Mütze gesteckt. Das versöhnte uns mit den Mützen. Es ging uns allen gleich damit, und auf den ersten Blick sahen wir auch gleich aus: Hosen, Jacken, Mützen, Tücher, und für unsere Aufpasser wurden wir dadurch vielleicht tatsächlich unsichtbar, doch untereinander wurde der Blick für Unterschiede umso mehr geschärft. Was für ein Gesicht einer hat. Zuerst das Gesicht, hieß es, als ich einmal auf die Männerseite ging, weil ich in irgend einer Angelegenheit um Hilfe bitten wollte. Ich blieb draußen stehen vor dem Zelt, einer kam heraus, schaute sich das Gesicht an und sagte dann, sie helfen nicht.
Davon, was auf dem Exerzierplatz vor sich ging, kann ich mich nur noch an das abendliche Singen erinnern, jeden Abend eine halbe Stunde Singen, und an die Strafen. Meist ging es dabei um verlorene Blechnäpfe. Nie fanden sich alle wieder, oft mussten vier kämpfen für einen, auf allen vieren laufen wie die Kühe, auch mal im Kuhgalopp, dazu klatschen wir anderen in den Reihen: Kuhgalopp!, Kuhgalopp!, und Gras fressen dabei. Wer die beste Darstellung bot und nicht beim Fressen betrog, war der Sieger. Wofür das Küssen verhängt worden ist, weiß ich nicht mehr, mir persönlich war es jedenfalls lieber, denn es betraf immer alle und man war doch nicht so exponiert, aber die meisten hassten es, be-

sonders die Männer, denn die Männer mussten Männer küssen und die Frauen, Frauen, küsst euch, Bruderkuss, sangen die Aufpasser und klatschten – am Ende hast du keinen eigenen Speichel mehr im Mund.

Die Ansteckungsgefahr war natürlich groß, aber wir waren alle noch von guter Kondition. Einen Krankheitsfall gab es, der wurde sogar ins Krankenhaus gebracht, angeblich, die Gerüchte sprachen von einem Virus oder von Zecken, aber bevor noch richtig Unruhe aufkommen konnte, kam ein neues Gerücht in Umlauf über eine Läuseepidemie auf der polnischen Seite, und dann wurde alles dementiert: Virus, Zecken, Läuse, Mäusebiss. Manche von uns waren der Meinung, gut so, wenn wir alle Läuse bekommen oder krank werden, wird man schon sehen. Aber wir bekamen keine Läuse und vorerst wurde auch keiner mehr krank. Ob es mit den Gerüchten zusammenhing oder nicht, weiß man nicht, jedenfalls erschien der Lagerleiter mit einem Kombiwagen und verteilte je ein Glas Babynahrung pro zwei Personen, ein karottenfarbenes Püree. Die Aluminiumlöffel passten nicht durch die Glasöffnung, eine Weile waren alle damit beschäftigt, das Püree verlustfrei herauszubekommen und keiner klagte mehr.

Es war schon gegen Schluss, als sie uns in die Salzmine brachten. Salz unter der Erde ist schwarz, nur ab und an glänzt eine Kette aus hellerem Kristall, doch es ist Salz, man schmeckt es, aber an den Wänden zu lecken war verboten. Man führte uns hin und her unter der Erde, es war eng, denn auch dort mussten wir in Zweierreihen gehen, kreuz und quer durch die Stollen. Man zeigte uns die Instrumente, die Schienen, Schnecken und Drähte, alles bewegt von Kumpelhand. Und was die alles zustande bringt in der Ewigen Nacht, sahen wir dann in dem Saal, in den man uns zum Schluss brachte. Ein unterirdischer Ballsaal, so groß, dass wir alle bequem stehen konnten, auch die Decke reichte hier weiter als bis zum Schädeldach, sie war so hoch, dass man sich fragte, wie das sein kann, man sah kein Ende nirgends, denn auch hier war alles schwarz, ein schwarzer Ballsaal. Nur die Lüster, die von der Decke hingen, die waren weiß, ganz aus Salzkristallen geschnitzt, in ihrem Inneren waren Leuchten versteckt, die jetzt jemand anmachte, und es begann ein Licht zu rieseln, so was hast du noch nicht gesehen, und ließ alles erstrahlen, als wäre es ein Märchen: Spiegel aus Salz, falsche Fenster und Springbrunnen, getriebene Tischchen, und über einem kleinen, dreiflügeligen Altar in der Ecke glomm in einem Salzkandelaber ein ewiges Licht. Das Altarbild, erfuhren wir, war eine Nachbildung der berühmten Schwarzen Madonna, zu der hier in der Gegend jeden Tag Tausende pilgern. Wir schauten uns das schwarzkristallene Gesicht an, körnig, als hätte es die Pocken, und wir nickten, als wüssten wir, wovon die Rede war. Man gab uns fünf Minuten, um uns umzusehen, anfassen oder gar an den Gegenständen zu lecken war verboten. Wie es trotzdem dazu kam, dass auf einmal alle mit den Zungen an den Wänden klebten, niemand weiß es mehr. Wir versuchten uns zu spiegeln in den Salzspiegeln, aber wir waren nur ein paar dunkle Flecken, Schatten, dort, wo wir dem Licht der Lüster im Weg standen. Und natürlich fassten wir doch alles an, den blinden Spiegel, den geschliffenen Fensterrahmen, ob er vielleicht schneidet, und dann leckt man sich den Finger ab, und dann gibt es kein Halten mehr, es schmeckt wie Salzstangen, hieß es irgendwo und ging weiter durch die Reihen, wie Salzstangen, und dann hingen auch schon alle mit den Lippen an den Wänden, den Spiegeln, den Fenstern, den Brunnen, den Tischchen. Hören und Sehen verging. Ob uns die Wärter wegzuzerren versuchten oder nicht, weiß ich nicht mehr, vielleicht ließen sie uns auch einfach gewähren, bis wir ausgeweidet hatten, die ganze glückliche Herde, und taumelnd durch die Gänge wieder nach oben trieben, mit diesem Prickeln und Seufzen auf der Zunge und den Blitzen hinter den Augen, in denen der Geschmack des Salzes in uns fuhr. Das Funkeln blieb auch, als wir schon draußen waren, wir merkten gar nicht, dass wir draußen waren, denn auch

dort war Nacht, und es blieb alles so schwarz und salzig, rundherum glitzerten Kristalle, hinter dem klappernden Plexi der Fenster, hinter denen man uns wegfuhr, funkelte es, und wir seufzten und taumelten, ließen uns gegen den nächstbesten Körper fallen, der auch nur dastand und seufzte oder seufzend weiterlief, was immer gefordert war, glücklich nach Hause zu den Mäusen, ins Gras, in den Tau, zu den Sternen, in eine nie da gewesene stille Nacht.
Am nächsten Tag war das ganze Lager krank, nur die Aufpasser nicht, sie hatten kein schwarzes Salz gegessen. Ich erwachte als eine der Ersten. Es brannte im Mund, der Speiseröhre, dem Magen, der Blase, den Gliedern. Der Doktor, ein schöner, kahler Mann im polnischen Lager, saß schon in Uniform auf seiner Pritsche, als hätte er den Besuch erwartet. Wir hatten keine gemeinsame Sprache, es war auch nicht notwendig, er verabreichte mir wortlos ein Brechmittel. Ich wollte zuerst nicht, aber als ich sah, dass es mit einem Löffel Kristallzucker verbunden war, willigte ich ein. Später gab es kein Brechmittel mehr, die Leute tranken warmes Wasser, das sei genauso gut, wenn nicht sogar besser. Jeder Baum ein Mann, eine Hand an der nassen Rinde, in der anderen der Napf, erbrach man sich auf die Krokodile und die durchnässten Fahnen der Klopapiere und Binden. Es war still im Wald, nichts mehr zu hören, nur der Niesel, der die Bäume, die Papiere, die Blechnäpfe traf, ab und an ein leises Würgen. Die Aufpasser ließen uns in Ruhe, sie zogen sich zurück in ihre Baracke und tranken Tee, und vielleicht berieten sie auch, wo man für die 80 Kranken ebenfalls Tee besorgen könnte oder vielleicht eine Cola, aber dazu kam es nicht mehr.
Als eine der Ersten und um meine Ruhe zu haben, als wir mehr und mehr wurden, rückte ich immer weiter vor in den Wald, bis er sich wieder zu lichten begann. Ein Weg war zu sehen, da blieb ich stehen. Ich stand alleine, die Zelte, gut getarnt, kaum mehr zu sehen, die anderen nur noch Flecke, und nur wenn man es wusste: Wo die Stämme dicker wurden, da stand einer. Ich hielt mich fest und versuchte das

Brennen aus mir herauszuwürgen, streckte die Zunge hinaus in den Niesel, denn Wasser konnte ich mir nicht mehr holen: Während ich beim Doktor war, hatte jemand meinen Blechnapf gestohlen. Das Gras werde ich fressen, ob's mir schmeckt oder nicht, doch seltsam, die Aussicht auf die Demütigung, die ich unbedingt vermeiden wollte, nichts anderes hatte ich mir vorgenommen, nur das, niemals im Kuhgalopp zu gehen, nun machte es mir nichts mehr aus, ich blickte mit Gleichmut in die Zukunft, von der keiner wusste, wie lange sie noch währen sollte, Tage, Wochen, vielleicht Jahre, wir haben aufgehört zu zählen, und mit Gleichmut blickte ich auch auf den Weg, der sich nun deutlich vor mir abzeichnete, ein blauer, asphaltierter, verbotener Weg, und kein Aufpasser weit und breit, ich könnte mich auf diesen Weg machen und einfach nach der Himmelsrichtung gehen, irgendwo unterwegs Mütze und Tuch von mir werfen, aber so weit dachte ich gar nicht mehr, wozu?
Die ausgestreckte Zunge, der verschluckte Regen half, ich konnte wieder etwas hervorwürgen, einen zähen, bitteren Faden, er hing mir aus dem Mundwinkel, ich hatte nichts mehr, mit dem ich ihn hätte anfassen können, außer mit den Händen, also blieb ich einfach so, mit vorgestrecktem Hals und offenem Mund, versuchte, den Faden abreißen zu lassen, strengte mich an, bis es in den Ohren zu klingeln anfing. Und dann war es gar kein Klingeln mehr, eher ein Läuten, das Läuten von Schlittenglocken oder wie das von Fieber, und auch der Gesang, der auf einmal da war, war so, ein hohes, brüchiges, gespenstisches Heulen, als hätten die Mäuse angefangen zu fiepen, klagend aus ihrer Verbannung heraus, ihr ganzes schwaches Heer irgendwo im Gras, in den Gräbern, von dort stieg es auf, ein Tsching, ein Haul, ein Ojl. Mir begannen die Knie zu zittern, ich legte die Schläfe an den Baum, das bittere Wasser der Rinde rann über meine heiße Haut und in die Augen. Durch diesen krümeligen Schleier hindurch sah ich sie dann und glaubte nicht, was ich sah, denn das war wie der Augenblick meines Todes.

Ganz in durchsichtiges Plastik gehüllt, außen voller Tropfen und innen beschlagen, sehen konnte man sie nicht wirklich, man konnte nur ahnen, dass darunter welche gingen, oder vielmehr rollten, sich in ihren Rollstühlen vorwärts schoben. Die Räder quietschten, das Gummi heulte auf dem nassen Asphalt, schübeweise, wie es raupengleich, mühsam, Spanne für Spanne vorwärts ging, und dazu der irrlichternde Gesang aus den Plastikhauben, hinter denen keine Gesichter waren, nur singende Hauben, Maa, sangen sie und Jaa, nur ab und an schwappte eine Silbe bis zu mir, aber es war egal, es gab nichts zu verstehen, ich wusste, das war eine Sprache, die es nicht gab. Zum Schluss kam einer, der war auch nur ein Mantel, nicht mehr durchsichtig, sondern schwarz, er rollte auch nicht, sondern ging auf eigenen Beinen, ein schwarzer Regenmantel, eine Kapuze, er trug eine Stange mit einer Fahne, die gleichzeitig ein Bild war, aber ich konnte es nicht erkennen.

Was ich aber erkannte war, dass das, was ich da sah, kein Fiebertraum war, sondern die Wirklichkeit, und dass ich in Wirklichkeit nicht starb, oder wenn, dann war ich bereits jenseits davon, dann war ich schon gestorben, dann war Sterben nur ein verschwommener Wimpernschlag, nach dem alles umso deutlicher wird. Ich zog den Faden wieder in den Mund, richtete mich auf, schluckte, das Wasser lief aus den Augen unter mein Kinn. Ich konnte sie gerade noch sehen, wie sie zwischen den Bäumen davonzogen, eingerahmt von diesen zwei schwarzen Männern, von denen der hintere eine Fahne trug und der vordere etwas, das schon fast unsichtbar geworden war hinter dem Regen, aber man erahnte noch so ungefähr die Form: die Längs- und die Querstange. Und glaub es oder nicht, das war der Moment, ab dem ich anfing, zu begreifen, was bis dahin nur eine Ahnung war, was mit uns passierte oder vielmehr was wir waren, diese Horden verzauberter Seelen, die durch den Wald zogen, singend, taumelnd, kotzend, ich habe begriffen, dass das, was wir für unser Leben hielten, kein Leben war und

die Erlösung, an die manche glaubten, keine Erlösung war, sondern all das war Verdammnis.
Und sie mussten geahnt haben, dass wir nah dran waren, etwas zu kapieren, denn schon am nächsten Tag steckten sie uns eilig und stehend wie wir waren in Züge Richtung Osten, und als wir ankamen an dem Ort, von dem sie behaupteten, er sei unsere Heimat, und den Schmutz und den Gestank von uns abwuschen, gab es welche, die wogen keine 35 Kilo mehr, und wir haben das meiste wieder für eine Weile vergessen, denn die nächsten Jahre musste erst einmal gegessen werden, aber darum geht es jetzt nicht. Was ich sagen will ist, dass das der Moment war, als mir klar geworden ist, dass ich genug hatte von dieser ganzen Misere, die sie das Paradies nannten, einfach und endgültig genug. Und das war im Alter von 12 Jahren, Sommer 1983, im Wald nahe Tschenstochau.

JOCHEN SCHMIDT

PRODUKTIVE ARBEIT

Fernsehen ist verheerend für Literatur.
Das sollte man trennen.
Bert Papenfuß

Jede Woche nahm ich mir vor, rechtzeitig loszugehen. Aber ich kam trotzdem immer zu spät. Dabei war es schlimm genug für mich, mit dem Bus fahren zu müssen, weil mir spätestens nach drei Stationen schlecht wurde. Und es gab so viele Stationen zwischen Buch und Heinersdorf, dass manche nicht mal Namen hatten: Weg Nummer 5, Weg Nummer 12 ... Wenn ich es schaffte, den Brechreiz zu überwinden, schoss das Blut zurück in den Kopf, die Haarwurzeln knisterten und mir wurde kalt. Aber wenn der Schlenkibus so voll war, dass ich in der Mitte auf der Drehscheibe stehen musste, wühlte ich schon nach drei Kurven verzweifelt nach einer Tüte. Vielleicht fiel mir auch plötzlich ein, was ich alles vergessen hatte. Man musste an so vieles denken: die ausgewaschene hellblaue Arbeitshose, das Handtuch, die Stullenbüchse, das Busgeld, die Essensmarke, die Arbeitsschuhe, den fettigen Hefter, die Paste, mit der man sich ohne Wasser die Hände waschen konnte. Es war nichts zu machen, ich ging nie rechtzeitig los. Es war einfach so unsinnig, die Wohnung zu verlassen, hier oben konnte mir doch niemand etwas. Die Vorräte hätten für Wochen gereicht. Die Sonne schien durchs Fenster und ich war endlich einmal allein zu Hause. Der Fernsehsessel meines Vaters war frei. Seine Lehne war so breit, dass man auf ihr alles abstellen konnte, was man den Tag über brauchen würde. Ich könnte das Programm selbst bestimmen und mit einem unserer Weststrohhalme, die wir immer wieder abwuschen, einen riesigen Kakao trinken. Selbst wenn nur Schulfernsehen kam, es unterstrich ja noch die Freiheit, es zu Hause zu gucken, wo kein PA-Meister weit und breit zu sehen war, der einen über den Arbeitsschutz belehren wollte oder darüber, dass es »Schraubendreher« und nicht »Schraubenzieher« hieß. Ich könnte nachsehen, ob im Tagebuch meiner Schwester was Neues stand. Oder in die Highscoreliste vom Telespiel meines Bruders eindringen, wenn er es nicht wieder versteckt hatte. Es gab noch so viele weiße Flecken in unserer Wohnung.

Bis zur Haltestelle waren es nur fünf Minuten, manchmal sah ich den Bus schon kommen, wenn ich noch über die große Wiese ging, dann rannte ich los, rutschte aus und packte mich in den Schlamm. Die anderen sahen mir vom Bus aus grinsend zu. Wenn ich Glück hatte, saß im nächsten Bus noch ein anderer Unglücklicher, und wir kamen zusammen zu spät. Aber meistens musste ich allein in die Werkhalle gehen, wo sie schon mit ihren Haarnetzen standen und Gewinde in weiches Aluminium frästen. Wenn der Meister nicht bemerkte, dass man erst jetzt kam und man sich heimlich an eine der Maschinen schlich, gab es bestimmt jemanden, der so laut, dass es in der ganzen Werkhalle zu hören war, sagte: »Äh? Müssen wir uns nicht erst anmelden gehen?«

Das letzte Stück zur Fabrik rannte ich. In der verrußten Umkleidekabine zwängte ich mich in die zu kurze Arbeitshose. Die billigen Knöpfe waren so fest angenäht, dass man sie kaum durch die Knopflöcher bekam. Dann die schweren schwarzen Schuhe. Die anderen hatten sicher schon einen Berg Starkstromdosen zusammengeschraubt. Sie beeilten sich so damit, dass das Material ständig aus war und einer von uns neue rote Plasteteile holen gehen musste, während die anderen in der Zwischenzeit einen Vorsprung herausschraubten. Wenn man mit Materialholen dran war, musste man versuchen, sich so viele Hülsen wie möglich unter die Latzhose zu stopfen, bevor sich die Meute auf die Kiste stürzte, sonst würde man sein Soll nicht schaffen.

Aber heute hatte der Lehrmeister etwas Besonderes mit mir vor. Er nahm mich mit in eine Ecke des Werkraums, gab mir eine Schutzbrille und zeigte mir kurz, wie man Kupferkabel in die dampfende Zinnbrühe taucht, um die Enden »ordnungsgemäß« zu verzinnen. Die Meister zeigten immer alles sehr kurz. Ich würde also heute giftige Dämpfe einatmen, während Heiko mit den Mädchen am Tisch stand und beredete, was gestern bei »Schlager der Woche« gespielt worden war. Dabei waren Gespräche nach der Bassow-Methode verboten. Diese Methode hatte ein russischer Neuerer entwickelt, um Arbeitsunfälle zu vermeiden. Eines ihrer Prinzipien war, sich keine Schraubenzieher in die Hosentaschen zu stecken. Man sollte Werkzeuge, die umfallen konnten, lieber gleich hinlegen. Besonders gewarnt wurde vor »Liebeleien und Neckereien am Arbeitsplatz«. Unsere theoretische Ausbildung bestand fast ausschließlich aus dem Lernen der fünf Prinzipien der Bassow-Methode. Sie wurde ergänzt durch die Mamai-Methode, die ein anderer russischer Neuerer entwickelt hatte und die es gestattete, den Jahresplan überzuerfüllen, indem man den Tagesplan an jedem Tag übererfüllte. Der Lehrmeister zog immer mal eines der Mädchen an den Trägern der Latzhose zu sich heran und fragte es nach den Prinzipien dieser Methoden ab. Oder er griff ihnen gleich in die Taschen, um zu prüfen, ob sie Schraubenzieher darin hatten.

In der Mittagspause packten wir in der Kantine unsere Stullen aus. Überall hingen Wandzeitungen mit zerknitterten Zeitungsausschnitten und verblassten Zahlentabellen früherer Wettbewerbe. Die richtigen Arbeiterinnen saßen an einem eigenen Tisch, rauchten und tranken Kaffee. Sie trugen bunte Perlonblusen und waren unförmig dick. Es war schon ein Wunder, aber Irina sah sogar in unserer Arbeitskleidung gut aus. Die Mädchen krempelten sich die Hosen hoch, schnallten sich einen Gürtel um, und schon machten sie eine weniger lächerliche Figur als wir.

Nachmittags in dieser Kantine im Licht der flackernden

Neonröhren zu sitzen, Stullen zu kauen und dazu aus angeknabberten Plastetassen den lauwarmen Zitronentee zu trinken, den man sich an einem riesigen schwarzen Metallkanister holte, war ein Grund, studieren zu wollen. Die Gerüchte, dass der Tee potenzhemmende Mittel enthielt, kamen erst bei der Armee auf. Missmutig roch ich an den Wurstbroten. Die Apfelstücke waren inzwischen braun geworden und schmeckten selbst nach Wurst. Draußen nieselte es auf die Schrottberge und Kokshaufen, aus denen sie dieses Land gebaut hatten. Über allem lag der Geruch von alter Bohrmilch und ausgefrästem Aluminium. Die Witze der Lehrmeister waren einem schon von den anderen Klassen erzählt worden: »Heißt die Hauptstadt der USA ›New York‹ oder ›Neff York‹?« Wie sollte man sich jedes Mal dumm stellen, um ihnen die Laune nicht zu verderben? Sie waren Berufsschüler gewohnt, die ihren Humor teilten. Aber die steckten auch mal wegen einer Wette einen Finger in die Fräse. »Ham wir alles schon gehabt«, sagten die Lehrmeister, wenn sie solche Anekdoten von sich gaben. Von uns hatten sie nichts zu befürchten. Obwohl wir wussten, dass wir in der nächsten Woche alles wieder auseinander schrauben würden, wenn in der Zwischenzeit keine neuen Teile gekommen waren, waren wir noch weit entfernt von der Motivationslosigkeit der richtigen Arbeiter, die ihr Leben lang das gleiche Gewinde in das gleiche Winkelstück bohrten und sich ihre Kräfte dementsprechend einteilten. Wir waren noch voller Ideale und meldeten es dem Lehrmeister, wenn auf dem Hof ein Fass mit alter Bohrmilch durchgerostet war und die giftige weiße Brühe in den Ascheboden sickerte. Er kam dann mit raus, warf einen kurzen Blick auf das Fass, drückte eine Schraube ins Rostloch und ging wieder.
Nach der Arbeit musste man um einen Platz am Waschbecken kämpfen, denn wenn man nicht schnell genug war, kam man in die Umkleidekabine, und die anderen waren schon abgehauen, nicht ohne einem die Hose am Kleiderhaken festgeknotet zu haben, so dass man zehn Minuten

brauchte, um sie wieder abzuknüpfen, und den Bus nicht mehr schaffte.
Manchmal zog ich mich deshalb um, ohne mir die Hände zu waschen. Ich drängelte mich in den Bus und stand beklommen auf der Drehscheibe. »Watt isn eigentlich, wenn Erich mal abkratzt?«, fragte einer. »Ick gloob, denn kommt Krenz.« »Meinste? Krenz?« Manche standen auch direkt hinter dem Busfahrer und beobachteten ihn bei der Arbeit. In den neuen Ikarus-Bussen waren die Knöpfe zum Türöffnen untereinander angebracht. Wenn der Fahrer alle Knöpfe drücken musste, weil an jeder Tür jemand zugestiegen war, konnte er den Zeigefinger von oben nach unten über die Leiste gleiten lassen. Wir lauerten die ganze Fahrt über und jubelten, wenn er einmal diese lässige Bewegung ausführte.
Ich hatte noch Keramikmasse unter den Fingernägeln. Eigentlich war sie für elektrische Bauteile bestimmt, aber wir hatten am Nachmittag Laichgrotten für Aquarien daraus geknetet. Den Fischen würde es nichts ausmachen, in was für unförmige Behausungen sie ihre Eier legten. Erst hatten manche von uns bei der Arbeit diskutiert, welche von den Mädchen man schon »befruchten könne«, dann hatten wir uns mit Laichgrotten beworfen.
Jetzt war mir so schlecht, dass ich nicht mehr stehen konnte. Die Drehschreibe quietschte unbarmherzig hin und her. Plötzlich wurde ausgerechnet neben Irina ein Platz frei. Ich setzte mich, ohne nachzudenken. Mein Mund war ganz trocken, weil ich nicht durch die Nase atmen konnte. Die Luft schmeckte nach Benzin. Befruchten, Laichgrotte, Bohrmilch, Irina. Ich reagierte auf nichts mehr, auch wenn sie über mein blasses Gesicht witzelten, ich starrte nur apathisch vor mich hin und fieberte mit dem Fahrer mit, konnte er nicht die anderen Busse vor sich überholen? Irina wohnte ein paar Haltestellen weiter, genau wie Heiko. Er hatte als Einziger von uns Jungen eine schöne Schrift. Mir hätte es überhaupt nichts genützt, meine Aufsätze fünfmal abzuschreiben, es sah immer noch so aus, als sei ein besoffenes

Huhn übers Blatt getorkelt. Wenn ich jetzt ausstieg, würde sich Heiko neben Irina setzen. Er hatte ein Fernrohr auf dem Balkon, und sein Vater war Chefarzt und beschwerte sich in der Kaufhalle, wenn die Butter gelb war. Aber wenn ich nicht ausstieg, würde ich gleich auf den verschmierten Boden kotzen. Der Bus hielt, und ich stapfte schwankend über die schlammige Wiese nach Hause. Ich guckte zum Himmel hoch, als würde ich dort oben etwas Wichtiges vorhaben. Bloß nicht zu ihnen sehen, Irina sollte sich nichts einbilden. Sicher ließ sie sich gerade von Heiko befruchten, und wenn sie dabei sah, dass ich nicht zu ihr hinguckte, bekam sie ein schlechtes Gewissen.

Der nasse Sand auf dem Spielplatz, die verkokelten Klingelknöpfe, die Mülleimer vor der Wohnungstür. Gleich runterbringen, oder das ganze Wochenende lang jede Stunde daran erinnert werden? Ach was, bloß schnell ins Zimmer und fernsehen, fernsehen, bis zur Besinnungslosigkeit fernsehen.

ARIANE GRUNDIES

DIE UNIFORM

Die Sicherheitsnadel war offen. Sie stach ihn in den linken Oberschenkel, während er sich vor dem Spiegel hin- und herdrehte. Er hatte den Saum des blauen Faltenrockes seiner Schwester umgelegt und mit Nadeln befestigt, damit man seine Knie sehen konnte, die schlank wie Kaninchenschenkel und meistens blau waren. Als die Tür zuschlug, beeilte er sich, den Pionierrock auszuziehen.

Krischi sah seine Mutter von hinten, wie sie etwas in die Tiefkühltruhe stopfte. »Wenn du bei Frau Radeberg warst, gibt's Stieleis«, sagte sie, ohne sich umzudrehen.

Der Rollstuhl war schwer. Krischi schob ihn gedankenverloren über das Kopfsteinpflaster. Frau Radeberg schimpfte, sie roch nach Alkohol, nach Korn genauer gesagt, und fragte ständig: »Warum noch mal bist du hier?« »Bin der Trupp von Timur«, sagte Krischi. In der Wohnung der alten Radeberg, von der aus man direkt in das Fenster neben seinem Zimmer blicken konnte, roch es nach Urin und Alkohol. Krischi fand unzählige Flaschen; Wodka, Bier und Korn, immer wieder Korn. Manche Flaschenköpfe waren abgebrochen und scharfkantig. Er machte insgesamt sieben Mal den Handwagen voll, und brachte ihn zur Flaschenannahme. Frau Radeberg bestand darauf, dass er die Pfennige behielt, solang er ihr eine neue Flasche Korn mitbrachte. Er sollte kleine Flaschen kaufen und versteckt in seinem blauen Käppi tragen. »Der«, die alte Radeberg zeigte mit dem Daumen über die Schulter auf die Wand, die an die Nachbarwohnung grenzte. »Der hat hängende Ohren, vom Lauschen.« Krischi half der alten Frau aus dem Rollstuhl in das Bett. Ihre Hüfte knackte. »Der mit den hängenden Ohren. Der hat viel Altpapier«,

sagte die Alte. »Das neue Deutschland ist nämlich eine große Zeitung, viel Papier«, sagte sie.
Krischi klingelte bei Peter Schwarz. Keiner öffnete.
Die Sonne schien und machte die Dächer rot. Er spürte die Nässe auf Brust, Bauch und Rücken kleben. In der einen Hand hielt er zwei Wäscheklammern, in der anderen das Eis, das langsam flüssig wurde und ihm am Handgelenk herunterlief. Das Gartentor quietschte. Er hielt den Atem an und sah durch die kleinen Äste der Hecke die Postfrau, die ein Paket zwischen den Händen drehte wie einen großen Würfel, kurz bevor sie ihn fallen lassen würde. Er zog die weiße Bluse hektisch aus, und hinterließ dabei einen Schokofleck. Er nahm das Kleidungsstück, stand unschlüssig damit auf dem Hof hinter der Hecke, dann knüllte er es zusammen und steckte es in eine dichte Stelle des Gestrüpps.
Die Pionierleiterin hatte fettiges gescheiteltes Haar und eine Brille, die die Augen auf Stecknadelkopfgröße zusammenschrumpfen ließ. Krischi folgte ihr und versuchte den Hüftschwung zu imitieren. Sie betraten ein steriles Zimmer mit braunen Möbeln. Die Vorhänge waren grün und schwer. An der einen Wand stand eine Liege aus Metall. An einem kurzen, fast quadratischen Tisch saß ein älterer Herr in einem rosafarbenen Kittel. »Sind wir beim Arzt?«, fragte Krischi die Pionierleiterin und suchte ihre Augen, die so winzig geworden waren, dass er Mühe hatte, sie zu finden. Die schüttelte den Kopf. »Ich warte draußen«, sagte sie und verließ das Zimmer. Der Mann stützte die Ellenbogen auf den Tisch und begann Krischi Fragen zu stellen, die er nicht verstand.
Das Paket, das die Postfrau gebracht hatte, stand geöffnet auf dem Küchentisch. Krischi griff hinein, nahm sich eine Hand voll bunter runder Kaugummis und verschwand in seinem Zimmer. Mit einer dicken Nadel bohrte er Löcher hinein, nahm dann Angelgarn und fädelte die Kaugummis auf. Vor dem Spiegel legte er sich eine Kette an den Hals. Er schwitzte.

Beim Abendbrot sprach niemand ein Wort. Krischi hatte bunte klebende Flecken auf seinem gut sichtbaren Schlüsselbein.

Die Mutter weckte ihn nicht. Als er die Augen aufschlug, war es halb zehn. »Frei«, erklärte die Mutter. Sie machten zusammen einen Stadtbummel. Er durfte sich etwas im Spielzeugladen aussuchen. Krischi entschied sich für ein blaues Schwein mit Armreif. »Das ist gut«, sagte die Mutter, »dann bist du nicht so allein.« »Warum?«, fragte Krischi. Die Mutter zuckte mit den Schultern.

Am Nachmittag sah Krischi Hanna und Tini mit ihren Schulmappen nach Hause kommen. Sie winkten ihm zu und rückten ihre Halstücher zurecht.

»Warum sind denn Hanna und Tini heute in der Schule gewesen?«, fragte er. »Du musst zur Kur fahren«, sagte die Mutter. »Warum das?«, fragte Krischi. Sie zuckte mit den Schultern.

INGO SCHRAMM

HAUSARREST

Im Radio lief schon wieder Suzi Quattro. Frank drehte weiter. Auf dem anderen Sender lief Deep Purple. Seine Mutter steckte den Kopf durch die Zimmertür und sagte: »Ich gehe jetzt.« Er blickte ihr nach, wie sie die Treppe hinunterstieg. Der Beutel aus türkisblauem Dederon pendelte an ihrem Handgelenk und schlug gegen die gedrechselten Baluster.

Im Radio kam ein Wortbeitrag. Auch auf dem nächsten Sender wurde geredet. Er drehte hin und her. Schlager, Geigen; Blaskapellen intonierten Marschmusik. Bevor er das Radio ausschaltete, hörte Frank jemanden »Übererfüllung« sagen.

Aus dem Schrank holte er die Levis, zog seine braune Stoffhose aus und stieg in die Jeans. Vor dem Spiegel fand er, dass sie nicht eng genug war. Er holte den Kamm aus dem Bad, steckte ihn in die rechte Hintertasche. Der hellgrüne Plastikgriff lugte fingerlang hervor. Es war vier nach sechs.

In der Hofpause hatten sie es abgemacht. Frank war mit Beate zum Rauchen in den Hausflur gegangen. Am Hofzaun hatte er Schulte und den Golz aus der B mit je einer Filterlosen bestochen. Golz trug seine Armbinde mit einer Sicherheitsnadel an den Hemdärmel geheftet, Schulte hatte seine in die Hosentasche gesteckt.

Im Hausflur roch es nach Fisch. Frank hatte Beate geküsst und ihr eine Zigarette angezündet. Sie rauchte Lunge, ohne zu husten. Er beschrieb die Situation: »Gabriele ist in Dresden. Sie kommt wahrscheinlich nicht mal am Wochenende; immer seltener, dass sie kommt. Gerald ist ohnehin weg vom Fenster. Gestern kam der Brief: vier Wochen Urlaubssperre.

Meine Mutter muss für zwei Tage auf Dienstreise. Heute Abend fährt sie los. Sie hat mir erzählt, warum, aber was geht das mich an.«
»Die Asche fällt schon.«
Er klopfte ab, zog und blies eine viel zu große Wolke ins Zwielicht. »Am Sonntag war mein Vater da. Es dauert mindestens ein Jahr, bis der sich wieder sehen lässt.«
»Liebst du mich?«, fragte sie.
Frank kniff die Augen zusammen, nickte, zog an der Zigarette, nickte noch einmal. Sie warf ihre auf den Boden, trat die Glut aus und drehte sich von ihm weg.
»Wenn du mich nicht liebst, dann komme ich nicht«, sagte sie.
Er fasste sie an den Händen, damit sie die Arme nicht verschränken konnte. Seine Muskeln zitterten. Das ist wegen der Kälte, sagte er sich, sie zittert auch.
»Ich liebe dich für immer«, sagte Beate.
Zehn nach sechs war es nun und sie blieb weg, damit hatte Frank gerechnet. Vor halb sieben würde sie nicht kommen. Er ging in die Stube, holte die blaue Wäsche aus dem Kleiderschrank, ging dann in sein Zimmer und bezog das Bett. Die alte Wäsche legte er zusammen und schob sie unter den Tisch. Auf dem Sprelacart lag das Hausaufgabenheft und das Biobuch. Beides räumte er fort und stellte das Bild von Deep Purple so hin, dass es vom Bett aus zu sehen war. Mit einem Tuch wischte Frank den Rahmen und das Glas sauber.
Einige Minuten stand er unschlüssig, sah dann in der Küche, gleich war es halb sieben. Mit dem Kamm ordnete er die Haare, probierte den Scheitel rechts, zog ihn gleich darauf wieder in der Mitte. Er öffnete die Wohnungstür einen Spaltbreit und lauschte. Vom Hof war Lachen zu hören. Zehn nach halb legte er sich auf das Bett und starrte an die Decke. Das Kissen roch, wie es immer roch. Wie würde es nachher riechen?
Als Frank aufwachte, war es dunkel. Sein Herz raste. Einen

Moment lang bekam er keine Luft. Auf der Straße fiel ihm auf, der Schal hing noch oben am Garderobenhaken. Eine Straßenbahn war nirgends zu sehen. »Die kann was erleben.« Vom Nieselregen bekam Frank ein nasses Gesicht; sah sich auf den Bettbezügen liegen, hörte den Türgong, immer wieder den Türgong und ein Seufzen aus großer Entfernung.

Am Klingelbrett fand sein Finger den richtigen Knopf sofort. Zweimal drückte er, stieß mit dem Fuß gegen die Haustür, die ein paar Zentimeter aufschwenkte. Frank betrat das Treppenhaus, ging dann wieder zurück und klingelte noch einmal. Im Lautsprecher war ein Knacken zu hören.

»Ja?« Es war ihre Mutter.

»Ist Beate da?«

»Wer will das wissen?«

»Ich bin's, Frank.«

»Welcher Frank?«

»Frank aus der Zehnten.«

»Was willst du von Beate?«

»Wegen der Nachhilfe. Es ist wegen Mathe.« Wie gut Beate in Mathematik war, wusste er nicht.

»Warum aus der Zehnten?«

»Das ist jetzt so. Wir müssen ihnen helfen. Es ist wegen der außerschulischen Aktivität.«

In der Wohnung roch es nach Essen und Spiritus. Beates Mutter war kleiner als Frank, schaffte es trotzdem, ihn von oben herab zu mustern. Rechts war eine Kommode, die beinahe verschwand unter Einweckringen aus Gummi, Handtüchern, Socken. Auf der Erde stand eine offene Tüte mit Sägespänen. Davor lagen Wäscheklammern aus Holz.

»Beate«, rief die Mutter, wischte sich eine Haarsträhne aus der Stirn. Sie hatte einen Schatten auf der Wange, glaubte Frank zu erkennen. »Beate, verdammt!«

Die Tür ging auf. Sie hielt sich am Rahmen fest und sagte kein Wort, weder zu ihm noch zu ihrer Mutter. Ihre Füße

steckten in Pantoffeln aus blauem Kunstleder. Die Bluse war zerknittert.
»Was ist mit Mathe?«, fragte die Mutter, hob die Hand, ließ sie gleich wieder sinken.
»Mathe?«, fragte Beate. Ihre Stimme klang müde. Im Gesicht sah sie fahl aus. Frank blickte höher, drehte den Kopf weg und verkniff sich ein Lachen.
»Ich bin wegen der Nachhilfe hier«, sagte. »Es ist eigentlich keine Nachhilfe, Frau Kiesler, sondern eine Förderung. Deswegen auch, dass ich von der Zehnten geschickt werde.«
»Sie ist wohl ein Genie?«
»Komm rein«, sagte Beate.
In ihrem Zimmer hockte er sich zu dem Meerschweinchen, das regungslos in seiner Box saß. Die Glaswände waren von innen verschmiert, im Spreu lagen Kotbällchen und Möhrenstücke. Frank stand auf, wollte küssen. Sie drehte den Kopf weg und sagte: »Nicht.«
»Ich verzeihe dir.« Er berührte sie am Kinn, blickte in Augen, die allmählich zu schwimmen begannen.
»Du bist blöd«, sagte sie leise.
Das Meerschweinchen lief hin und her, quiekte. Beate stand auf, hob es aus der Box und streichelte das Fell. »Mein Fridolin!« Stoisch ließ das Tier die Liebkosung über sich ergehen.
»Er hat mir Stubenarrest gegeben«, sagte sie, setzte Fridolin auf die Erde. Das Tier verharrte einen Moment, lief dann schnell zum Regal und kletterte auf einen blauen Karton.
»Was hast du angestellt?«
»Zwanzig Mark hat's gekostet.« Sie schaute ihn groß an und ballte die Fäuste. Wieder musste er sich das Lachen verkneifen, als er ihre neue Frisur betrachtete. Die Haare waren kürzer geschnitten und auftoupiert. Wie ein Mopp, dachte er und sagte: »Ist doch egal.«
»Aber er kapierts einfach nicht.«
»Ich hab die ganze Zeit gewartet.«
»Zwei Wochen gab er mir.«

Fridolin scharrte.
»Mama hat ihn angeschrien, bis er drei Wochen draus gemacht hat.«
»Ich liebe dich trotzdem.«
Frank umarmte Beate. Sie lehnte ihren Kopf gegen seine Brust und schloss die Augen. Er roch sie, blickte an ihrem Rücken hinunter, sah die leere Box mit den Möhrenstücken und roch schmutzige Streu. Langsam beugte er sich zurück, versuchte sie zu heben. Beate verlor einen Pantoffel. Fridolin lief darauf zu und kletterte hinein. Frank strauchelte, kippte ohne loszulassen auf das Bett, über dem eine gelbe Decke lag. Durch die Tür hörten sie die Mutter schimpfen. Beate schob sich ein Stück an ihm herauf und leckte seine Nase.
»Bist du mein Hund?«, fragte er.
Sie knurrte.
Irgendwo in der Wohnung klirrte Glas. Wieder war das Schimpfen der Mutter zu hören, leise, lauter und näher, dann leise.
»Was hat er jetzt wieder?«
»Der ist doof«, sagte Frank.
»Red nicht so von meinem Vater!«
Die Tür wurde aufgerissen.
»Sieh dir die beiden an!« Die Mutter schlug mit dem Handtuch, traf die Bettkante. »Dein Vater bringt sich um, und du steigst mit dem da ins Bett!« Zwei Schritte, und sie war heran, zog Beate an den Haaren, gab Frank eine Ohrfeige. »Wo ist das Mathebuch?« Mit den Armen schützte er das Gesicht. Die Mutter hielt ein und setzte sich aufs Bett. Ihr Kinn zitterte, die Augen waren klein, rot. Keine Träne floss. Beate lief aus dem Zimmer.
Frank folgte ihr. Die Glastür zur Stube stand offen. Das Deckenlicht war ausgeschaltet, nur eine Stehlampe mit grünem Schirm spendete Licht. Der Fernseher lief, Bonanza, der Ton war stumm gestellt. Erst sah Frank niemanden, bis er Beates Rücken zwischen Tisch und Couch entdeckte. Unschlüssig drehte er sich ein paar Mal, trat dann die paar

Schritte näher, wobei er Postkarten ausweichen musste, die auf dem Boden verstreut waren.
Ihr Vater lag auf der Erde, seine Stirn ruhte in ihrer rechten Hand, der Mund stand offen über einer gelben Waschschüssel. Frank sah, wie Beate dem Mann, der noch keine grauen Haare hatte, ihren linken Zeigefinger in den Hals steckte. Er hörte das Röcheln, sah den Vater sich in die Hand seiner Tochter schmiegen. Gleichzeitig wich er ihrem Zeigefinger aus, bis sein Hinterkopf gegen die Tischplatte stieß. Brutal stach Beate zu. Der Vater bäumte sich auf, hockte dann über der Schüssel und erbrach hellrote Flüssigkeit. Es roch nach Schnaps und Magensäure. Der Vater hatte kein Hemd an, winzige Haare auf den Schultern. Mit dem Ärmel ihrer Bluse wischte Beate sich Spritzer vom Kinn und stand auf.
»Du musst anrufen«, sagte sie zu Frank.
»Ich?«
»Es sind wieder Tabletten, du musst zur Telefonzelle.« Sie drängte ihn Richtung Tür. Er staunte, wie eiskalt ihr Blick war.
Draußen nieselte es noch immer. In der ersten Telefonzelle war der Hörer abgeschnitten. Er lief weiter, begann zu rennen, irrte durch die Straßen, kam immer wieder an Beates Plattenbau vorbei. Fenster, hinter denen Licht gemacht war, dunkle Fenster, abgeschlossen, Schatten von Menschen in ihren Stuben. Niemand war unterwegs. In der nächsten Telefonzelle stellte Frank fest, dass er kein Zwanzig-Pfennig-Stück hatte. Also lief er zurück, hämmerte mit Fäusten gegen die Wohnungstür der Kieslers.
Die Mutter ließ ihn herein.
»Ich habe ... », keuchte er. »Alles ... kaputt.« Ihm war, als müsste er heulen. Wieder sah er Beates kalten Blick, ihr fahles, unbewegtes Gesicht, die eigenwilligen Haare. Diesmal musste er nicht lachen. Sie verschwand im Bad.
Seine Augen suchten Bonanza, doch der Fernseher war ausgeschaltet. Der Vater lag auf der Couch, zugedeckt mit der

Decke von Beates Bett. Sie kam, kniete sich zu ihm, wischte mit einem feuchten Waschlappen das Gesicht sauber. Auf dem Tisch stand eine Thermoskanne neben einer Kaffeetasse mit abgeschabtem Goldrand.
»Kann er jetzt trinken?«, fragte die Mutter.
»Noch nicht«, sagte Beate. Sie wischte dem Vater Stirn und Augen.
»Ich brauch bloß Telefongeld«, sagte Frank.
Beate schüttelte in seine Richtung langsam den Kopf.
»Jetzt«, sagte sie zu ihrer Mutter. Die schraubte eilig die Kanne auf, goss dampfende Flüssigkeit in die Tasse, während Beate ihrem Vater den Kopf stützte. Mit zwei Fingern nahm sie der Mutter die Tasse ab, flößte ihm etwas ein, wischte das Ausgesabberte weg und tränkte weiter. Frank sammelte die Ansichtskarten auf.
Später saßen sie um den Tisch und schauten dem Vater zu, wie er weinte. Frank suchte Beates Blick. Ihre Augen waren leer und ausgehöhlt. Wieder glaubte er, bei der Mutter einen Schatten zu bemerken, jetzt auf der Stirn.
»Wie heißt er?«, fragte sie.
»Frank«, sagte Beate.
Verlegen blätterte er die Postkarten durch. Es waren felsige Küsten, Zedern, Parkplätze voller Autos, Palmen, Villen mit Pool, Hotelanlagen, Berge, von denen rotes Spätlicht widerschien, Meer und anderes Meer.
»Er hat sie«, sagte der Vater flennend, streckte seine klobige Hand nach den Karten aus. Frank gab ihm alle.
Das Wimmern wurde leiser. Die Mutter verdrehte die Augen, nahm die Tasse, blickte hinein, stellte sie auf den Tisch. Frank hob den Kopf, um den Tassengrund zu sehen, erkannte einen braunen Rest, in dem grobe Kaffeekrümel schwammen. Er nickte, es hatte keinen Sinn.
»Du denkst an mich«, sagte der Vater, griff Frank am Oberarm. Ihre Augen begegneten einander, beide hielten es nicht aus. »Das vergesse ich dir nie, Junge. Sie schimpfen mit mir. Es ist immer dasselbe. Beate macht, was sie will. Als ob ich

es leicht hätte.« Er zählte die Postkarten, kam zu einem falschen Ergebnis, legte den Stapel auf den Tisch und zählte dann noch einmal. »Immer wieder, aber verdienen soll ich's.«

Der Vater wischte sich übers Gesicht und die Hand dann an der Decke trocken. »Man fragt sich, wofür, verstehst du?« Irgendwohin blickte er. »Wofür, wohin, dabei ist das doch klar, Zukunft und alles. Trotzdem die Frage. Wohin; es ist ein verfluchtes Haus.« Ein Weinkrampf schüttelte den Vater.

Nach einer Minute beruhigte er sich wieder. »Den eigenen Leuten ist man vollständig egal; aber vollständig! Sie reden dazwischen, hörst du?« Er legte eine Pause ein. »Hörst du? Das ist alles Bosheit.« Eine Faust wurde geballt, das Bein unter der Decke geschlagen. Niemand sprach ein Wort. »Immer wieder verbrenne ich mir die Finger. Es sind die Öfen, aber damit ist es nicht genug. Das reicht ihnen nicht. Sie wollen mehr und mehr und mehr und verdienen soll ich's.« Er hustete. »Womit hab ich das verdient?«

Frank musste kichern. Der Vater blickte sich um und flüsterte: »Du?« Dann schüttelte er den Kopf, lachte, stand auf, lief zur Schrankwand, zog neben den leeren Vasen ein dickes Buch heraus. Er drehte sich um, trat einen Schritt zur Seite, begann zu humpeln, stützte sich mit der Hand selbst das Rückgrat. »Hier«, sagte der Vater, hielt Frank das Buch hin. Der nahm es ihm ab. Geruch von Staub und altem Papier stieg in die Nase. Der Vater legte sich wieder auf die Couch, zog stöhnend die Decke bis unters Kinn.

Das Buch hatte keinen Schutzumschlag, der Einband war aus Pappe und mit kaum mehr sichtbaren, schwarzgelben Rauten verziert. Ähren waren zu erkennen. Frank drehte es, der Geruch wurde stärker. Aus gefärbtem Leinen war der Buchrücken und hatte in der Mitte einen Knick.

»Das sind mindestens zehn Zentimeter«, sagte Frank, nachdem er mit Daumen und Zeigefinger die Dicke geprüft hatte.

»Es sind sieben«, berichtigte der Vater, »exakt sieben Zentimeter. Sie wissen es nicht zu schätzen.«
Der dreckige Geruch dieser stark vergilbten Seiten ekelte Frank. Um ihm den Gefallen zu tun, schlug Frank das Buch auf. Beate blickte aus dem Fenster, die Mutter kratzte sich an der Nase.
»Das ist altdeutsche Schrift«, mokierte sich Frank.
»Von meinem Vater. Er hat es zum Hochzeitstag bekommen, zum zehnten, glaub ich, von meiner Mutter. Sieh vorne nach!«
Mit schwarzer Tinte hatte irgendwer eine kaum leserliche Widmung eingetragen. »5.7.43«, las Frank vor.
»Ein Jahr später war er tot. Das war schon immer so.« Im Flur fiel etwas krachend zu Boden. »*Soll und Haben*, verstehst du?«
»Ich muss gehen«, sagte Frank. Beate riss den Kopf herum.
»Du sollst es mitnehmen, es ist von Freytag«, entschied der Vater.
»Das ist wegen der Zeit«, sagte Frank. Auf der rechten Handfläche wog er das Buch. Schwer war es nicht. Als er aufstand, glaubte er, von Beate ein Ächzen zu hören; hielt es für eine Täuschung. Die Mutter brachte ihn zur Tür.
»Sei ehrlich«, verlangte sie, »Beate bekommt eine Fünf am Jahresende.«
»Nein«, sagte Frank.
»Sie wird sitzen bleiben, ich weiß es.«
»Nein.«
»Du hast ihn doch erlebt.«
In der Haustür blieb Frank stehen. Das Nieseln hörte nicht auf. Rechts war ein Müllcontainer. Wenn es wenigstens richtig regnen würde, dachte Frank, dann könnte ich sagen, es ist durchgeweicht. Er ging ein paar Schritte. Hinter sich hörte er die Tür schwer ins Schloss fallen.
»Frank!« Beates Stimme klang verändert. »Frank!«
Sie stand vor ihm, die Hände in den Hosentaschen versteckt,

Schultern zusammengezogen. Ihre Frisur verlor im Nieselregen an Form. Ein Fuß steckte im Pantoffel. Die weiße Socke am andern wurde dunkel auf dem feuchten Boden.
»Du holst dir den Rest«, sagte Frank, nahm seinen Kamm und zog ihn sich langsam durch die Haare.
»Fridolin. Ich wollte ihn nicht vertreiben. Er muss dann doch nur wieder zurück in die Box.«
Ein Mann mit dunkler Schirmmütze drängelte an den beiden vorbei und verschwand im Haus. Beate machte einen Schritt auf Frank zu. Ihre Nase glänzte. Sie streckte die Hand aus: »Ich hab gesagt, du hast deinen Füller liegen lassen.« Er kämmte weiter.
»Du musst mir glauben«, sagte sie, »dass ich dich liebe.« Noch ein Schritt, sie legte ihre Arme um ihn und zog sich an ihn heran. Er hielt den Kamm und das Buch, sah ihre Stirn vor seinen Augen. Ein Beben durchlief sie. Das Wetter, sagte er sich, obwohl er es besser wusste. Sie legte den Kopf ein wenig zurück. Das war, als würde sie etwas sehen, das größer war als er, irgendein Irgendwo.
»Versprich mir«, sagte sie leise, »versprich mir, dass du mich nie verlässt.«
Frank steckte den Kamm zurück.
»Du musst es mir versprechen, nur das. Ich verlange nichts.«
»Ja«, sagte er und schämte sich.
In seinem Zimmer zog er die frische Wäsche vom Bett, legte sie zusammen und zurück in Mutters Schrank. Es wurde Mitternacht. Er öffnete das Fenster, blickte auf die Straße hinunter, in den Himmel, lange, schüttelte dann den Kopf.
Ohne sich auszuziehen, stieg er ins unbezogene Bett, sah das Bild von Deep Purple. War eben ein Bild. Die Lampe am Tisch ließ er brennen. Immerhin, dachte er, fünf Wochen. Der Wälzer lag daneben. Es waren bald fünf Wochen, dass er mit ihr ging. Was sollte also dabei sein, wenn es jetzt so gekommen war.

ANNA KALERI

THINGTAG*

Meine Augenbrauen sehen aus, als hätte sie der Teufel selbst gezogen. Wo bei anderen der Verstand eine klare Schneise fällt, sind sie bei mir zusammengewachsen wie die Flügel eines schwarzen Vogels. Der Scheinwerfer stochert durch die Nacht. Links der Abhang gähnend, weil er lange niemanden aufgefangen hat. Weiter unten schwach die Lichter von Hochleben und rechts die steilen Wände, glänzender Schiefer, Sickerwasser, zu Eis gefroren, gebündelt zu blitzenden Bärten.
Sie nennen mich Martel, obwohl ich Martin heiße. Mein Vater hat das eingeführt. Er war nie zu Hause. War immer bei einer anderen Frau und meine Mutter sagte, er komme später von der Arbeit zurück. Wenn ich krank war, kam er früher heim. Setzte sich an mein Bett und hatte irgendwo ein Matchboxauto aufgetrieben. Er klappte die Motorhaube auf und breitete vor mir imaginär die Teile aus, setzte sie neu zusammen, erklärte mir die Welt. Versprach, an meinem Bett sitzen zu bleiben, ich musste wieder schlafen. Wenn ich aufwachte, war die Tür angelehnt und der Stuhl leer. Wie vertreibt man das Böse, wollte ich meinen Vater fragen, aber er kannte sich nur mit Motoren aus. Mein Bruder Falk schlief im Nebenzimmer. Ich konnte die Bettfedern quietschen hören, wenn er sich umdrehte, manchmal rumste er gegen die Wand. Eines Nachts erwachte ich durch ein lautes Klacken. Ich saß in meinem Bett. Ich war mir sicher, dass es der Tod in Holzpantoffeln war. Ein weißes Gerippe, das sich unsichtbar machen konnte, das sich an den Küchentisch

* altgermanischer Gerichtstag

setzte, auf meinen Stuhl. Die Tür stand einen Spaltbreit offen. Ich hörte Schritte. Ich schlich zur Tür. Ich rief: »Papa?«
»Nichts«, antwortete die Stimme vom Flur und richtete den Kegel der Taschenlampe auf mich, dann huschte das Licht an der Wand entlang und ich erkannte meinen Vater in Bademantel und Hauspantinen.
Zum Kartoffelholen schickten sie immer mich in den Keller. Die Türen im Haus waren weiß, die Klinken hoch, die Treppen steil. Der erste Lichtschalter im Keller funktionierte nicht, ich musste die Treppen hinabsteigen, sah die gusseisernen Öfen glühen und Grimassen schneiden. Wenn ich den Lichtschalter erreichte, flogen ein paar Schwalben auf und durch ein fehlendes Fensterglas ins Freie davon.
Ich weiß nicht, wen ich als Kind mehr hasste, meine Mutter, meinen Bruder oder mich. Meine Mutter ließ mein Zeugnisheft auf dem Küchentisch liegen, an einem Freitag. Freitags kam mein Vater immer besoffen heim. Dann schien das ganze Haus laut zu klopfen, vom Dach bis zum Boden mit einem vereinten, schnellen Herzschlag. Ich hörte, wie Glas zerschmetterte, Stühle umfielen, wie er Hure und Schlampe rief. Wenn er sehr voll war, schaffte er den Weg zum Schlafzimmer nicht und blieb bis zum Morgen auf dem Flur liegen. Am Tag der Zeugnisausgabe musste er vorher bei der anderen Frau gewesen sein, deren Tochter nur Einsen nach Hause brachte. Mein Vater riss die Zimmertür auf, zerrte mich aus dem Bett und drosch mit dem Zeugnisheft auf mich ein. Mir sauste es in den Ohren. Ich fühlte nichts. Ich nahm die Hände nicht über den Kopf, ich schaute ihn an, bis er aufhörte. Dann schossen ihm Tränen in die Augen und er stand da, als sei er selbst verprügelt worden. Es wussten wahrscheinlich alle, was bei uns zu Hause vorging, aber nach den blauen Flecken fragte niemand. In der Schule war ich der Klassenclown und immer kurz vorm Sitzenbleiben. Bei den Verhören durch Direktor Rotberg, ein Mann, der sich immer unter Kontrolle hatte, hockte ich stumm auf dem Stuhl aus Stahlrohr und braunem Polster, die Pionierleiterin

saß mit betroffenem Gesicht hinter einer grünkränklichen Pflanze, die mit langen weißstreifigen Blättern die Luft verbessern sollte. Rotberg schien die besten Absichten für mich zu haben.

»Sieh mal, Martin«, sagte er, »wir sind alle für euch da, damit ihr etwas lernt. Das ist ein Privileg. Nicht zu allen Zeiten konnten Kinder deines Alters in die Schule gehen, sie arbeiteten auf dem Feld oder standen vierzehn Stunden an Maschinen.«

Rotberg sah mir prüfend ins Gesicht. Die Pionierleiterin pustete Staub von einem Blatt. Ich solle froh sein, dass ich zur Schule gehen durfte, fasste Rotberg zusammen. Auf der Anbauwand standen ein paar blaue Wimpel.

»Wie soll man eine gute Gesellschaft aufbauen, wenn nicht mit klugen Leuten«, mischte sich jetzt die Pionierleiterin ein. Sie tat mir irgendwie Leid. Sie glaubte tatsächlich an all das Zeug. Ich hatte keine Lust, irgendetwas aufzubauen. Und der Einzige, vor dem ich wirklich Respekt hatte, war Albert Fäller, er hatte die Welt in der Tasche. Fäller unterrichtete Chemie und Mathe, er war über sechzig, grauhaarig, trug immer denselben dunkelgrauen Anzug und hatte durch und durch autoritäre Methoden. An seinem Schlüsselbund hingen an die zwanzig alte Schlüssel, und wenn ich kippelte, weil ich das Bedürfnis hatte, Kerben in dem kackbraunen Bodenbelag zu hinterlassen, flog dieser Schlüsselbund durch die Klasse und landete haarscharf neben meiner Hand. Er schrieb seine ätzenden Formeln an die Tafel. *Ausfallreaktion ist eine Reaktion von* ... Gleichzeitig stellte er Fragen, wischte nach ein paar Minuten wieder ab und hatte die Klasse hinter seinem Rücken im Griff.

»Ich sehe da jemanden, der denkt, dass ich nicht sehe, dass er kippelt. Rauskommen!«, schrie er. Ich ordnete meinen Platz, schlenderte die Stufen des Chemiesaales hinab und drückte mich vor ihm durch die Tür seines Kabuffs, wie er den Vorbereitungsraum nannte. Fäller schloss die Tür und packte mich am Ohr. Mein ganzer Körper schien daran zu hängen. In einem Reagenzglas, das dort von der vorhergehenden Klasse stand, sah ich eine rote Flüssigkeit. Fällers Gesicht war verzerrt. Ich erwartete jeden Moment, dass seine Nase Feuer schlagen oder seine Augen ausbrechen würden.

»Was ich dir jetzt sage, bleibt zwischen uns«, flüsterte er mit einer Schärfe, die mir in die Ohren schnitt. »Mir ist scheißegal, ob du dich für meinen Unterricht interessierst oder nicht. Mir ist auch scheißegal, was aus einem wie dir wird. Mich interessiert nur, meinen Lehrstoff durchzuziehen. Und wenn du mich noch einmal in irgendeiner Weise dabei störst, werde ich nachholen, was deine Eltern bisher versäumt haben.«

Es hat zu schneien begonnen, erst ein paar Flocken, die auf der Scheibe sofort schmelzen. Dann mehr und mehr. Sie geraten in die Fänge der Scheibenwischer, die sie zur Seite treiben, einen Hieb nach links, einen nach rechts. Ich beuge mich vor zur Scheibe. Der Schnee flirrt im Scheinwerferlicht. Die Räder gleiten über den vereisten Asphalt. Mit einem Mal ist ein Schatten vor mir, eine dunkle Gestalt. Ich kann nicht anhalten. In meinem Nacken sitzt eine eiskalte Klammer, es ist mir unmöglich, den Kopf zu drehen. Mein Herz rast. Ich sehe die Spuren im frischen Schnee. Schuhabdrücke im Zickzacklauf. Ich versuche nichts mehr zu denken, halte das Lenkrad fest in den Händen. Die Baumstämme sind vereist und werfen mein Licht zurück.

Ich erreiche das Sternhaus. Der Parkplatz ist bis auf ein paar Plätze voll. Ein Paar kommt aus der Tür, der Mann zieht an einem schneebeladenen Ast, der Schnee kracht runter, der Ast wippt, die beiden lachen. Ich trete ein. Sarah wirft mir hinter der Theke einen Blick zu. Es ist heiß und verqualmt. Ich hänge meine Jacke über die Lehne eines Holzstuhls mit ausgesägtem Herz. Ein paar Typen haben sich nach mir umgedreht, einer schnalzt mit der Zunge. Ich setzte mich mit dem Rücken zu ihnen. Auf dem roten Wachstuch liegen Brotkrümel. Sarah bringt mir ein Bier. Ich versuche aus ihrem Gesicht eine geheime Botschaft zu lesen. Von ihren Sommersprossen, versuche ich mir einzureden, ist jede einzelne für mich, es wartet der in die Kellnerschürze gezwängte Körper auf den Feierabend, will zu mir. Um Sarahs Mund liegt ein undefinierbarer Zug. Die Kerle vom Nachbartisch gaffen herüber. Einmal hatte mir Sarah die Fässer im Keller gezeigt, Wippraer und Dessauer hatten sie hier und inzwischen Becks und Jever. In diesem Keller mussten jetzt Eiszapfen hängen.

Schnee in der Nacht zum Ersten Mai. Früher standen am Ersten Mai die Kastanien in Blüte und es wurden blaue Fähnchen mit weißer Taube verteilt. Rote und rote mit Sichel. Schwarz-rot-goldene mit Ährenkranz. Ich bekam keine Fahne. Ich wollte keine. Ich trudelte mit den Händen in den Hosentaschen meiner Klasse hinterher. Den Adleraugen von Frau Birne war schwer zu entgehen. An einer Ecke, als der Zug schon groß genug war und in voller Konzentration der Feuerwehrkapelle hinterher und dem Rathaus entgegenstrebte, bog ich ab. Ich rannte durch die Straßen. Hinter blickdichten Gardinen und Kakteen saßen ein paar Alte, die nicht mehr laufen konnten und wie jeden Tag auf den Tod oder den Briefträger warteten. Ich sprang über den Grenzbach, lief den Dammwald hinauf. Manchmal hatte ich Rehe dort gesehen, die an einer großen, unsichtbaren Kette in gleichmäßigen Abständen über die Lichtung wechselten. Diesmal sah ich etwas durch die Bäume schimmern. Ich duckte mich unter die niedrig hängenden Äste der Nadelbäume. Vom schnellen Laufen musste ich keuchen, aber ich versuchte, meinen Atem so ruhig wie möglich zu halten. Um ein Feuer saßen eine Hand voll Hutzelweiber, die ich noch nie gesehen hatte. Nur eine kam mir bekannt vor. Sie trug einen grauen Rock, der bis zu den Knien ging, und hellgraue Schuhe, die wie Holzkloben an ihren Beinen hingen. Ihr Gesicht war durch tiefe Falten gezeichnet, aber die Augen funkelten und die Lippen, die sich beim Reden in die Breite zogen, waren glatt und hellrot wie bei einer jungen Frau.

»An diesem Tag, den wir Thingtag nennen ...«, sagte sie mit erhobener Stimme.
Mit der Hand stieß ich auf etwas Weiches. Mit einem leisen Ächzen rann Wasser aus dem Moos. Die Rede der Alten ging wieder in Gemurmel über. Ich versuchte, etwas zu verstehen. Mein Ärmel sog sich mit Wasser voll. Die alten Frauen rupften Stoff und warfen ihn in das Feuer. Die Fetzen loderten kurz auf und schrumpften dann vom Rand her mit funkelnder Glut zusammen. Ich wusste nicht, was sie dort trieben, doch es schien Gesetzen einer Welt zu gehorchen, die ich nicht verstand und in der Wohlwollen und Bösartigkeit so dicht beieinander lagen, dass eins das andere bedeuten konnte. Ich schlich davon. Als ich mich am Stadtrand noch mal umdrehte, sah ich, dass die Schicht aus Baumstämmen und beginnendem Grün dichthielt. Kein Funke schimmerte hindurch. Ich hatte ein Wort aufgeschnappt, dass wohl zu meiner Sprache gehörte, das aber, solange ich es auch vor mich hersprach, hartnäckig ein Wort mit fremdem Klang blieb und nicht mehr verriet als diesen Klang: *Thingtag*. Es war der Erste Mai in der Stadt und mir kam der Verdacht, dass unter unserer Zeit, unter unseren Namen für die Tage noch andere, ältere lagen und dass wir sie mitschleppten wie unter glänzenden Schuhen ein kleben gebliebenes Blatt.
»Na Kleiner!« Ein Kerl vom Nachbartisch steht neben mir. Seine roten Arme quellen aus den hochgeschlagenen Ärmeln. »Eine schmucke Puppe haste da erwischt«, sagt er und zieht einen Stuhl unter meinem Tisch hervor. Mit seinem Körper verdeckt er die Sicht auf Sarah. Ich trinke einen Schluck Bier.
»Hat sie dir auch schon den Keller gezeigt?«, fragt der Typ.
Am Nachbartisch ist es still. Sie warten darauf, dass etwas passiert. Mein Bier ist alle. Sollte sie wirklich jemandem vor mir den Keller gezeigt haben, diesem Fettsack vielleicht? Wer alles hat vor mir hier gesessen und darauf gewartet, dass endlich der Letzte die Tür gefunden und sie all das

Kleingeld aufgetürmt und gezählt und in Papier gerollt hat? Wer begleitete sie vor mir nachts zur Sparkasse nach Hochleben, wo sie den schwarzen Beutel in den Nachttresor wirft?
»Verzieh dich.«
Der Fette ist belustigt, er dreht seine Stimme auf schrill.
»Sieh mal an, reden hat unser Kleiner auch schon gelernt.«
Plötzlich fühle ich jemanden hinter mir stehen, es strahlt heiß in meinen Rücken, mein Arm zuckt, das Glas wird mir weggezogen, Sarah ist es, sie stellt mir ein neues Glas hin. Dass wir etwas ganz Besonderes sind, wir zwei, hatte sie ein paar Mal gesagt, und das bräuchte doch nicht jeder zu wissen.
»Verzisch dich, du Fettsack, sonst muss ich dir die Fresse polieren.«
Der Fettsack erhebt sich, als wäre ihm ohnehin gerade langweilig geworden und geht zu seinem Tisch zurück. Ich trinke und schmecke das Bier nicht. An der Wand ist ein blinder Fleck, an dem früher eine Uhr hing. Wie ein graues Loch lugt die Vergangenheit aus der weißen Wand hervor.
Vor zwei, drei Jahren war ich eines Nachts bei Claudia, ich glaube, es war Mai. Ich kam Stunden zu spät, aber ich hatte keine Lust, mich für irgendetwas zu entschuldigen. Sie zog mich vom Flur ins Schlafzimmer, ich hatte was getrunken, sie trug ein blaues Nachthemd, durch das ich ihre erregten Brustwarzen sah. Das war das Einzige, was in meiner Erinnerung hängen blieb. Sie wurde schwanger und ich fragte, was nun, aber sie klappte einfach die Augenlider über ihre großen Augen. Sie hatte nicht vor, etwas zu tun. Ziellosigkeit und Schicksal waren für Claudia das Gleiche.
»Wenn du einfach so ins Blaue fährst«, erklärte sie mir ihre Lebensphilosophie, »wenn du nicht weißt, wohin du willst, und du kommst in der Linksabbiegerspur an eine Ampel, neben dir, hinter dir Autos, warum sollst du plötzlich unbedingt nach rechts wollen. Zur Not«, sagte sie, »komm ich auch alleine klar.«

Nun saß sie da, zwanzig, mit dem Balg, im Neubaublock, Ausblick: grauer Himmel, grauer Beton, Anbauwände, Sitzgarnituren und Ehebetten, übereinandergestapelt. Dünner Beton dazwischen wie das Trennpapier in Fotoalben. Mein Bruder ist einer Weibsperson mit kupferrotem Haar und dickem Arsch auf den Leim gegangen. Ihre Eltern waren reiche Bauern, sie haben ihnen ein Auto geschenkt. Nach der Hochzeit kam das Kind und etwas später die Erkenntnis, dass die Arbeit auf einem Hof kein Zuckerlecken ist. Reich waren die Leute, weil sie morgens um vier aufstanden und erst den eigenen Hof versorgten und dann die Tiere der LPG und weil sie LPG-Felder bestellten und am Wochenende ihre privaten. Mit Gummistiefeln und Mistgabel auf dem Traktor, das war nichts für Falk. Jetzt hat er eine Studierte und repariert wieder Autos in Hochleben, bis die Firma Pleite macht, so wie hier nach und nach alles den Bach runtergeht.

Der Fette und seine Kumpane haben das Feld geräumt. In der Ecke mit dem Aquarium sitzt noch ein Mann.

»Wir wollen schließen«, ruft Sarah.

»Natürlich«, sagt er und nimmt seine Jacke vom Ständer. Teuer sieht die Jacke aus. Er bezahlt bei Sarah. Sein Haar ist strähnig über die Glatze gekämmt. An seinem Handgelenk baumelt eine abgegriffene Handtasche aus Kunstleder.

»Tja, Wiedersehn«, sagt er und mustert mich. Sein Gesicht kommt mir irgendwie bekannt vor.

»Wiedersehn«, sagt Sarah. »Zwanzig, vierzig, sechzig.« Sie stapelt Türmchen.

»Was war denn das für einer?«

»Einer von früher, von der ›Firma‹, nehm ich an. Vierzig, sechzig, achtzig.«

»Wie viele hast du schon gehabt«, frage ich.

»Gleich«, sagt sie, »hundert, zwanzig, vierzig.«

»Wie viele du schon hattest«, sage ich und trete an den Tresen. Sarah hat sich verzählt, sie nimmt den angefangenen Turm in die Hand. Sie greift ohne hinzusehen in die Kasse. Dabei sagt sie, wie zu sich selbst:

»Ich hätte dir nicht so viel Bier geben sollen.«
Ich schlage ihr das Geld aus der Hand.
»Du Hure, du Dreckstück.«
Die Fünfziger trudeln über den Boden.
»Tust, als wäre das geheim mit uns beiden.«
»Du bist mal wieder besoffen, Schurer. Hast du schon woanders angefangen?«
Ihr Gesicht wird rot.
»Einen Alkoholiker hab ich mir da geangelt, einen Säufer.«
Ich packe ihren Arm. Sie hat Kraft. Sie reißt sich los. Stürzt zur Küche und hält die Tür von innen zu. Ihre Stimme klingt wie durch Watte gedämpft.
»Du bist betrunken, Martel, fahr nach Hause, komm ein anderes Mal wieder.«
Die Tür gibt ein wenig nach. Sarah stemmt sich dagegen. Ich brauche nur den Moment zwischen zwei Schüben abzupassen, aber Sarah ist schneller, das Schloss schnappt ein, und Sarah schließt zu. Ich überlege, ob es einen anderen Eingang gibt. Mein Hirn arbeitet wie eine Gummimasse.
»Wenn du randalierst – diesmal hole ich die Polizei, Martel, ich warne dich.«
Ihre Stimme entfernt sich in den Raum. Ich werfe mich gegen die Tür, einmal, zweimal, der Putz am Rahmen beginnt zu reißen. Die Tür sinkt ein und landet krachend auf den Küchenboden.
Der Motor heult auf. Ich gebe Gas. Als sich die Motorhaube zu heben beginnt, löse ich die Handbremse. Meine Hände zittern. Die Tannen stehen vereist am Straßenrand. Es dauert lange, bis ich meine Hände wieder still halten kann. Meine Spur vom Hochfahren ist noch ein wenig zu sehen. Auch die Fußspuren. Mir fällt die schwarze Gestalt wieder ein. Ich fasse ins Handschuhfach und nehme das Messer heraus. Ich riegle die Beifahrertür ab. Es schneit nicht mehr. Ich kenne jede einzelne Kurve. Ich weiß, dass es eine gibt, die ich jedes Mal unterschätze, die immer noch im Linkseinschlag

weitergeht, wenn ich denke, dass sie schon längst vorbei sein müsste.
Meine Schwägerin kann gut Briefe schreiben, sie hat mir schon ein paarmal geholfen.
»Du hast Sarah wieder geschlagen«, wird sie sagen. Ich brauche nicht zu antworten, das ist keine Frage. Sie wird mir einen Kaffee kochen und sich im Bademantel an den Tisch setzen.
»Warum?«, wird sie fragen. Ich werde schweigen und nach unten sehen, vielleicht kommen ein paar Tränen.
»Ich soll wieder einen Brief schreiben«, wird sie sagen.
»Ob das noch was nützt?«, werde ich fragen.
»Martel, Mensch, du musst aufhören damit, sonst wirst du noch wie dein Vater werden.«
Sie hat so eine Geste, sich mit beiden Händen über das Gesicht zu fahren.
»Du liebst Sarah doch.«
Ich nicke sofort. Die Räder knirschen über den Schnee. Die Heizung bläst mir heiße Luft auf die Beine. Vor mir wieder die schwarze Gestalt. Ich bremse. Sie bleibt stehen, wendet sich um und schirmt mit der Hand ihre Augen ab. Ich glaube, es ist eine Frau. Sie trägt einen schwarzen Mantel, ihre Füße versinken bis zum Knöchel in Schnee. Ich rolle bis auf ein paar Meter heran, kurble die Scheibe runter, ich rufe sie. Die Frau bewegt die Lippen, ich höre kein Wort. Über ihr Gesicht fliegen Schatten.
»Soll ich Sie mitnehmen?«, rufe ich. Die Frau geht zur Beifahrerseite, ich greife rüber, mir schießt durch den Kopf, was wäre, wenn es gar keine Frau ...
Ich stoße die Tür auf. Ein eisiger Windhauch weht herein. Die Frau setzt sich mit dem Rücken zu mir auf den Sitz, klopft ihre Schuhe ab und zieht die Tür heran. Ich gebe Gas. Sie nimmt ihre schwarze Kapuze ab. Schulterlanges Haar fällt heraus.
»Sie denken wohl, ich mache eine Nachtwanderung«, fragt sie mit einer Schnoddrigkeit, die ich nicht erwartet habe. Sie

haucht in ihre Hände und knetet sie. Ich will fragen, woher sie kommt.
»Mein Auto ist liegen geblieben«, sagt sie, »die Gegend hier ist so gottverlassen, nur ein einziges Auto ist mir entgegengekommen.«
Jetzt habe ich eine Erklärung für die Schlängelspur, die Frau konnte nichts sehen. Rechts geht es hundert Meter in die Tiefe. Ich muss runterschalten. Meine Hand streift ihr Bein. Sie zieht es nicht zurück. Eine Handbreit Feinstrumpfhose liegt unter ihrem Mantelsaum frei. Bei schwarzen Feinstrümpfen müssen Männer immer an Tod denken, habe ich mal irgendwo gelesen.
»Gibt es hier ein Hotel?«
»Ja, aber ob es um diese Zeit noch offen ist...«
Sie sieht mich spöttisch an. Etwas irritiert mich an ihrem Gesicht. Mir bricht Schweiß aus. Die Straße führt aus dem Wald heraus. Auf den Feldern ist nur ein dünner Belag aus Schnee zu sehen. Die Erde liegt in tiefen Furchen. Das Ortsschild von Hochleben leuchtet gelb auf. Wenn Sarah mich angezeigt hat, dann steht die Polizei schon da. Der Tacho zeigt neunzig, ich sollte runterschalten. Mein Blick fällt auf die Füße der Frau, auf ihre klobigen Schuhe. Ich sehe in ihr Gesicht, in ein plötzlich uraltes Gesicht. Das Gelb des Ortsschildes fliegt auf uns zu, ein Gleißen. Neben mir kreischt es auf.

JÖRG JACOB

RUSSENSONNE

»Richtschütze, Richtschütze! Ihr feigen Schweine, kommt zurück!«
Franz schrie und ruderte mit den Armen, und die anderen rannten, rannten durch das wilde Feld, hopsten, sprangen über Löcher, Gräben, hoben ihre Arme schützend vor die Gesichter, wenn sie quiekend durch Brennnesselwände preschten.
»Die Russen«, schrien sie. »Die Russen.« Manchmal drehte einer von ihnen den Kopf und sah, ohne im Laufen innezuhalten, zu den Panzern und Franz zurück.
Die Panzer waren uralt und verrostet, Franz behauptete, es wären deutsche Tiger-Panzer aus dem Krieg, aber wahrscheinlich waren es nur T 34 und die Russen hatten sie selbst zu Schrott gefahren. An die Seiten der Türme hatten die Russen weiß-schwarze Balkenkreuze gemalt, die Farbe war noch frisch und glänzte auf dem stumpfen schmutzigen Oliv der Panzerhaut. Die beiden Panzer standen dicht nebeneinander in der Steppe des Übungsplatzes, links und rechts von ihnen war die Erde aufgewühlt, und die rechte Kette des einen Panzers war in der Mitte geplatzt. Franz hockte zusammengekrümmt auf dem Turm des zweiten Panzers und brüllte:
»Richtschütze! Laden und Feuer, ihr Feiglinge, drei Strich rechts das Rohr! Alles auf Gefechtsposition, ihr Memmen, ihr Wichser, kommt zurück!«
Die Jungen hatten fast schon den Waldrand erreicht. Einer von ihnen blieb noch einmal stehen, drehte sich um, legte die Hände wie einen Trichter um den Mund: »Die Russen, Franz. Die Russen kommen!«

Die Russen waren zwei olivgrüne Lastkraftwagen, die langsam auf und ab schaukelnd wie schwer beladene Kamele in einem Lawrence-von-Arabien-Film näher kamen.
Die Russen. Die Russen, das waren die in gelbe Farbe getauchten verluderten Villen am Stadtrand, der Wellblech-Backsteinzaun der Kaserne, die Spuren der Panzerketten auf dem Straßenpflaster, das Fass Katalit, das Pauls Vater eingetauscht hatte, gegen Wodka.
Die Russen, das waren die Marschkolonnen, die in Dreierreihen vom Bahnhof zur Kaserne und von der Kaserne zum Bahnhof geführt wurden, die Muschiks, die armen Schweine, wie Pauls Vater nach dem dritten Korn sagte, die nach billigem Tabak und feuchtem Filz rochen. Die Russen waren Offiziere, die zu dreien oder vieren in den Gartenkantinen und Kneipen am Stadtrand auftauchten und versuchten, Armbanduhren und Übungsmunition zu verkaufen.
»Die Russen!« Franz hockte mit verzerrtem roten Gesicht auf dem Panzerturm und starrte den olivgrünen Lastkraftwagen entgegen, die wie müde Gummibälle durch unzählige Schlaglöcher hüpften.
»Die Russen«, jaulte Franz. Und: »Schießt«, schrie er wieder, » schießt doch endlich!«

Die Jungen keuchten noch immer. Sie lagen im weichen Gras unter den Birken und keuchten und fiepten wie Blasebälge. Sie lagen nebeneinander im Gras, sahen an den scheckigen Birkenstämmen nach oben und pressten Luft in schnellen kurzen Stößen durch ihre Lungen.
»Scheiße, scheiße, Mensch, scheiße«, japste Niklas.
»Der dreht durch. Mann o Mann«, brüllte Holger.
»Ob die was mit ihm machen?«, fragte Niklas.
»Die lachen sich tot«, sagte Paul.
»Dann hättest du ja nicht als Erster rennen müssen«, sagte Holger und wälzte sich auf den Bauch.
»Wer, ich?«

»Is doch jetzt egal«, sagte Niklas.
»Is nich egal«, antwortete Paul. »Ist mir überhaupt nicht egal.«
»Wer ist denn als Erster losgerannt? Ich vielleicht?«, sagte Holger und blickte zu Paul hinüber.
»Hört doch mal auf, Mensch, wir müssen was machen!«, sagte Niklas.
»Was denn machen, he? So ein Idiot, so ein blöder!«, fuhr ihn Holger an. »Was willst du denn machen?«
»Wenn die den schnappen, sind wir alle dran«, sagte Paul ruhig.
»Du warst trotzdem der Erste, der abgehau'n ist«, sagte Holger.
»War ich nicht. Und selbst wenn; könntest du schneller rennen, wärst du der Erste gewesen«, antwortete Paul und richtete sich auf.
»Ich?«
»Klar, du, oder wer. Und Franz ist ein verdammter Idiot oder weißt du, warum der das macht?«

Sie hatten sich vorsichtig an den Waldrand zurückgeschlichen. Die letzten Meter waren sie gerobbt, hatten sich wie Schlangen an den Boden geschmiegt, die Ellenbogen nach vorn geschickt, Salz auf den Lippen schmeckend.
Niklas war zuerst aufgestanden, und Paul hatte wütend gezischt, »runter Mensch, runter! Die sehn dich doch sonstwieweit!«
»Da is aber keiner«, Niklas zog trotzig den Kopf zwischen die Schultern. »Da is keiner mehr, die Russen sind weg.«
Holger stand auch auf und lief zu Niklas hin.
»Was denkt ihr«, sagte er grinsend, »vielleicht ham sie Franz mitgenommen zum Verhör. Die foltern ihn ein bisschen oder lassen ihn Wodka trinken, bis er umfällt und alles, alles verrät.«
»Was soll er denn verraten, Blödkopf, he?« Paul sprang auf und schlug sich mit der flachen Hand an die Stirn. »Was

gibt's zu verraten, wenn wir uns die Panzer mal angeguckt haben?«
Niklas riss einen Grashalm ab und wickelte ihn um seinen linken Daumen.
»Weiß ich's?«
»Wenn er nicht doch noch abgehauen ist«, sagte Paul verächtlich und spähte über das Feld. »Wenn die Russen ihn geschnappt haben, dann hat er ein paar hinter die Ohren gekriegt und sie haben ihn weggejagt, mehr machen die nicht.«
»Dann ist er vielleicht schon zurück«, sagte Niklas.
»Ich guck trotzdem nach«, sagte Holger. »Falls ihr Schiss habt, könnt ihr ja hier bleiben.«

Sie näherten sich den Panzern in einem weiten Bogen. Sie schlichen in gebückter Haltung fünf, zehn Meter nach vorn, blieben auf ein Handzeichen von Paul stehen, verharrten atemlos und lauschten. Insekten brummten und surrten, eine Amsel trällerte und irgendwo von einem der Gärten am Stadtrand klang das müde Kreischen einer Säge herüber.
»Das stinkt ja entsetzlich.« Niklas starrte in eine Grube vor seinen Füßen.
»Was ist das, Paul? Paul? Das ist doch, was is denn das nur, so 'n ekliges Grün.«
»Was denn, Mensch? Was is denn? Brüll doch nicht so!«
»Na kommt doch mal her, hier. Hier!« Niklas war bleich und ruderte mit den Armen: »Hier, hier.« Er ruderte noch immer, als Paul und Holger schon neben ihm standen und in die Grube starrten.
»Ach du Scheiße«, murmelte Paul, »das sind Därme und so. Innereien, das ganze Geschlabber.«
»Was 'n für Därme, Paul. Red doch nich so 'n Zeug. Was 'n für Därme, Mensch, o Gott o Gott, Paul?«
»Das is von 'ner toten Kuh, Blödmann. Die hat sich verirrt von der Weide und is in eine Mine getreten.«
»Mine? Denkst du die lassen hier richtige Bomben rumliegen, die Russen?«

»Klar, Mensch. Ist doch kein Kindergarten.«
»Oder die hatten Knast und ham die abgestochen«, Holger versuchte zu lachen.
»Abgeballert.«
»Nee, mit 'nem Bajonett.«
»Ich glaub, ich muss kotzen«, Niklas krümmte sich zusammen, presste beide Hände auf den Bauch und hockte sich ins Gras.
»Na kotz doch. Los, kotz dich aus, vielleicht schaut Franz zu oder die Russen sehen dich, die lachen sich kaputt.«
»Ist schon besser, wir hau'n hier ab.« Holger hielt sich die Nase mit Daumen und Zeigefinger zu und hüpfte von einem Bein auf das andere. Er versuchte immer noch zu lachen.
»O Scheiße, ich muss wirklich kotzen, mir ist kotzübel von dem Gestank.«
»Und Franz«, sagte Paul. »Jetzt habt ihr die Hosen voll wegen dem bisschen Gestank.«
»Ich kehr um«, flüsterte Niklas, »Franz ist sowieso nicht mehr da.«
»Na los, lasst uns abhauen«, sagte Holger, »ich hab die Nase auch voll.«

»Kommt zurück, kommt zurück ihr Feiglinge«, flüsterte Franz. Wie ein Gebet kam es ihm über die trockenen Lippen, hallte in seinen Ohren, so als würde er noch immer mit den Armen rudernd schreien, schreien.
Er war vom Turm zurück in den Panzer geklettert, hockte in dem nach Urin und Moder riechenden dunklen Innenraum, in den sie sich vor ein paar Minuten noch alle vier gedrängt und um den besten Platz gestritten hatten. Der beste Platz war der noch vorhandene Fahrersitz vor der offenen Luke, auf den Franz sich jetzt zwängte, um durch die Luke nach draußen zu spähen. In seinen Adern pochte das Blut, sein Gesicht und die Hände waren rot und heiß, und er flüsterte: »Kommt zurück, Feiglinge. Kommt zurück.«

Er hockte auf dem rostigen Fahrersitz und starrte durch die offene Luke den beiden olivgrünen Lastwagen nach, die langsam, ganz langsam auf dem Weg vorüberholperten und, eine Staubfahne hinter sich herziehend, weiterfuhren. Zwischen den Staubschleiern konnte Franz undeutlich die Gesichter der Soldaten erkennen, die auf den Lastwagen saßen, links und rechts der Ladewand auf schmalen Bankreihen.
Als die Lastwagen in der nächsten Senke verschwunden waren, kletterte Franz aus dem Panzer, sprang hinunter ins Gras, lief los und verschwand zwischen Büschen und Erdhügeln. Er schlug einen Weg ein, der ihn nicht zu dem Birkenwäldchen führte, zu dem die anderen gerannt waren, sondern quer über den Übungsplatz zurück zu den Gartenanlagen am Stadtrand. Vor den Gärten begrenzte zwar ein Zaun das Übungsgelände, aber Franz wusste, dass manche der Zaunpfähle morsch waren und halb umgesunken und der Draht an diesen Stellen nicht straff gespannt war, sondern schlaff durchhing.
Er versuchte sich gerade vorzustellen, an welcher Stelle er den Rand des Übungsgeländes erreichen würde, als vor ihm im hüfthohen Gras eine Bewegung entstand, die ihn zusammenzucken ließ. Er spürte erstaunt, wie ihm etwas Feuchtes, Warmes an den Beinen hinunterrann, durch die kniekurzen Hosen rann, weiter hinunter, über die Knöchel in die Turnschuhe sickerte, den schmutzig blauen Stoff der Turnschuhe dunkel färbte.
Aus dem hohen Gras vor ihm tauchte Kopf und Oberkörper eines Mannes auf. Einen Moment standen sie sich still gegenüber und sahen sich an. Dann sagte der Soldat etwas, aber Franz verstand ihn nicht.
»Bloß so.«, sagte Franz. »Rumlaufen. Gucken.«
Im Gras hinter dem ersten lagen noch zwei Soldaten. Sie lagen auf ihre Ellbogen gestützt und rauchten lässig kurze Zigaretten mit langen weißen Filterstücken, die in der Mitte zusammengeknickt waren.
Franz schüttelte den Kopf und zuckte mit den Schultern.

Der Soldat, der vor ihm stand, zeigte jetzt auf die dunkelfeucht gefleckte Hose des Jungen und sagte etwas zu den anderen beiden. Sie lachten und einer der beiden, die im Gras lagen, hielt Franz eine Zigarette vor den gesenkten Kopf.
»Sitz!« Er klopfte mit der Hand auf den Boden neben sich. Aber der Junge schüttelte den Kopf, griff plötzlich nach der Papirossi in der ausgestreckten Hand und verschwand, das Lachen der Männer im Ohr, wie ein aufgescheuchtes Tier im hohen Gras. Er rannte, ohne sich umzusehen, rannte, bis ihm das durchgeschwitzte Hemd am Rücken klebte, rannte und rannte, bis er den Zaun und dahinter die ersten Gartenlauben und Apfelbäume sehen konnte.

»Na, ihr Scheißer?« Franz lehnte lässig an einem der Gartenzäune.
»Hallo Hitler«, sagte Holger und riss den rechten Arm in die Höhe.
Paul baute sich vor Franz auf.
»Du hast dich bepisst. Du stinkst zehn Meter gegen den Wind«, sagte Paul. Holger hielt sich prustend die Nase zu und tänzelte kichernd auf und ab.
»Und die Russen, was war mit den Russen?«, fragte Niklas.
»Die haben mir einen Orden gegeben«, antwortete Franz.
»Einen Orden, einen Orden«, Holger klatschte in die Hände und lachte. »Einen Pissorden!«
»Die haben eine Kuh erschossen«, sagte Niklas. »Da waren lauter Därme und so schlabbriges Zeug.«
»Wir hätten gewinnen können, wenn ihr nicht abgehauen wärt«, sagte Franz.
»Du spinnst«, sagte Paul ruhig und tippte sich mit zwei Fingern an die Stirn. »Du hast schon immer 'ne leichte Macke gehabt, aber heute drehst du völlig durch.«
»Russenmacke«, kicherte Holger, »eindeutiger Fall von Russenmacke.«
»Das hat wie verrückt gestunken«, sagte Niklas, »die Därme.«

»Wenn sie dich erwischt hätten«, sagte Paul, »hätten sie dich zu den Därmen in die Grube geworfen oder in den Arsch gefickt.«

»Ham sie aber nicht«, sagte Franz. »Die ham mir 'nen Orden gegeben.«

»Zeig doch mal deinen Orden, ich hör immer Orden, Orden, wo ist denn dein Orden?«, rief Holger. »Der verarscht uns doch bloß!«

»Der hat einfach Glück gehabt, dass die Russen ihn nicht gesehen haben, und jetzt bläst er sich auf, bis er platzt«, Paul drehte sich zu Holger und Niklas: »Wer kommt mit?«

»Was ist jetzt mit dem Orden?«

»Nächsten Sonntag zeig ich ihn«, sagte Franz und spuckte über den Zaun.

»Nächsten Sonntag?«

»Der Orden ist im Panzer. Ich hab ihn im Panzer gelassen. Wer ihn sehen will, muss mitkommen.«

»Und was, wenn da kein Orden ist?« Paul hatte sich nicht umgedreht.

Franz sah auf Pauls kräftigen Rücken.

»Da ist ein Orden. Ein beschissener Russenorden. Und wer zuerst im Panzer ist, kann ihn kriegen.«

»Nächsten Sonntag«, sagte Holger. »Das Ding hol ich mir.«

»Klar«, sagte Paul. »Sicher. Nächsten Sonntag.«

Sie gingen durch die Gärten in die Stadt zurück. Holger pfiff leise vor sich hin. Er achtete darauf, seinen Abstand zu Paul nicht zu verringern. Niklas hüpfte und tänzelte zwischen ihnen auf und ab und sah dabei immer wieder zu Franz zurück, aber Franz schien es nicht zu bemerken. Sie gingen an den Zäunen der Gärten entlang und dann im Schatten der schläfrigen grauen Häuser, krause Haarsträhnen aus den Stirnen wischend, und die Sonne senkte sich orangefarben und matt hinter Antennenmasten und Dachgiebeln.

»Russensonne«, sagte Niklas, »das ist 'ne richtige Russensonne heute.«

»Was soll 'n das sein?«
»Weiß nich. Sagt meine Mutter, wenn die Sonne so aussieht.«
»Die spinnt ja.« Und sie lachten und tippten sich mit zwei Fingern an die Stirn, und Niklas lachte auch und zuckte mit den Schultern, und Holger lachte ein bisschen lauter als Franz und Paul lachten. Dann liefen sie weiter, zerzaust und müde, und riefen sich noch einmal: »Sonntag! Nächsten Sonntag« zu, bevor sie sich trennten und in den schläfrigen grauen Häusern verschwanden.

JOHANNES LINDHORST

JAUCHZET FROHLOCKET

Kaum dass er seinen Platz gefunden hatte, begann die Musik. Seine Brille war beschlagen, er zögerte jedoch, sie abzunehmen, und rieb die Gläser mit den Fingern blank. Was er zuerst erblickte, waren die Hände seiner Nachbarin, die sie zusammengefaltet auf das Pult für die Gesangbücher gelegt hatte. Neben diesen Händen lag eine Pelzkappe, neben der Pelzkappe ein Programmzettel. Er versuchte, ruhiger zu atmen und sich etwas zu entspannen. Im Rücken spürte er hart die hölzerne Lehne, vor den Füßen behinderte ihn ein Brett, das über die gesamte Länge der Bank ging, so dass er die Beine nicht ausstrecken konnte. Er vermutete, dass man darauf kniete, im Gottesdienst.

Die Musik schmetterte von oben; woher, das konnte er nicht genau ausmachen; vielleicht kam sie ja vom Himmel, sie hörte sich so an: *Jauchzet, frohlocket, lobpreiset die Tage*, die Knabenstimmen, die Trompetentöne, die Violinen; sie erfüllten die Höhe des Kirchenschiffs über den Köpfen der Menschen, die steif in den Klappsitzen saßen, so wie auch er, fremd an diesem Ort, unzugehörig – oder waren sie gläubig? –, sie waren hierher gekommen, um diese Musik zu hören und wärmten den kalten Bau mit ihren Körpern und ihrem Atem.

Ihm war kalt und übel. Die Gedanken drehten sich in seinem Kopf wie jene Schallplatte mit dem Sprung, die seine Mutter immer an Heiligabend auflegte; er sah ihr blauweißes Etikett vor sich kreisen, und er erinnerte sich an die Musik, ja, diese Musik, die aus den Lautsprechern in der Anbauwand tönte und knisternd das Wohnzimmer füllte, das, mit dem Weihnachtsbaum und den überladenen Tischen, noch beengender wirkte als sonst, so dass sie kaum den Plattenspieler erreichen konnte, wenn der Tonabnehmer sich einschliff bei den Worten: *Lasst uns den Namen des Herrschers verehren ... ehren ... ehren ...* So würde es schon bald wieder sein, es sei denn, er wagte es endlich, »durch die Mauer zu gehen«, wie er das für sich nannte. Er fühlte sich schwach, aber vielleicht würde er den Mut doch noch finden. Und er zählte die Tage, die ihm noch blieben; es waren zwölf.

Der Tenor begann: *Da machte sich auch auf / Joseph aus Galiläa... mit Maria / seinem vertrauten Weibe / die war schwanger...* Ein Sprechgesang, ein Recitativo. Diese Stelle hatte er noch von der Platte her im Gedächtnis, und er wusste, dass er über die Rührung, die ihn bei diesen Worten auch jetzt wieder ergriff, mit niemandem würde reden können – außer, vielleicht, mit Resi. Vor den andern, das war klar, musste er diese Gefühle geheim halten. Hätte er gestern Abend nur angedeutet, wonach er sich sehnte, sie hätten ihn ausgelacht.

Resi war nicht mitgekommen, sie war in G. geblieben. Er erinnerte sich, dass sie ihn gleich erkannt hatte, an dem Abend vor drei Tagen, als sie ihm in dem halbdunklen Korridor des Hauses begegnet war, obwohl er, mit Kapuze und Schal vermummt, wie ein Unhold aussah. Sie hatte ihn gleich nach oben in die Küche geführt, ihm einen Tee gekocht und einige Kartoffeln angebraten, die vom Mittag übrig geblieben waren. Dann war die Hausmutter gekommen und hatte ihn begrüßt; auch sie wusste noch, wer er war, obwohl er sich doch die Haare hatte abschneiden lassen und sich wohl auch sonst verändert hatte in dem halben Jahr seit seinem ersten Aufenthalt in diesem Haus, das ihm, wie im Traum, auch jetzt als ein mögliches und wünschenswertes Zuhause erschien.

Dort in G. hatte es immer Musik gegeben, aber anders, als er es gewöhnt war. Sicher, auch dort hatten sie Plattenspieler, Radios, Tonbandgeräte, aber sie wurden nur in den Abendstunden benutzt, wenn die Arbeit getan war. Bei der Arbeit wurde gesungen: die Hausmutter sang, der Vater, die vier Töchter, und manchmal hatte auch Resi gesungen, die in Wirklichkeit Theresa hieß und eine von den vier Töchtern war, oder war sie die fünfte? Sie war ein wenig schüchtern und glaubte, sie könne nicht singen, aber das war Unsinn, sie konnte es sehr gut; sie erschrak nur immer vor ihrer Stimme; sie war so laut, wenn sie sang. Ihre Zurückhaltung hatte ihn für sie eingenommen, war er sich doch immer ganz tumb vorgekommen bei der vielen Singerei. Er kannte kein einziges von den Liedern, die hier üblich waren, er hatte sonst immer nur unter Zwang gesungen, bei den Appellen in der Schule zum Beispiel, aber nie freiwillig, schon gar nicht aus purer Lust, wie es die hier offenbar taten, und das verunsicherte ihn sehr. – Ob er denn nicht auch ein Lied wisse? – Diese Frage der Hausmutter hatte ihn ganz aus der Fassung gebracht. *Partisanen, o nehmt mich mit euch* ... Er verschluckte sich am Tee und hustete, aber Resi saß neben ihm und klopfte ihm sanft auf die Schultern, ... *denn ich fühl, der Tod ist nah*. Das war das einzige Lied, das ihm einfiel.

Ach mein herzliebes Jesulein ... Die hohen Trompeten weckten ihn, der sanfte Gesang des Chors schläferte ihn wieder ein. Dann wiederum die Trompeten, der Kontrast machte ihn unruhig. Er richtete den schmerzenden Rücken gerade, versuchte, endlich wach zu werden, aber es gelang nicht. Stattdessen verstärkte sich das Schwindelgefühl, und er musste sich anlehnen. Auch die Kopfschmerzen kamen wieder. Er schloss die Augen und atmete tief ein und aus. Für einige Sekunden fühlte er sich besser.
Gestern Abend, kurz vor Mitternacht, waren sie, von G. her, in einem Haus angekommen, das weit draußen vor der Stadt lag, wo es ringsum nur ausgefahrene Straßen, Werkhallen und Schlote zu geben schien. Alle waren sie erschöpft ge-

wesen und durchgefroren, nach stundenlangen Irrfahrten durch die Stadt, auf der Suche nach einer Möglichkeit, über die Nacht zu kommen, und dennoch, das hatte er mit Furcht und Bewunderung gesehen, besaßen sie genug Energie, noch einmal hinauszufahren, um Bier und Schnaps zu organisieren. Später dröhnte dann Musik durchs Haus, da war es wohl schon halb zwei, aber niemand tanzte; alle versuchten, ihre Gespräche fortzusetzen, indem sie heftiger gestikulierten und einander in die Ohren brüllten; zwei saßen oben in dem einen, zwei in dem anderen Raum, und drei hatten sich in die Küche zurückgezogen, wo es am ruhigsten war. Dort stand auch das Essen, und man hatte kurz zu ihm hin gesehen, als er an den Herd trat und sich Reis auf den Teller schaufelte; man hatte wohl auch ein, zwei Worte für ihn übrig, aber er wusste nicht, was er darauf hätte erwidern sollen; er war mit dem Teller in den Oberstock gegangen und hatte sich auf die Couch gesetzt, neben das Bücherregal, genau gegenüber den Lautsprecherboxen. Zwei seiner Bekannten aus G. saßen dort, der eine war der Chorsänger, wie hieß er nur, Andreas, ja, er entsann sich, er hatte ihn zum Mitkommen überredet, aber der Name des anderen wollte ihm nicht mehr einfallen. Er hatte beobachtet, wie die beiden die Köpfe zusammensteckten, wie sie die Hände an den Mund legten, wie sie lachten, an den Zigaretten sogen, den Rauch ausstießen und dabei die Köpfe im Takt der Musik bewegten, aber er hatte kein Wort von ihrer Unterhaltung verstanden. Er hatte den Teller auf den zerschrammten kleinen Tisch gestellt, neben die Aschenbecher, wo noch Kippen glommen, und sich bemüht, den Reis hinunterzuschlucken und auszusehen, als fühle er sich ganz wohl.

Dass es Bücher gab, mit denen er sich beschäftigen konnte, hatte ihn sehr erleichtert in der vergangenen Nacht. Er kannte viele vom Hörensagen, aber er hatte sie nie in den Auslagen gewöhnlicher Buchgeschäfte gefunden; es waren besondere Bücher; solche wie die hier wurden immer nur, als

»Bestellung« getarnt, sorgfältig eingeschlagen an die besten Bekannten der Buchverkäufer weitergegeben; derartige Vorgänge hatte er oft beobachtet. Solche Bücher, stellte er noch einmal im Stillen fest, während er den Blick zum Kreuzgewölbe hob, solche Bücher also hatten dort im Regal gestanden, ganz zu schweigen von denen, die im Lande überhaupt nicht erhältlich gewesen wären. Das war ihm auch schon in G. aufgefallen, und er fragte sich, ob er denn in eine besondere Gesellschaftsschicht geraten war, eine, die geheime Quellen hatte, aus denen sie sich regelmäßig Bücher verschaffte, die er sich immer nur ausborgen konnte, als Bittsteller, von denen, die die richtigen Beziehungen hatten ...

Er begegnete dem Blick seiner Nachbarin; sie hatte offenbar bemerkt, dass es ihm nicht gut ging, und er versuchte zu lächeln, zum Zeichen, dass sie sich keine Sorgen zu machen brauchte. Dabei war ihr Blick nicht mitfühlend, sondern eher sachlich, medizinisch, und sie wandte sich auch gleich wieder ab, ohne sein Lächeln zu erwidern; das erinnerte ihn an den Blick seiner Mutter, den ärztlichen Blick, der immer nach den objektiven Zeichen seiner Krankheiten geforscht hatte und seinen so genannten subjektiven Beschwerden keine große Bedeutung beimaß.

Er hatte sich nicht von ihr verabschiedet. Er war am Vormittag aufgebrochen, als sie im Dienst war, nur einen Zettel hatte er auf den Küchentisch gelegt: Bin nach G. gefahren. Und als er schon fast die Wohnungstür erreicht hatte, war er noch einmal umgekehrt und hatte hinzugefügt: Komme Dienstag wieder.

Er war zur Autobahn gefahren und hatte sich an die Auffahrt gestellt. Trotz des eisigen Windes, der ihm den Schneestaub ins Gesicht blies, hatte er nicht den Zug genommen. Denn der Frost, der ihm in die Zehen biss, ließ ihn jeden anderen Schmerz vergessen. Außerdem hatte er sich beweisen wollen, dass er draußen leben konnte und die Brutkastenwärme der Innenräume nicht brauchte, die stickige, trockene Wärme der Heizungen, die sich nicht regulieren ließen. Und obwohl ihm die Kälte bis auf die Haut drang, fühlte er sich doch vom Bann der Zimmer befreit, in denen er all die Jahre dahingelebt hatte wie ein träges, trauriges Haustier.

Ein Moskwitsch hielt an und nahm ihn mit bis Bautzen. Der Fahrer (er sah wie ein Bauer aus, schwer, fleischig, mit Glatze, über die seine rötlichen Haare gekämmt waren) schaute die ganze Zeit starr nach vorn. Steif hatte er neben dem Mann gesessen und vermieden, ihn anzublicken. Er roch nach Schweiß und Rauch. Er hatte den Mann schnaufen gehört und beobachtet, wie er das Fahrzeug auf der holprigen Piste hielt, wie er ab und an das Lenkrad losließ, nach einer Schachtel f6 griff und den Aschenbecher aufklappte, um zu rauchen. Mit der anderen Hand versuchte er dann, den Wagen in der Spur zu halten, der von rechts nach links über die Fahrbahn schlingerte. Dann hatte er den Blick rasch auf die Ablage über den Armaturen gesenkt und sein Heil in Stumpfsinn gesucht.

Und wieder riss ihn die Musik aus seinem Dösen. Drei Orchesterschläge folgten aufeinander, Trompeten schmetterten über den Chorstimmen, *Herrscher des Himmels, erhöre das Lallen,* wie Pfeiler zu einem ungeheuren Dom erhoben sich die Töne; sie schienen erlöst zu sein von der Schwere, die ihn niederzog, sie schienen auch nichts zu wissen von den baufälligen Häusern vor den Kirchentüren, von den Straßenbahnen, die über ausgefahrene Gleise rumpelten, von dem Kohledunst über der Stadt, von der Wolkendecke, die seit Wochen auf dem Land lastete und in der sich die Farben seines Winters widerspiegelten: Grau und Grau und Grau. Sie schien auch seinen Stumpfsinn nicht zu kennen, die Betäubung, in der er sein Leben hinbrachte, als sei es nicht seins.

Er erinnerte sich: Wenn er morgens um sechs, kaum richtig wach, in der S-Bahn stand, die vom Atemdunst beschlagenen Scheiben mit dem Finger bemalte und in das Morgengrauen starrte, durch das die Lichter von Laternen zuckten, dann war es ihm stets eine hämische Freude, die Monotonie dieser Arbeitstage noch zu steigern durch die Monotonie der Musik, die er im Kopf hatte und abspielen konnte ganz ohne technische Hilfsmittel: *Sets the control for the heart of the sun* zum Beispiel oder *Echoes Part I* oder *Careful with that axe, Eugene* – er hatte ein breites Repertoire, und er hatte jedes Instrument und jede Tonfolge so genau im Gedächtnis, dass er sie variieren und ausbauen, eine endlose *session* in seinem eigenen Kopf veranstalten konnte, ohne dass es eine Pause gab.

Stille weckte ihn auf. Der Mann vor ihm schnäuzte sich kräftig, ringsum knarrten die Sitze, man räusperte sich, atmete auf, flüsterte einander zu. Seine Nachbarin hüstelte hinter vorgehaltener Hand. Wieder traf ihn ihr Blick, sie sah an ihm hinunter bis auf die ausgetretenen Schuhe, entdeckte wohl auch die Brandlöcher in seinem Parka und die abgewetzten Nähte seiner Hose; es dauerte nur eine Sekunde. Sie schien jede Einzelheit an ihm genau zu registrieren, ließ dabei jedoch keine Gemütsregung erkennen. Er seinerseits musterte ihre Frisur, ihr Gesicht mit dem unauffälligen Make-up, ihr Halstuch, ihren grauen Mantel – all das war nicht besonders teuer oder chic, sondern eher praktisch-sportlich, auf eine herausfordernde Weise nüchtern und *normal*; eine Frau, die sich keine Illusionen mehr machte, die niemanden mehr beeindrucken oder verführen wollte, sondern ihren Platz im Leben gefunden hatte und ihn ausfüllte und hier einem Kulturereignis beiwohnte, das ihr Leben möglicherweise bereichern, aber nicht verändern würde – warum auch sollte sich für sie etwas ändern? Dies ging ihm durch den Kopf, während er sich an den Armlehnen abstützte und sich aufrichtete. Dann setzte das Orchester wieder ein und der Tenor seufzte: *Immanuel, du süßes Wort.*

Er erinnerte sich an einen Tag in G.; es war am Nachmittag, er war die Treppe heraufgestiegen, weil er im großen Arbeitsraum etwas suchen wollte, und dann hatte er vor der Tür gestanden und gezögert, sie zu öffnen, weil er drinnen jemanden singen hörte. Und als er dann die Tür einen Spalt breit aufgetan hatte, da hatte er gesehen, dass es die Hausmutter war, die sang, während sie am Tisch saß und Hosen flickte. Komm rein, hatte sie gesagt und ihr Singen fortgesetzt, als wäre es etwas ganz Alltägliches. Und sie hatte ihn gefragt, nach seinem Zuhause, nach seinem Beruf, und dabei ihr Lied immer weitergesungen; die Rede und das Lied wechselten einander so zwanglos ab, dass etwas Neues daraus wurde, etwas, das ihn plötzlich ganz wehrlos machte; und sie war dabei in der Lage, ihm zuzuhören und auch noch zu nähen, dies alles ohne die leisesten Anzeichen von Nervosität oder Ungeduld – da war er darauf gekommen, dass es wohl der *Glaube* sein musste, der diese Frau dazu befähigte, der ihr diese Zwanglosigkeit und Kraft gab. Und darum beneidete er sie.

Was will der Höllen Schrecken nun – es konnte nicht mehr lange dauern, es musste bald vorüber sein. Er versuchte, den schmerzenden Rücken gerade zu richten, anscheinend half das. Dabei fand er die Musik immer noch schön, er ertrug nur das Sitzen nicht mehr. Er hatte das starke Bedürfnis, wegzugehen, am besten jetzt, aber auf jeden Fall sofort, wenn das Oratorium zu Ende wäre. Er würde dann nicht nach Andreas suchen und auch nicht nach den anderen. Denn nun ließ sich auch die Erinnerung an das seltsame, ja peinliche Ende der vergangenen Nacht nicht mehr verdrängen.

Von den Büchern hatte das Gespräch seinen Ausgang genommen, genauer, von den Wegen und Mitteln, an jene Bücher heranzukommen, die hier im Regal standen. Buchläden wurden genannt, Verkäufer, die man kannte, Methoden der Bestechung, eine Hand wäscht die andere, Bezie-

hungen schaden nur dem, der keine hat, und bei dem und dem musst du bloß in *West* zahlen, dann besorgt er dir alles. Es war noch reichlich Schnaps da gewesen, Wodka und der Klare mit dem blauen Etikett, und Andreas, der sich ebenfalls mit an den Tisch gesetzt hatte, sorgte dafür, dass alle Gläser rasch wieder nachgefüllt wurden.
Worüber hatten sie nur gesprochen? Seine Erinnerung war getrübt, denn das wilde Durcheinanderreden, das plötzliche Einbezogenwerden in diesen Kreis, der ihm bisher so fremd war, hatte ihn dazu verleitet, nicht mehr darauf zu achten, wie viel er trank. Und doch, konnte er sich entsinnen, war seine Müdigkeit auf einmal wie weggeblasen, er war wie elektrisiert gewesen und hatte versucht, einzugreifen in die Debatte, die sich mit einem Mal nur noch um ein Thema drehte: Geld, genauer: *West*-Geld, und um die Frage, wie weit man gehen, was alles man tun dürfe, um es zu bekommen, und wie weit überhaupt man sich einlassen müsse in den halb legalen Tausch- und Schacherhandel, sei's mit Büchern, Schallplatten, Jeans, Möbeln, Ersatzteilen, Musikanlagen, Kaffee, Zigaretten, Waschpulver, Zahnpasta oder Unterwäsche; er erinnerte sich, wie empört Jule gewesen war, dass Andreas das verteidigte; auf die Menschen komme es an, nicht auf das Geld, und man müsse darauf achten, mit wem man in Kontakt gerate bei solchen Geschäften, sie jedenfalls verzichte lieber, als irgendeine Sache zu erschachern, die sie meistens sowieso nicht wirklich brauche. Darauf wurde ihr vorgehalten, dass sie es ja nicht nötig habe, nicht nur wegen ihrer Verwandtschaft, auch wegen ihrer Stelle bei der Kirche, und die Kirche, so hatte Andreas ausgerufen, lebe vom *West*-Geld, und alle, die bei ihr beschäftigt seien, ebenfalls, so oder so; es sei eine verdammte Heuchelei, so zu tun, als sei es der himmlische Vater, der sie nähre ... Dann hatten sie noch mehr getrunken, dann wurde von Marx gesprochen, von Kant und von Schopenhauer, von der Freiheit des Willens und vom kategorischen Imperativ, und irgendwann war es ihm gelungen, sich einzumi-

schen; er hatte behauptet, es müsse prinzipiell möglich sein, sich vom Geld unabhängig zu machen; es sei nur der Wille nötig, seine Gedanken davon zu befreien, und zum Beweis dafür hatte er einen Geldschein aus der Tasche gezogen, fünf Mark, *West*, und angekündigt, den werde er jetzt verbrennen.

Die Trompeten schmetterten los, der Chor setzte ein, ohne Zweifel, das war jetzt das Finale; aber er war mit den Gedanken nicht mehr bei der Musik, er hatte das Bild der Kerzenflamme vor sich, über die er den Geldschein gehalten hatte, und er erinnerte sich daran, wie ihm der Atem gestockt war, wie die anderen, nachdem sie erkannt hatten, dass er Ernst machte, auf ihn einredeten; wie sie versuchten, ihn zurückzuhalten, und wie das Papier schließlich Feuer fing, wie Jule zusammenzuckte, als die Flamme hochschlug, und wie es ihm siedend heiß den Rücken hinunterlief, *Tod, Teufel, Sünd und Hölle*, wie ihm plötzlich der Kopf schmerzte, als wäre dort etwas zerplatzt, wie er nicht zurückzuckte, das Feuer nicht ausblies, sondern den Schein in den Aschenbecher warf, wo er endgültig abbrannte, und wie eine eigenartige Stille sich ausbreitete, von Frank Zappa untermalt, *o God, o God, I'm so phantastic,* wie das Gespräch plötzlich ebenfalls wie abgebrannt war und nicht mehr in Gang kommen wollte, bis die Ersten zu gähnen begannen und sich ins andere Zimmer zurückzogen.

So war es abgelaufen, nur wenige Stunden war es her. Nach dem Verbrennen hatten sie sich schlafen gelegt, halb vier oder vier war es gewesen, und um acht hatten sie wieder aufstehen müssen. Sie hatten Brot mit Marmelade gegessen und die Vorfälle der vergangenen Nacht mit keinem Wort erwähnt; es schien alles auch nicht mehr so wichtig zu sein; jeder war mit sich beschäftigt, vor allem er selbst, denn nun hatte sich der Alkohol bemerkbar gemacht, im Kopf und im Magen, und den Ratschlag, den Wodka als Gegenmittel zu benutzen, hatte er ignoriert; schon der Geruch erregte ihm Brechreiz. Man hatte es vermieden, einander anzusehen. Später war man schweigend mit dem Vorortzug in die Stadt gefahren, und erst dort hatte man wieder zu reden begonnen. Nur er war still geblieben. Bis ihn Andreas plötzlich antippte, zu einem Seiteneingang zog und ihn in das Kirchenschiff wies. Bis nachher, hatte er zu ihm gesagt.

Bei diesen Gedanken war er, als der Beifall anfing. Mechanisch klatschte er mit, hörte jedoch nicht auf das Tosen um ihn herum, sondern nur auf das Geräusch seiner eigenen Hände. Er war erschöpft, aber die Übelkeit war gewichen. Seine Nachbarin warf ihm noch einmal einen prüfenden Blick zu, aber er achtete nicht mehr darauf; er griff nach dem Rucksack, den er neben die Bank gestellt hatte und erhob sich. Er ging durch den Mittelgang, den Blick gesenkt, an den Reihen der Klatschenden vorbei, bis die Kirchentür hinter ihm ins Schloss fiel und ihn der Wind empfing, eisig und fest wie eine Mauer. Einen Augenblick lang verlor er den Mut, dann fasste er sich und ging hindurch.

JAN KUHLBRODT

KOSMONAUTEN

Mike hatte das Modell eines Sojusraumschiffes gebaut, um es bei der Messe der Meister von morgen auszustellen. Rico hatte noch nie an der Messe teilgenommen. Kosmonauten mussten sportlich sein und gut reagieren können, dachte er. Mike war klein und dünn. Außerdem trug er eine Brille mit dicken Gläsern. Aus ihm würde nie ein Kosmonaut werden, eher schon ein guter Konstrukteur. Rico hatte Mike geholfen, die Antennen an der Raumkapsel zu befestigen. Der Klebstoff roch süßlich, ein wenig so, wie er sich den Geruch der Luft in einem Raumschiff vorstellte.
Kurz nach Ricos zwölftem Geburtstag war Siegmund Jähn zusammen mit Waleri Bykowski in den Weltraum gestartet. Er lief sofort zu Mike. »Jetzt sind wir auch eine raumfahrende Nation«, sagte er. »Wollen wir es anschauen?« Mike besaß einen Junost, einen kleinen sowjetischen Kofferfernseher, den er irgendwann in einen Sender umbauen wollte, um Kontakt mit Raumschiffen aufzunehmen. Seine Mutter brachte Kakao. Rico hatte keinen eigenen Fernseher, und den Apparat seiner Mutter durfte er nur benutzen, wenn sie dabei war.
Die Jungen saßen vor dem kleinen Bildschirm und schauten sich die Berichte an, die aus dem Sojusraumschiff gesendet wurden. Immer wieder winkte Sigmund Jähn in die Kamera. Er sei stolz, als Bürger der DDR und erster Deutscher in den Weltraum zu reisen, sagte er, und dass der Anblick der Erde überwältigend sei. Bald würde das Raumschiff an die Orbitalstation Salut 6 ankoppeln. Rico war etwas enttäuscht von Sigmund Jähn. So hatte er sich einen Helden nicht vorgestellt. Er sah aus wie ein Polizist, nicht wie ein Forscher.

Sein Lächeln war auch nicht so freundlich wie das von Gagarin.

Rico hatte ein wenig Angst, dass es zu spät sein könnte, erst in den Sommerferien mit dem Training zu beginnen. Dann erst würde er wieder zu seinem Großvater aufs Dorf fahren, in die Nähe der Seelower Höhen. Im Krieg hatte Ricos Großvater auf sowjetischer Seite gekämpft und arbeitete jetzt in einer Gedenkstätte. Alter kommunistischer Adel, scherzte er manchmal, und er erzählte gern, wie er die Nazis bis nach Berlin getrieben hatte.
In diesem Sommer würde Rico nicht mit den Jungen vom Dorf nach Stahlhelmen aus dem Zweiten Weltkrieg suchen, sondern Märsche machen. Um vier Uhr morgens würde er losziehen und bis an seine Grenzen gehen.
In Karl-Marx-Stadt konnte Rico nicht trainieren. Er musste ja in die Schule und nachmittags Hausaufgaben machen. Kosmonauten waren immer gute Schüler, hatte er gelesen.

Er ist lange gelaufen an diesem ersten Morgen beim Großvater, immer nach Osten über den sandigen Boden zwischen schlanken hohen Kiefern, bis ihm die Füße schwer wurden. Rico hatte sich ein genaues Trainigsprogramm zurechtgelegt. Zuerst standen die langen Märsche, um den Körper zu stählen, dann würde er sich an extreme Hitze und Kälte gewöhnen müssen, wie sie auf dem Mond oder dem Mars herrschen. Seinem Großvater hatte er nichts gesagt.
Am Waldrand ging es ein Stück über Steppengras, jedenfalls dachte Rico, dass Steppengras so aussehen müsse. Von der Sonne gegerbte, längere Halme bogen sich in Büscheln zu kleinen Wellen. So musste die Steppe von Kasachstan sein.
Nach der Landung wurden die Kosmonauten dort vorsichtig von Helfern und Ärzten aus der Kapsel gehoben, denn sie mussten sich erst wieder an ihr Gewicht auf der Erde gewöhnen. Nach Wochen in der Schwerelosigkeit war ihre

Muskelmasse zurückgegangen. Aber bald, das wusste Rico, würde es rotierende Raumschiffe geben, die eine künstliche Schwerkraft erzeugen. Er hätte jedoch auch nichts dagegen, in der Schwerelosigkeit zu leben, aus Tuben zu essen und in kleinen Kabinen zu duschen, in denen die Wassertropfen nicht tropfenförmig waren, sondern kugelrund. Er würde Purzelbäume in der Luft schlagen im Raumlabor, mit dem Kopf nach unten von der Decke hängen und Interviews für die *Aktuelle Kamera* geben.

Am Gras klebte noch Tau. Tropfenförmig. Manchmal kniete Rico sich hin, um etwas Wasser von den Halmen zu schlecken. Nicht zu oft, denn er hatte keinen Durst. Aber es gab ihm das Gefühl, sich ganz allein durchzuschlagen wie Gagarin auf seinem Flug.

Manche Kosmonauten nehmen ein Röhrchen voll Heimatboden mit auf die Reise. Auch Rico würde, bevor er ins Ausbildungszentrum im Sternenstädtchen bei Moskau reist, am Teich hinter seinem Haus ein Glasröhrchen mit der guten schwarzen Erde füllen und würde es in einen kleinen Lederanhänger stecken. *Erde aus der Bersarinstraße in Karl-Marx-Stadt* würde er auf das Etikett schreiben.

Lange schon hatte er feuchte Füße. Das machte nichts. Kosmonauten müssen sich in Geduld üben. Kosmonauten halten Nässe und Kälte genauso aus wie Trockenheit und Hitze. Bei jedem Schritt dachte Rico an einen Stern, den er erkennen oder entdecken würde auf seinen Reisen. Neue Sterne und neue Planeten warteten auf ihn und auf einem der Planeten vielleicht sogar Leben, vernunftbegabtes Leben. In einem utopischen Roman hatte Rico von Leben auf Siliziumbasis gelesen. Silizium bilde ähnliche Ketten wie Kohlenstoff. Wenn es so etwas wirklich gibt, dachte Rico, wird es vollkommen anders sein als alles, was wir kennen.

Er war froh, dass seine Mutter nach der Scheidung mit ihm in die Bersarinstraße gezogen war. In den zehnten Stock. Gegenüber war eine Schrebergartensiedlung mit niedrigen Holzhütten zwischen Obstgehölz und Hecken. Und hinter den Gärten begann der Zeisigwald. Nichts verstellte Rico die Sicht auf die Sterne. Vor einem Jahr hatte er angefangen, in klaren Nächten die Sterne zu zählen, abends, wenn er im Bett lag. Immer hundert Sterne, dann streckte er einen Finger von seiner Faust. Es dauerte nicht lange, und er kam durcheinander, dann begann er von neuem. Als er mit einem schwarzen Filzstift das Fenster in Planquadrate unterteilt hatte, schimpfte seine Mutter. Aber was verstand sie schon von Wissenschaft. Die Mutter schaute ja nur fern und las keine wissenschaftlich-phantastischen Romane, nicht einmal Lem. Bei sieben- oder achthundert Sternen hörte Rico auf zu zählen. Wer sollte ihnen allen auch Namen geben.

In einer Traktorspur hatte sich Wasser gesammelt, auf dem ein bunter Ölfilm schimmerte. Rico wunderte sich, als er einige Kaulquappen darin schwimmen sah. Er blieb kurz vor der Pfütze stehen, lief dann aber doch daran vorbei.

»Du musst sie gut pflegen«, hatte die Mutter gesagt und ihm die neuen Lederschuhe hingestellt, bevor er zum Großvater gefahren war. »Nach dem Krieg hätte man für solche Schuhe gemordet.« Es war nicht so, dass seine Mutter sich die Schuhe vom Mund abgespart hätte, aber einen Batzen Geld mochten sie schon gekostet haben. Es waren gute Schuhe aus dunkelbraunem Rauhleder. Sie waren knöchelhoch und die Spitzen waren mit schwarzem Glattleder verstärkt »Am Anfang, direkt nach dem Krieg, hatten wir gar keine«, sagte seine Mutter. »Wir sind barfuß gelaufen, überallhin barfuß. Da tritt man sich schnell mal eine Scherbe ein. Und im Winter hatten wir dann so Gummischuhe, da hätten wir auch weiter barfuß gehen können. Wenn mich damals jemand gefragt hätte, welche Farbe Füße haben: Blau hätte ich gesagt, Blau und Schwarz.« »Blau und Schwarz wie der Himmel«, dachte Rico. »Meinst du«, fragte er, »dass Kosmonauten, wenn sie auf der Erde sind, auch solche Schuhe tragen?« »Sicher«, sagte seine Mutter, »es sind richtige Kosmonautenfreizeitschuhe.« Im Training trugen die Kosmonauten besondere Leinenschuhe und in den Raumschiffen Spezial-

weltraumschuhe. Rico stellte sich manchmal vor, was sie in der Freizeit taten. Sie hatten Frauen und Kinder, lebten in Neubauwohnungen und sehnten sich nach den Flügen um die Erde, wenn sie den Nachthimmel betrachteten.
Es wird Zeit für eine Pause, dachte Rico, als er schon einige Stunden gelaufen war. Man muss sich seine Kräfte einteilen und zur rechten Zeit eine Pause machen.
Er setzte sich an den Wegrand und packte sein Brot aus. Das Brot hatte er sich heimlich in der Nacht mit Butter beschmiert und dick Käse darauf gelegt. Er aß langsam, kaute gründlich, das ist gesund. Gesund bleiben muss man, wenn man Kosmonaut werden will. Mike hatte ein Sternenfernrohr. Zwei schwarze Metallröhren, die ineinander gesteckt waren, an den Enden jeweils starke Linsen. Wenn man hindurchschaute, sah man alles auf dem Kopf stehen. Das komme von der Brennweite, hatte Mike gesagt. Man könne mit diesem Fernrohr die Planeten von den Fixsternen unterscheiden und auf dem Mond die Krater untersuchen. Mike konnte abends im Bett mit dem Sternenfernrohr nichts anfangen, denn er wohnte nicht in einer Großplatte, er wohnte im ersten Stock eines Fünfgeschossers, und gegenüber stand ein Neungeschosser.
Die Sonne war hinter dem Wald aufgestiegen. Die Schuhe begannen zu trocknen. Aber ich sollte nicht zu lange sitzen, dachte Rico.
Direkt hinter ihm knatterte ein Motorrad über den Waldweg. »Rico Oeser!« Der Name kam im Kommandoton, kurz und hart. Das war nicht die Aufforderung zum Raumflug. Als Rico sich umdrehte, sah er seinen Großvater auf der alten Jawa mit Seitenwagen sitzen. Er blickte verärgert und holte einen zweiten Sturzhelm aus seinem Rucksack. »Wo bist du denn, ich suche dich schon seit zwei Stunden«, sagte er. Rico versuchte am Sonnenstand zu erkennen, wie spät es war. »Wie spät ist es denn?«, fragte er. »Acht durch, Junge, was machst du hier um diese Zeit?« Ungeschickt warf der Großvater ihm den zweiten Helm zu, der zwei Meter vor

Rico auf den Boden fiel. Rico schaute auf seine inzwischen getrockneten Schuhe. »Trainieren.« Der Großvater lachte. »So, so«, sagte er, »du wirst sicher ein guter Soldat. Gib Bescheid, wenn du wieder trainieren willst, dann komme ich mit und wir können das alte Jagdgewehr mitnehmen. Ich kann dir beibringen, wie man richtig zielt.« Rico hätte gut noch einige Stunden marschieren können, aber er stieg auf den Rücksitz der Jawa, nachdem er seine Tasche in den Seitenwagen geworfen hatte. Mit beiden Händen umschlang er den Großvater und drückte seinen Kopf fest an dessen Rücken. Die Lederjacke roch süßlich, irgendwie nach Klebstoff.

KATRIN DORN

DIE GESCHICHTE VON DER BLAUEN JACKE

Vor Jahren, als ich noch Lehrling in einem volkseigenen Betrieb war, und sich die Kollegen ungeplante Ausfallzeiten damit vertrieben, von ihren Kindern oder Enkeln zu erzählen, hörte ich die folgende Geschichte. Damals erschien sie mir nicht besonders ungewöhnlich. Aber wenn mich heute jemand nach dem Leben in der DDR fragt, fällt mir aus unerfindlichen Gründen immer nur diese Geschichte ein.

Die Tochter eines meiner Kollegen wohnte mit ihren sechs Kindern in einem genossenschaftlichen Bauerndorf. Ihr Ältester, ein zwölfjähriger Junge, hatte seit seiner Einschulung immer nur Einsen bekommen. Deshalb wurde er zu Beginn des siebten Schuljahres von der zuständigen Kreisleitung der Organisation junger Pioniere mit einer Fahrt in das Sommerferienlager für die vorbildlichsten Kinder der Republik ausgezeichnet. Er war das erste Kind seines Dorfes, dem diese Auszeichnung zuteil wurde. Der Schuldirektor soll vor Stolz geweint haben, als er den Beschluss vor dem Fahnenappell bekannt gab. Der Direktor erzählte, dass die Kinder in diesem Lager immer eine besondere Jacke trügen. Das habe er einmal im Fernsehen gesehen. Es war klar, dass der Junge sich diese Jacke besorgen musste. Die Leiterin der Industriekaufhalle sollte herausfinden, wo sie zu beschaffen war. Die Jacke war teuer. Die Eltern sagten, Auszeichnung hin oder her, der Junge brauche keine neue Jacke, sein blauer Anorak, den er, wie immer, als Erster in der Geschwisterreihe trug, sei gut genug. Der Junge bestand darauf, sich das Geld für die Jacke selbst zu verdienen. Das war nicht einfach, weil Zwölfjährige noch gar nicht arbeiten durften.

Aber der Schuldirektor handelte mit den kollektiven Bauern eine Sondererlaubnis aus. Von nun an schuftete der Junge an jedem freien Nachmittag. Im Winter mistete er Kuhställe aus. Im Frühjahr legte er mit den Bauern Kartoffeln ein, und als seine Klassenkameraden ins Schwimmbad fuhren, kroch er von einer Erdbeerpflanze zur anderen und pflückte die reifen Früchte ab. Zu Ferienbeginn hatte er genügend Geld zusammen. Der Leiterin der Industriekaufhalle war es inzwischen auch gelungen, die Jacke zu beschaffen. An der Kasse soll die Mutter ihren Sohn gefragt haben, ob er es sich nicht noch einmal überlegen wolle. Zumal sein blauer Anorak dieser besonderen Jacke doch zum Verwechseln ähnlich sei. Aber das konnte ihn nicht abhalten. Er wollte nicht einmal das Wechselgeld als Taschengeld für die Reise behalten. Er wisse, dass die Mutter jeden Pfennig mehr im Haushalt gut gebrauchen könnte, sagte er und bestand darauf, dass sie es nahm.

Als er im Lager ankam, wurde er in eine Baracke geschickt, wo sich Jungen seines Alters um die oberen Plätze der Doppelstockbetten stritten. Um ihr Revier zu markieren, knallten sie ihre Jacken auf den Platz ihrer Wahl. Es waren Jacken von unterschiedlichsten Farben und Schnitten. Nicht einer hatte so einen blauen Anorak wie der Junge.

Irgendwann waren sich alle einig und bezogen ihre Betten. Dann wurden sie in ein Magazin geführt. Von der kleinsten bis zur größten Größe, unterschieden nach Mädchen- und Jungenmodellen, hingen dort die besonderen Jacken. Die Gruppe stellte sich in eine Reihe und einer nach dem anderen nahm das neue Kleidungsstück entgegen.

Entweder hatte der Magazinverwalter nicht gesehen, was der Junge vor ihm anhatte, oder ihm fehlte eine Anweisung für einen solchen Fall. Jedenfalls hielt er dem Jungen die gleiche Jacke hin, die der bereits trug. Der Junge rührte sich nicht.

Der Verwalter fragte den Jungen, ob er sich weigern wolle, wie alle anderen die Jacke des Lagers anzuziehen. Daraufhin riss der Junge ihm die Lagerjacke aus der Hand, warf sie zu Boden und schrie: »Ich will das nicht. Ich will das nicht.«

In der folgenden Nacht bekam er Weinkrämpfe. Die Jungen in seiner Baracke gaben sich große Mühe, kameradschaftlich zu sein, aber er redete nicht mit ihnen.

Am nächsten Morgen versuchte der Gruppenleiter, etwas aus ihm herauszubekommen. Ohne Erfolg. Auch der Direktor versuchte es vergebens. Sie fragten den Magazinverwalter. Der sagte, er habe gleich gesehen, dass bei diesem Kind etwas nicht in Ordnung gewesen sei. Er habe für so etwas einen Blick.

Die Einzigen, die noch ein Wort von dem Jungen hörten, waren die Küchenfrauen, als der Junge sie darum bat, ihnen beim Kartoffelschälen helfen zu dürfen. Sie bedauerten sehr, ihren fleißigen Küchenhelfer so schnell wieder zu verlieren.

Nach drei Tagen wurde der Junge wegen Kollektivunfähigkeit zurück nach Hause geschickt.

FALKO HENNIG

ALLES NUR GEKLAUT

Die Politik war immer schwer zu durchschauen. Obwohl China im Westfernsehen immer kommunistisch genannt wurde, schien es zu den Bösen zugehören. Es gab Plakate, auf denen der Umriss von Vietnam zu sehen war, der ein »S« bildet, als Anfangsbuchstabe für »Solidarität«. Dann gab es sogar Krieg zwischen Vietnam und China. Die DDR war auf der Seite von Vietnam: China, das war der Aggressor.

Irgendwann kam eine Delegation an unsere Schule: die Volksbildungministerin Margot Honecker und zwei vietnamesische Soldaten. Es gab ein großes Brimborium, die vietnamesischen Soldaten hatten 287 chinesische Panzer abgeschossen und ließen zwei chinesische Patronen da, die sie erbeutet hatten. Die Patronen kamen in die Aula hinter Glas. Die Aula war mit verglasten Wandschränken versehen, in denen Kopien von Dokumenten über August Bebel lagerten, dem Namensgeber der Schule.

Außerdem gab es eine Tafel: »Schüler aus unserer Schule, was aus ihnen geworden ist.« Es waren drei, die man einer Erwähnung wert fand: ein Pilot der NVA, eine Souffleuse in einer anderen Kleinstadt und ein Rohrlegermeister. Die drei wurden mit Foto vorgestellt und zeigten uns, zu was man es noch bringen konnte, wenn man nur fleißig lernte. In einem dieser Wandschränke wurden nun auch die zwei Patronen ausgestellt zusammen mit einem vietnamesischen Zeitungsartikel über die Heldentaten der beiden Soldaten und kleinen Modellen von DDR-Militärfahrzeugen in der Größe der westlichen Matchbox-Autos, die »Mätschis« genannt wurden.

Meist war dieser Raum zugeschlossen. Nur für besondere Anlässe, Feiern, Versammlungen, Schluckimpfungen oder Schülerfotos wurde die Aula benutzt, und ich wusste, dass die Schränke dort immer offen standen. Es war nichts wirklich Wertvolles oder Interessantes in dem Raum. Trotzdem probierte ich, wenn ich unbeobachtet war, routinemäßig aus, ob die Tür zugeschlossen war oder nicht. Sie war immer verschlossen, nur einmal nicht.
Ich ging hinein, noch hatte ich nichts Verbotenes getan, falls mich jemand überraschen würde. Zügig ging ich zu dem Wandschrank mit den Panzermodellen, nahm sie, die chinesischen Patronen und eine Ausgabe der »Geschichte der SED«, steckte alles in meine Schultasche und machte, dass ich wieder rauskam.

Diese »Geschichte der SED, ein Abriss« war ein mittelgroßes Buch, und damit erfüllte ich mir einen alten Traum. Ich höhlte es aus, immer zehn bis 20 Seiten mit der Schere, 412 Seiten, bis es vollständig hohl war. Jetzt hatte ich ein kleines Geheimfach, und ich benutzte es gleich dazu, die ebenfalls gestohlenen Panzer und Patronen darin aufzubewahren. Die Patronen waren echt und wohl noch scharf. Welchen Sinn hätte es auch gehabt, vom Gegner abgeschossene Patronen zu erbeuten? Die Panzer waren erstaunlich naturgetreu, viel besser als die westlichen Matchbox-Autos.
Das Buch stand in meinem Bücherregal, und ich fand es sehr beruhigend, ein Geheimfach zu haben. Manchmal gab ich vor Freunden damit an, zeigte die Panzer und die Patronen, um zu beweisen, was für ein scharfer Hund ich war, trotz meiner Lehrer-Eltern. Ob mein Einbruch Konsequenzen in der Schule hatte, weiß ich nicht. Sicher war der Staatsbürgerkunde-Lehrer traurig über den Verlust der chinesischen Patronen. Ich glaube aber nicht, dass dieser Diebstahl für sonderliche Aufregung gesorgt hat. Jahre später, ich war überzeugt, dass niemand mehr an die Sachen dachte, zeigte ich meinem Vater das Buch und die Aushöhlung samt Inhalt,

er fand es ganz lustig: Nachmittags kam ein Freund von ihm, und er bat mich, das Buch noch mal zu holen.
»Hier!«, sagte mein Vater und zeigte seinem Freund das Buch. »So sieht die Geschichte der SED aus!« Und er öffnete es, so dass die Panzer und Patronen darin zu sehen waren. Sie lachten beide, dann sagte der Freund:
»Sei bloß vorsichtig, für so was kann man in den Knast kommen.«

In der DDR war alles merkwürdig, die Zeitungen, das Fernsehen und die meisten Bücher. Im Fernsehen sah ich eine Rede von Erich Honecker, und er redete und redete von den Erfolgen, die die DDR bei allem hatte. Und ich überlegte, ob er wirklich daran glaubte. Aber es schien so, als täte er es, sonst hätte er wahrscheinlich auch nicht Staatsratsvorsitzender werden können.
An der Schule hatten wir einen Lehrer, Herrn Pferdeschwanz, der mit meinen Eltern Lehrersport machte und der im Gesicht eine Narbe hatte. Er unterrichtete Sport, Staatsbürgerkunde und Geschichte, und ich hielt ihn für einen netten Mann.
Dann bekamen wir ihn als Staatsbürgerkunde-Lehrer, und es war sehr merkwürdig. Herr Pferdeschwanz erzählte, projizierte mit einem Polylux Kästchenschemata an die Wand und malte große verschachtelte Tafelbilder mit Kreide auf: Unterschied zwischen Produktivkräften und Produktionsmitteln, die Politik der Hauptaufgabe, führende Rolle der Partei. Das Merkwürdige an ihm war, dass er daran zu glauben schien. Ich fragte irgendwann meine Mutter:
»Glaubt Herr Pferdeschwanz wirklich daran?« Meine Mutter sagte:
»Nein, nein.« Und ich war etwas beruhigt. Im Unterricht versuchte ich, Herrn Pferdeschwanz' wahre Meinung an den Tag zu bringen. Doch er wich aus, antwortete mit Phrasen und schien alles, was in der Zeitung stand, zu glauben, jedenfalls vertrat er das im Unterricht. Es kam mir sonderbar

vor, dass er in Wirklichkeit anderer Meinung sein sollte. Ich fragte meine Mutter nach einigen Wochen noch mal:
»Herr Pferdeschwanz wirkt so überzeugt. Glaubt er wirklich nicht daran?« Meine Mutter hatte inzwischen wohl schon öfter mit ihm gesprochen und war zu der Erkenntnis gekommen:
»Ja doch, er glaubt wirklich daran.« Sie sagte es mir wie ein Geheimnis, das nur Eingeweihte wissen. Mir schien das ungeheuerlich, diese gigantische Dummheit, die man doch brauchte, das alles für bare Münze zu nehmen. Doch es konnte nicht Dummheit sein, Herr Pferdeschwanz war ja nicht dumm. Es musste etwas viel Schlimmeres sein, es war böse. Er war mit der Macht.

Die Russen hatten einen südkoreanischen Jumbojet abgeschossen, wir sahen es im Westfernsehen, das wir problemlos empfangen konnten. In den DDR-Zeitungen stand dagegen am nächsten Tag die Meldung, dass die russischen Flugzeuge neben dem Jumbojet nur mit den Tragflächen gewackelt hätten, und der Jumbo habe dann seinen Flug fortgesetzt.
Auf die westlichen Meldungen vom Abschuss kam das Gespräch in Staatsbürgerkunde, und Herr Pferdeschwanz sprach von den westlichen Lügen. Es musste aber jedem klar sein, dass die Russen das Flugzeug wirklich abgeschossen hatten, und ich fragte Herrn Pferdeschwanz:
»Die sowjetischen Truppen haben also dieses Flugzeug nicht abgeschossen?«
»Nein«, sagte Herr Pferdeschwanz, »das haben sie nicht.«
Einen Tag später mussten die Russen es zugeben, und es stand in allen Zeitungen, dass sie »den Flug abgebrochen« hätten. Ich war gespannt, wie sich Herr Pferdeschwanz aus der Affäre ziehen würde.
»Sie haben doch gestern gesagt«, fragte ich ihn, »dass die sowjetischen Truppen das Flugzeug nicht abgeschossen hätten.«

»Das haben sie auch nicht«, sagte Herr Pferdeschwanz. »Aber es steht doch jetzt in der Zeitung, dass sie ›den Flug abgebrochen‹ hätten, und gestern stand in der Zeitung, dass das Flugzeug seinen Flug fortgesetzt hätte. Es kann doch nur eins von beidem stimmen, also haben die Zeitungen doch gestern gelogen.«

»Nein«, sagte Herr Pferdeschwanz, und ich war baff, dass er immer noch nicht klein beigab, »wenn ein so großes Flugzeug wie ein Jumbojet beschossen wird«, sagte Herr Pferdeschwanz weiter, »dann fällt es nicht einfach runter wie ein Stein, sondern fliegt noch eine ziemliche Strecke weiter, ehe es auf die Meeresoberfläche auftrifft. Insofern hat der Jumbo seinen Flug tatsächlich noch fortgesetzt.« Uuuuuh, das war abenteuerliche Dialektik, aber man kam dagegen nicht an. Wir dachten uns unseren Teil.

Frau Kuhlauf mit ihren blonden Haaren und ihrem beeindruckenden Leibesumfang hatte eine merkwürdige Art drauf. Einmal, als wir bei ihr Unterricht hatten, sagte sie:

»Wir können ja hier ehrlich reden. Ich habe ja gestern auch ›Im Westen nichts Neues‹ gesehen. Da ist doch nichts dabei.« Das war schon erstaunlich, der Film mit dem Schauspieler, der auch bei den Waltons mitspielte, war im Westfernsehen gelaufen. Es war offiziell nicht richtig verboten, Westfernsehen zu sehen. Aber es wurde einfach totgeschwiegen. In den Zeitungen wurde es nicht erwähnt, es gab nur eine schäbige, lügnerische Fernsehsendung namens »Der schwarze Kanal«, in der ein schrecklich anzusehender Mann namens Karl Eduard von Schnitzler durch seine kleinen dicken Brillengläser sah und immer von der »ach so freien Presse« im Westen sprach. Gleichzeitig konnte man an den sinnentstellenden Ausschnitten aus dem Westfernsehen, die er zeigte, immer noch erkennen, dass es dort tatsächlich eine freie Presse gab.

Und da stand die dicke Frau Kuhlauf in ihrem merkwürdigen Faltenröckchen vor der Klasse und sagte, es wäre gar nichts dabei, Westfernsehen zu kucken. Das war neu. Es war Geschichtsunterricht, und es entspann sich eine eifrige Diskussion in der Klasse. Frau Kuhlauf schien eine Art Kumpel zu sein, schaute sie doch Westfernsehen und sprach mit uns im Unterricht darüber. Das hatte noch kein Lehrer vorher gewagt. Wir sprachen, es war eine richtige, offene Diskussion. Es ging Hin und Her, Militarismus, politisches System, Meinungsfreiheit. Die Unterrichtsstunde verging wie im Flug.

Zur nächsten Stunde kam der Direktor herein, er war allgemein verhasst bei allen Schülern, und, wie ich von meiner Mutter wusste, auch bei den meisten Lehrern. Er hieß eigentlich Würgemehl, wurde aber von den Schülern Kotzmehl genannt. Er kam herein und rief alle Schüler auf, die bei der Diskussion der letzten Stunde etwas Schlechtes über die DDR gesagt hatten.

Frau Kuhlauf, der dicke Kumpel, die Lehrerin, mit der man so ehrlich diskutieren konnte, bei der man nicht die üblichen verlogenen Phrasen benutzen musste. Sie war sofort nach der Stunde zum Direktor gelaufen und hatte alles, was wir ihr erzählt hatten und was sich gegen uns verwenden ließ, verpetzt. So wie es sonst Kinder im Kindergarten machen oder Schüler der ersten Klasse. Doch sie war kein Schüler, sondern sie war die Lehrerin, die sagte:

»Westfernsehen? Da ist doch nichts dabei!« Wir mussten mitkommen mit Herrn Würgemehl ins Direktorenzimmer, dort saß Frau Kuhlauf und wir wurden einzeln verhört.

»Stimmt es,« fragte der Direktor, »dass du gesagt hast, es gibt in der DDR keine freie Presse?«

»Ich weiß nicht genau.«, sagte ich, Frau Kuhlauf saß dabei und sagte: »Aber hör mal, du hast es mir doch gerade erzählt. Willst du es jetzt bestreiten?«

»Aber das war doch im Gespräch!«

»So,« sagte der Direktor, »du hast es also so gesagt im Unterricht. Du gehst jetzt in den Raum da drüben und schreibst dazu eine Stellungnahme!« So erging es auch allen anderen.

Die gute alte Frau Kuhlauf, wir bekamen Einträge in die Hausaufgabenhefte und Tadel. Die gute Frau Kuhlauf, mit der man übers Westfernsehen reden konnte. Die Frau Kuhlauf, mit der man über alles offen sprechen konnte und die es dann dem Direktor weitererzählte.

Es begann eine Zeit, in der ich mich viel verkleidete. An einem Nachmittag stach ich mir mit einer Nadel durchs Ohr und trug dann eine Sicherheitsnadel, ein andermal steckte ich mir aus obskuren politischen Motiven eine Kanüle an meinen Parka. Mal zog ich eine alte Lederjacke an und versuchte sie mit Stickern, diesen kleinen runden Abzeichen, vollzustecken. Dann hatte ich auch alte Abzeichen aus der DDR-Geschichte, anlässlich des Mauerbaus, zum 4. Jahrestag der Gründung, zur Feier der ersten sowjetischen Atombombe, die steckte ich alle noch dazu.
Dann trug ich wieder Parka mit einem runden Knopf auf der Brust, den die Reichsbahner sonst an ihren Dienstmützen trugen. Ein nächstes Mal hatte ich eine Sicherheitsnadel angesteckt, an der noch fünf andere baumelten bei jeder Bewegung, die ich machte. Ich trug auch Abzeichen, deren Bedeutung ich nicht kannte. Ich wurde auch etwas sonderlich, machte ganz Unerklärliches. Wegen der Vorbereitung, zur Jugendweihe hatten wir mit der Klasse eine Exkursion ins Konzentrationslager Sachsenhausen, und ich ging dort rein mit einem Eisernen Kreuz am Parka.
Vielleicht war ich in dem Moment ein Nazi, obwohl dieses Eiserne Kreuz aus dem Ersten Weltkrieg stammte. Doch in dem Moment war ich bestimmt ein Nazi. Ein Stasi-Beamter forderte mich auf, das Eiserne Kreuz abzunehmen, ich sagte:
»Aber das ist doch von Schinkel und aus dem 1. Weltkrieg. Die Nazis waren doch erst der 2. Weltkrieg.«
»Nun,« sagte der Stasimann, »wer hat denn den Ersten Weltkrieg angezettelt?« Ich wusste die Antwort, wir hatten sie im Unterricht wohl tausendmal gehört.

»Das deutsche Monopolkapital«, sagte ich.
»Und wer hat den Nazis an die Macht verholfen?«
»Auch das deutsche Monopolkapital.«
» Siehst du, also mach das Eiserne Kreuz ab!« Ich gehorchte, machte es ab und steckte es in die Tasche, der Mann war zufrieden und ich konnte gehen. Es muss sich um einen sehr friedlichen Klassenkämpfer gehandelt haben, vielleicht hielt er den Sieg der Arbeiterklasse für so sicher, dass er glaubte, den Rest erreiche man auch mit geduldiger Freundlichkeit.

CLEMENS MEYER

IMMER BEREIT

Als ich Rico zum letzten Mal sah, bevor er wegmusste, stand er oben am Fenster und winkte mir zu. Er sah ganz klein aus. Ich hatte unten an der Haustür geklingelt, aber seine Mutter hatte mich nicht reingelassen. Ich trat ein paar Schritte zurück, auf die Straße, blickte hoch zu Rico und legte meine rechte Hand an meinen Kopf, zum Pioniergruß. »Immer bereit!«, flüsterte ich. Ich konnte sehen, wie Rico oben am Fenster lachte. Ganz kurz nur, dann drehte er sich um, und dann sah ich Ricos Mutter. Sie zog die Gardinen vors Fenster. Hinter mir hupte ein Auto. Ich trat zurück auf den Fußweg und lief nach Hause. Ich lief die Straße runter zum Park, und dann blieb ich noch einmal stehen und drehte mich um. Ich konnte noch das Fenster im dritten Stock sehen, in dem jetzt die weißen Gardinen waren.

Rico hatte gelacht, als ich unten auf der Straße den Pioniergruß machte. Er hatte gelacht, obwohl er morgen früh wegmusste.

»Halb sieben geht's los«, hatte er gestern zu mir gesagt, »mit dem Zug, spannend, was?«, und auch dabei hatte er versucht, ein bisschen zu lachen. Ich lief durch den Park, unseren Park. Es hatte am Morgen geregnet, und bevor ich zu Rico ging, hatte es aufgehört, aber hier roch es noch nach Regen und der Regen tropfte aus den Bäumen. Da war unser Baum, der so hoch war, dass wir von oben die Schule und den Vorstadtfriedhof sehen konnten. Hier hatten wir uns immer getroffen, nachmittags, wenn kein Pioniermanöver, keine Altstoffaktion oder so was Ähnliches war. Später ging Rico dann nicht mehr hin zu den Pionierveranstaltungen, und ich sah ihn manchmal alleine im Baum sitzen, wenn ich zu den Treffpunkten oder in die Schule ging oder meistens rannte, weil ich spät dran war wegen dem blöden Halstuchknoten, den ich nie richtig hinbekam. Rico hatte kein Halstuch mehr. Er hatte es verbrannt. Er hatte es hier im Park verbrannt, und ich war dabei gewesen. Links neben dem Weg sah ich jetzt den Sandkasten mit dem kleinen Klettergerüst, da hatte er es drangehängt und verbrannt. Und ich war dabei gewesen. Ich hatte erst gedacht, er macht nur Spaß, und dann hatte er die Streichhölzer rausgeholt und es angezündet.

»Bist du verrückt«, hatte ich geschrien, »Mensch, Rico, lass den Mist!« Aber es war zu spät, er war schon beim dritten Streichholz, und nur ein kleiner verbrannter Fetzen hing noch am Klettergerüst. Rico machte ihn ab und schmiss ihn in den Sandkasten.

»So«, sagte er und blickte mich an. Mir war ganz komisch im Bauch. Ich setzte mich auf den Rand des Sandkastens und blickte auf den verbrannten Stoff.

»Mensch, Rico«, sagte ich, »warum ... » Und dabei wusste ich, warum. Rico hatte mir ja alles erzählt. Von seinem Vater, dem Offizier, der manchmal, wenn ich Rico besuchte, in seiner Uniform am Tisch saß. Jetzt war Ricos Vater nicht mehr da.

»Er hat eine blöde Kuh in Berlin«, hatte Rico mir erzählt. Wenn sie uns fragten, an den Pioniernachmittagen (als Rico noch hinging und alles gut war) oder im Heimatkundeunterricht, was wir werden wollten, hatte Rico immer gesagt »Offizier«, nicht Soldat, »Offizier«. Und sogar nach der Schule, wenn wir uns trafen, trug Rico seine Pionierkleidung: die dunkelblaue Hose, das weiße Hemd mit den Schulterklappen, das rote Halstuch und sogar das Käppi, das war seine Uniform, doch das war jetzt vorbei. Ich lief schneller und blickte nur noch auf den Weg, denn ich wollte keine Bilder mehr in meinem Kopf. Rico geht weg, dachte ich, Rico muss weg, Rico ist eben ein schwieriger Fall, hat

Herr Detleff gesagt, und dann begann ich, die Pfützen vor mir auf dem Weg zu zählen, und dann sah ich Maik. Er saß auf einer Bank, oben auf der Lehne, und neben ihm stand ein Holzknüppel, und auf der Bank lag ein Einkaufsnetz mit ein paar leeren Flaschen drin, weiße Schnapsflaschen, fünfunddreißig Pfennig Pfand pro Stück, drüben bei Böhlands SERO.

Maik blickte mich an und sagte: »Heh, Danie, warte mal!« Ich blieb vor der Bank stehen, stützte mich mit einer Hand auf die Lehne und sagte: »Na, Maik, was gibt's.« »Frieden, Danie«, sagte er und stieß mit dem Fuß gegen den Knüppel, dass er umfiel, »heute kein Streit. Setz dich mal hin.« Ich setzte mich neben ihn auf die Lehne, denn ich war froh drüber, dass er keinen Ärger anfing. Ich hatte mich oft geprügelt mit Maik und dabei fast immer verloren. Maik war ein großer Kerl, der größte in der Klasse und zwei Jahre älter als wir, denn er war zweimal sitzen geblieben. Ich hatte eigentlich nichts gegen Maik, aber er trieb sich mit seinen Freunden oft im Park rum und dann gab es eben meistens Streit. Maik war den ganzen Tag draußen unterwegs, sogar im Winter, denn sein Vater war ein Säufer, alle wussten das. Es gab immer Ärger bei ihm zu Hause, manchmal war die Brüllerei ein paar Häuser weit zu hören und deshalb ging er spät nach Hause, wenn sein Vater schon schlief oder nichts mehr machen konnte. Die meisten in der Schule hatten Respekt vor Maik, denn er wurde schnell wütend und schlug dann zu. Nur bei Rico war Maik vorsichtig. Rico konnte boxen, das hatte ihm sein Vater beigebracht und einmal hatte er Maik so ein Auge verpasst, dass alle dachten, es war Maiks besoffener Vater gewesen.

»Weißt du«, sagte Maik neben mir auf der Lehne »das mit Rico ist schon Mist.« »Ja«, sagte ich. Ich hatte meinen Kopf auf meine Hande gestützt und blickte rüber auf die Wiese auf der anderen Seite des Weges. »Weißt du«, sagte Maik, »ich weiß nicht, wie ich's dir sagen soll, aber es tut mir irgendwie richtig Leid. Ich wollte doch einen Boxkampf mit ihm, so einen richtigen Boxkampf. Wir hatten das doch ausgemacht. Und, Danie, das war falsch damals, ich wollte das nicht …«

»Was?«, fragte ich. Ich wusste nicht genau, was er von mir wollte, aber irgendwie ahnte ich es und hoffte, er würde seinen blöden Mund halten. »Na, du weißt doch schon, aber das war echt nicht meine Idee, das kam von Friedrich, ja genau, Friedrich wollte das. Und dass er jetzt weg muss, ist ja nicht nur darum. Ich weiß doch, wie schlimm's da ist. Mein großer Bruder … weißt du …«

Ich hatte nicht gewusst, dass Maik noch einen Bruder hatte. Er hörte nicht mehr auf zu reden und ich wünschte, ich wäre nicht stehen geblieben und hätte mich zu ihm gesetzt, sondern wäre einfach nach Hause gelaufen. »Danie, ich glaube nicht, dass es nur deshalb ist … Rico war doch dann total verrückt. Und sein Vater, na ja, die Scheidung, du weißt doch, und dann seine Schwestern …«

»Was willst du, Maik«, schrie ich, »Mensch, was willst du denn, hör endlich auf, so blöd über Rico rumzuquatschen!«

»Danie, Danie, ist doch gut, bleib ruhig, ich wollte dir doch nur sagen, dass es mir so Leid tut, dass wir's erzählt haben, und dass es Friedrichs Idee war. Ich hab ihm schon ein paar verpasst, Danie, ja, ich hab ihm in die Fresse gehauen.«

Ich dachte an Friedrichs zugeschwollene Augen vor ein paar Tagen. »Was«, sagte ich, »was tut dir Leid? Was hast du erzählt?«

Ich wusste jetzt, was Maik meinte, aber ich wollte, dass er es ganz genau sagte. Ich hatte mir damals Vorwürfe gemacht und mir gesagt, ich hätte alles abstreiten sollen, ich hätte Rico verteidigen und vielleicht, wenigstens ein bisschen, die Schuld auf mich nehmen sollen. Aber ich hatte das nicht gemacht, ich hatte ihn verraten und das … und das … »Die Sache mit dem Halstuch«, sagte Maik jetzt endlich, »du weißt schon, Danie, du hast doch auch, aber ich hätte es nicht verraten dürfen, aber Friedrich hatte die Idee. Und außerdem, Danie, er hat es verbrannt, er hat es einfach verbrannt.« Eigentlich hatte ich immer gewusst, dass Maik es ihnen erzählt hatte, er oder seine Freunde. Sie hatten es irgendwie gesehen, wahrscheinlich vom Baum aus, und dann verraten. Aber auch ich hatte alles zugegeben, als ich da im Zimmer des Pionierleiters saß und sie standen alle um mich herum: der Direktor, der Pionierleiter, Frau Mehlhorn, Herr Singer mit seinen vielen Abzeichen auf dem Jackett...

»Du Schwein!«, sagte ich und stand auf und stellte mich vor Maik, »du blödes Verräterschwein, du dummes, blödes Dreckschwein!«

Ich stieß ihn mit beiden Händen, so stark ich konnte, gegen die Brust und Maik fiel von der Lehne der Bank, und als er wieder aufstehen wollte, stürzte ich mich auf ihn, drückte mit der einen Hand seinen Kopf auf den Boden und schlug mit der anderen immer wieder in sein Gesicht. »Du Schwein, du beschissener Verräter!«

Nein, wir saßen immer noch beide auf der Lehne der Bank und schwiegen jetzt und blickten rüber auf die Wiese auf der anderen Seite des Weges. Zwei Jungs hatten Zaunlatten oder so was Ähnliches in den Boden gesteckt, der eine stellte sich dazwischen, als Torwart, der andere kam zu uns rüber. »Wollt ihr mitspielen, Elfe-Zwölfe?«

»Verpiss dich«, sagte Maik, »sonst kracht's!« Der Junge sagte nichts mehr und ging wieder. Auch ich stand jetzt auf. »Ist alles Mist«, sagte ich, »aber du bist trotzdem ein scheiß Verräter.« Dann lief ich über die Wiese, zu unserer Straße.

»Du hast doch genauso gequatscht!«, schrie Maik mir hinterher. Ein Ball rollte mir vor die Füsse, und ich trat mit voller Wucht dagegen, dass er bis auf den Fußweg flog und von dort auf die Straße rollte. »So ein Blödmann!« Ich hörte nicht drauf. Ich wollte jetzt schnell nach Hause und laute Musik hören oder den Fernseher anmachen oder mit dem Wellensittich reden, denn in meinem Kopf klangen jetzt wieder ihre Stimmen, als sie alle um mich herumstanden, oben im Zimmer des Pionierleiters.

»Es gibt Zeugen, Daniel!«

»Wir wissen auch, dass du nur daneben gestanden hast.«
»Rico ist ein schwieriger Fall«, sagte Herr Detleff, der Pionierleiter, »er verhält sich eines Thälmannpioniers nicht würdig, und das weißt du!«
»Und das ist durch nichts zu entschuldigen.«
»Und es wäre nicht das erste Mal«, sagte Herr Singer und ich blickte auf die Abzeichen an seinem Jackett, auf einem war eine Faust mit einer Fackel, »Rico hat keinen guten Einfluss auf dich, Daniel. Und außerdem weist Ricos Charakter schädliche Neigungen auf, und ich glaube nicht«, Herr Singer blickte in die Runde und alle nickten, »und ich glaube nicht, dass wir das weiter tolerieren können.«
»Es ist am besten«, sagte Frau Mehlhorn, »du sagst uns ganz genau, was Rico im Park gemacht hat, und dass du es nicht mehr verhindern konntest.«
»Wir verstehen nicht, dass so ein vorbildlicher Pionier wie du, nach all dem, was Rico sich in diesem Schuljahr geleistet hat, weiterhin Umgang mit ihm hat. Er nutzt deine Freundschaft aus, Daniel!«
»Es ist in deinem Interesse und du lernst doch auch dieses Jahr für die Urkunde des Ministerrates.«
»Und denk an den Talentewettbewerb, Daniel. Wir sind sicher, du wirst unsere Schule wieder so gut vertreten wie in den letzten Jahren.«
»Und Rico schadet dir bei diesen Vorhaben!«
»Es wäre schlimm, wenn du deine Eltern noch einmal enttäuschst, Daniel!«
»Und du wolltest es ja verhindern!«
»Ja« sagte ich. Und dann ... und dann habe ich ihnen alles erzählt.
Ich lief die Treppe hoch. Ich suchte in meiner Hosentasche nach meinem Schlüssel. Er war nicht da. Vielleicht hatte ich ihn gar nicht mitgenommen und in meinem Zimmer liegen gelassen, vielleicht hatte ich ihn unterwegs verloren. Doch das war jetzt egal. Ich klingelte. Es war Sonntagnachmittag, und ich musste morgen früh zur Schule. Ohne Rico. Meine

Mutter öffnete die Tür. »Da bist du ja endlich«, sagte sie. Ich zog meine Schuhe aus.

»Die Gruppenratsvorsitzende meldet, die Klasse 5 b ist vollzählig zum Unterricht bereit!« »Für Frieden und Sozialismus: Seid bereit!«, sagte Frau Mehlhorn vorne an der Tafel, »Immer bereit!«, sagten wir im Chor und legten unsere Hände an unsere Köpfe zum Pioniergruß.
»Setzt euch«, sagte Frau Mehlhorn. Wir setzten uns. Sie hatte sich jetzt auch hingesetzt, an den Lehrertisch, und blickte über ihre Brille hinweg in die Klasse. Sie sagte etwas. »Lesebuch Seite … Am Anfang …«, aber ich hörte schon nicht mehr richtig hin. Ich schlug mein Lesebuch auf, ohne zu schauen, auf welcher Seite, und blickte auf die Bank vor mir. Dort saß Katja, aber der Stuhl neben ihr war leer, dort hatte Rico gesessen. Meine Mutter hatte mir gesagt, ich sollte ihn jetzt schnell vergessen, alle hatten das gesagt, aber nein, nein, ich konnte das nicht.
»Eine Mandarine ist goldgrün, wie eine Faust dick und rund.«
»Und ist sie wie ein Apfel zum Essen?«
»Eine Zauberfrucht, Leka, wie ein Wunderkraut.«
Katja las jetzt laut vor mit ihrer schönen Stimme. »… und wer es isst, der steht einfach auf und tanzt sogar, ja, tanzt!«
»Und vielleicht singt er auch?« Ich blickte Rico an. Er hatte aufgehört vorzulesen. Er hatte das Buch weggelegt und hielt seinen Kopf gesenkt und schwieg. ›Die rote Armee im Kampf gegen den Hitlerfaschismus‹ hieß die Hausaufgabe und Rico war dran gewesen, aber er machte einfach nicht mehr weiter. »Na«, sagte Frau Mehlhorn, »willst du nicht weiterlesen?«
»Nein«, sagte Rico, »nein, ich will nichts mehr von den scheiß Sowjetsoldaten erzählen. Nein.« Rico saß neben mir, und ich trat unterm Tisch gegen sein Bein. »Nein«, sagte Rico noch einmal und schlug das Buch so laut zu, dass ich mich duckte, »nein«, und dann schmiss er es auf den Fussboden,

mitten auf den Gang zwischen den Bänken. »Steh auf«, sagte Frau Mehlhorn ganz leise. Draußen auf dem Sportplatz hörten wir das Geschrei der Fußballer und dazwischen die Pfeife vom Sportlehrer. »Katja«, sagte Frau Mehlhorn, »du übernimmst fünf Minuten die Aufsicht. Ihr lest den Text zu Ende.« Katja war Gruppenratsvorsitzende.

»Rico, komm nach vorn!« Rico ging ganz langsam vor zum Lehrertisch, dann musste er die Tür aufmachen und nach draußen gehen. Frau Mehlhorn lief hinter ihm. »Maxim aber will seine kostbare Ladung nicht aufs Spiel setzen. Sie brauchen nur Brandkugeln zu schießen, dann bekommen die Kinder die Mandarinen nie zu sehen, denkt Maxim. Wieder schwenken die Feinde ein.« Ich blickte auf Katjas schönen Hals, der sich leicht bewegte, während sie las. Dort, neben Katja, hatten sie ihn dann hingesetzt. »Vielleicht«, hatte Frau Mehlhorn zu mir gesagt, »hat sie einen fördernden Einfluss auf Rico.« Und ich hatte auf ihn eingeredet: »Rico, bitte, werd doch wieder normal, alles wird gut«, aber es hatte nichts gebracht und ich wünschte, sein Vater wäre zu ihnen zurückgekommen, in seiner Uniform würde er am Tisch sitzen, wenn ich Rico besuchte ...

»Daniel!« Frau Mehlhorn stand vor mir und ihre Brille war auf ihre Nasenspitze gerutscht. »Daniel, zum dritten Mal, lies bitte weiter. Du bist zu unkonzentriert in letzter Zeit!« Ich blätterte in meinem Lesebuch und versuchte, die richtige Seite zu finden. Katja drehte sich zu mir um und bewegte die Lippen. »Entschuldigen Sie bitte«, sagte ich leise, »ich war ... ich bin auf der falschen Seite.«

»Daniel«, sagte Frau Mehlhorn, auch ganz leise, »nach der Stunde bleibst du noch hier. Maik, lies du zu Ende und fasse dann zusammen.«

Maik begann zu lesen, sehr stockend und langsam: »Leka schluckt eine Scheibe von der Zau-ber-frucht. Er – schaukelt bis zum Fenster. Hält sich fest. Singt: Schau zwei Drosseln, klein und fein, sind in ihrem Nest allein.«

JULIA SCHOCH

DIE SECHSTE KARTE

Eines Tages fiel mir eine Karte in die Hände, unbeschrieben. Auf der Vorderseite die Zeichnung einer langbeinigen Frau auf einer Mole in einem südländischen Seebad. Suchend blickt sie über die anderen Badegäste hinweg, als sei sie verabredet. Diese Karte, die ich zwischen alten Unterlagen wiederfand, war für jemanden bestimmt gewesen, diese Karte sollte geschrieben, jemandem geschickt werden.
Dem Verräter.

Zu einer Zeit, als ich noch nicht wusste, dass man ihn als Verräter bezeichnen würde. Damals konnte ich nur wie alle sehen, dass eine solche Bezeichnung schon in ihm steckte, dass er es vielleicht darauf anlegte, einer solchen Bezeichnung zu entsprechen. Denn er trug einen Mantel aus Leder, der ihm bis über die Waden reichte und den er auch nicht auszog, wenn ihn die Lehrer auf dem Schulhof dazu aufforderten. Und auch verlangten, dass er sich sein Haar kürzer schnitt. So kurz, wie es alle anderen trugen. Er behielt die Hände in den Manteltaschen, wenn sie mit ihm redeten, und lächelte. Oder er zog eine Zigarette aus der Innentasche und zündete sie sich mit ruhiger Bewegung an. Schickten sie ihn in die hintere Ecke des betonierten Hofs, wo das Rauchen gestattet war für Schüler, die eine oder mehr Klassen wiederholt hatten und im Grunde keine Schüler mehr waren, drehte er sich langsam um und ging mit gleichmäßigen Schritten über den weiten Platz.
Ihm hatte ich diese Karte schicken wollen, wie die fünf anderen zuvor auch. Ich hatte sie jedes Mal lange mit mir herumgetragen und mich erst nach Tagen dazu entschlossen, sie

endlich in den Spalt zwischen Wohnungstür und Rahmen zu stecken. Aber für diese sechste war es plötzlich zu spät gewesen. Die sechste, die mit der langbeinigen Frau auf der Vorderseite, konnte ich nicht mehr dort hineinschieben, denn es gab mit einem Mal keine Wohnungstür mehr und auch keine Möbel, stattdessen nur verkohlte Wände und einen feuchten Fußboden.

Wenn der zukünftige Verräter mir entgegenkommt, blicke ich ihn an. Es ist ein ungefährlicher Blick, mit dem er nichts anfangen kann. Ich bin zwölf. Trotzdem sieht er nie an mir vorbei, sondern nimmt eine Hand aus der Manteltasche und macht eine kurze Geste des Grußes. So wie andere einen Tabakkrümel aus der Jackentasche entfernen, grüßt er für mich kurz in die Luft, ohne die Hand dafür zu heben. Wir begegnen uns häufig in dem kleinen Ort, auf dem Weg in die neugebaute Schule hinein und manchmal auch auf dem Weg aus ihr heraus. Wenn er mit anderen abends hinter dem Elektrizitätshaus steht und ich vorbeikomme, grüßt er nicht. Dann zieht er an einer Zigarette und tritt mit dem Fuß gegen den Stromkasten. Ich senke den Kopf und gehe schneller. Keiner der anderen bemerkt, dass er mich nicht angeschaut hat.
Auf die Karten schreibe ich, was ich mit dem Verräter vorhabe. Es sind Einladungen für genau entworfene Reisen, für Leben, die ich mit ihm verbringen will. Ich denke an eine Flucht auf einem Boot, an verschiedene Orte, an denen es möglich ist, ohne Behausung zu leben. Nie öffnet er die Tür, wenn ich eine der Karten in den Spalt an der Wohnungstür stecke. Er wartet, ist vielleicht gar nicht zu Hause. Wir treffen uns nie in seinem Block, der gegenüber von meinem liegt. Er ist der Einzige im Ort, der eine eigene Wohnung hat, obwohl er noch nicht einmal zwanzig ist. Niemand kann sagen, warum das so ist.

Dass mich sein gelegentlicher Blick nicht nur zufällig traf, wusste ich von dem Moment an, in dem der Verräter seinen Kopf sehr weit zurückbiegen musste, um mich zu grüßen. Fast bleibt er stehen. Er hebt den Kopf und sieht mich an. Ich stehe hinter einer der großen Fensterscheiben im zweiten Stock des Schulgebäudes und warte. Es sind Wahlen. Die Gruppenvertreter werden benannt. Ich stehe mit vier weiteren Schülern draußen vor der Tür. Die übrige Klasse berät geheim über die Funktionen, die an uns verteilt werden müssen und uns in einer Vorabsprache mit dem Lehrer bereits mitgeteilt worden sind. Und während wir fünf in weißen Blusen und roten Tüchern schweigend, an den Heizkörper gelehnt, auf die Entscheidung warten, sehe ich ihn unten über den Hof gehen. Die Enden des Ledergürtels, den er nie benutzt, pendeln im Schwung seiner Schritte. Eine Tasche klemmt unter seinem Arm. Ich sehe von oben sein helles Haar, seine Füße darunter schreiten weit aus. Er geht, als gäbe es ein Ziel, zu dem zu laufen sich lohnte.
Und plötzlich hebt er den Kopf, obwohl er doch die ganze Zeit vor sich auf das Pflaster geschaut hat, und sieht mich an, als wären wir seit Wochen zu diesem Blick verabredet. Für die anderen ist dieser Blick ein Zufall, denn sie reden nicht davon, gehen schon wieder ins Klassenzimmer zurück. Der Lehrer hält die Tür von innen auf wie eine Einladung. Wie im Jahr zuvor bekomme ich ein Gruppenbuch, dessen Seiten ich mit Berichten über die Klasse füllen muss.

Heute scheint mir, er war bei vielem zugegen, was mir passierte. Immer wenn ich vor die Tür trat, wegging, wiederkam, er stand in der Nähe.
Jahre vor dem Blick schon zielte er mit einem Stein auf die Fahne, die an der Seitenwand der Schule aufgehängt war. Es war Spätnachmittag, der Hof leer. Ich kam aus der Eingangstür und lief die Freitreppe hinunter, wollte diesmal nicht stehen bleiben, sah nur, wie er mit dem Stein in der Hand weit ausholte. Wie ein griechischer Speerwerfer trat er

mit zurückgebogenem Oberkörper nach hinten und schleuderte ihn über die Leere des Hofes hinweg gegen die Wand. Als ich an ihm vorbeilief, hatte das Geschoss schon einen lang gezogenen Riss im Emblem hinterlassen. Er zögerte kurz, wartete ab, was ich tun würde, aber ich lief nur weiter. Ich musste diesmal laufen, sogar vor ihm rannte ich fort. Denn an diesem Nachmittag hatte sich die Frau, die für unsere Beschäftigung nach dem Unterricht zuständig war, etwas ausgedacht. Ein Schüler der Klasse hatte seinen Kamm gegen den Oberschenkel eines der Mädchen schnellen lassen. Noch während es aufschrie, hatte die Frau schon eine Maßnahme getroffen. Der Junge mit dem Namen Rocco Scheffert musste seinen Kamm an uns übergeben, damit wir das Mädchen rächten. An der Wange des Jungen. Wie in einem Geschäft bildeten wir eine Schlange und warteten, bis wir an der Reihe waren. Ich wollte keine Ausnahme sein und den Kamm nicht benutzen. Also wartete auch ich weiter in der Schlange. Als ich den Kamm ungeschickt gegen die schon rote Wange des Jungen zwiebelte, schaute ich an seinem Kopf vorbei, zur Tür. Danach übergab ich an den Nächsten. Wir waren achtzehn in der Gruppe.

Später denke ich an den Steinewerfer, dass er mich von nun an nur grüßen wird, um mir das Gesehene als Geheimnis anzubieten, das er großzügig zwischen uns ausbreitet. Als wäre es eine Ehre, gerade dies mit ihm zu teilen. Aber dieses Geheimnis interessiert mich nicht.

Niemand sonst weiß von den Karten, die ich an seiner Tür hinterlasse. Weil ich ohne Schwierigkeiten schreibe und lese, überträgt man mir eine Patenschaft für eine Schülerin. Ich soll im Unterricht Schwächen ausgleichen, indem ich mein Heft als Beispiel auf den Platz des Mädchens schiebe, das die Sätze umständlich ins eigene malt. Das Mädchen riecht aus den Ohren und trägt einen dunklen Anorak. In einer der

Pausen, in der man uns hinausschickt, frische Luft auf dem Hof einzuatmen, sehe ich, wie ältere Schüler es hochheben, eine Weile über ihren Köpfen hin und her wandern lassen und schließlich in eine Mülltonne werfen, deren Deckel sie zuziehen. Einige lachen, ich vielleicht auch. Er ist nicht dabei. Er steht am Tor, als warte er auf einen Kurier, und raucht. Als das Mädchen wieder aus der Tonne herausgeklettert ist, wendet er sich ab und blickt auf die Straße vor der Schule. Dorthin, wo der Wagen der Direktorin steht. In der Stunde hängt der fleckige Anorak des Mädchens hinten im Klassenzimmer. Ausnahmsweise verborge ich meinen Bleistift an diesem Tag. Die Direktorin findet am Abend abgeplatzten Lack neben ihrem Wagen. Die kleinen grauen Stellen auf der Fahrertür sehen aus wie die Einschusslöcher im Kontrabasskasten von Toni Curtis, den er in einer amerikanischen Komödie mit sich schleppen muss.

Als ich später zurückfuhr in den Ort, lag an der Stelle der Schule bereits wieder ein umzäuntes Feld, am Straßenrand ein Containergeschäft, mit Eisfahnen und Zeitungsaufstellern davor. Auch Lotto- und Totoscheine konnte man dort abgeben. Obwohl ich nur kurz stehen blieb, trat die Verkäuferin gleich aus dem Geschäft heraus und sah zu mir herüber. Dann nahm sie den Rechen, der gegen den Fahrradständer gelehnt war, und begann den schmalen Sandstreifen vor dem Eingang zu harken.
Ich ging die Straße hinauf zur Wohnblocksiedlung. Niemand kam mir entgegen. An den meisten Häusern hatte man die Abrissarbeiten begonnen. Die Fenster waren wie nach einem Angriff herausgeschlagen, einige Glasstücke lagen zwischen den Platten des aufgerissenen Gehwegs. Große Metallplatten verschlossen die Eingangstüren, damit niemand hinaufging und sich aus den offenen Wohnungen stürzte. An der Rückseite des Hauses war ein Schild befestigt: ELTERN HAFTEN FÜR IHRE KINDER. Im fünften Stock erkannte man noch das Blau, mit dem jemand die

Wände seines Balkons gestrichen hatte, ein leerer Blumenkasten hing über der Brüstung.

In einer Nachrichtensendung sehe ich Menschenansammlungen, die mit beschriebenen Laken vor dem Bauch und Kerzen in der Hand marschieren. In langen Ketten stehen sie an Straßenrändern und Plätzen, nicht in diesem Land. Sie haben Raketen mit breiten roten Strichen darüber auf ihre Transparente gemalt. Verteidigung des Friedens, sagt der Sprecher. Ob es Krieg geben wird, frage ich meine Mutter, während sie statt des Verräters meine nassen Haare kämmt. Sie verneint wie alle Mütter. Trotzdem gewöhne ich mir an, alle ausfallenden Wimpern für die Verhinderung eines Krieges zu nutzen. Den Verräter wünsche ich mir von da an nur noch mit normaler Wunschkraft. Und schreibe weiter Karten.
Kurz darauf verändern sich auch meine Träume. Ich kehre von einem Schulausflug nach Hause zurück, kann aber den Block, in dem wir wohnen, nicht mehr finden. Wortlos schaue ich in die Lücke zwischen den anderen Blöcken. Im Gegensatz zu früheren Träumen, in denen nur noch ein Ruinenberg auf mich wartet, ist der Block diesmal ganz verschwunden. Harmlos liegt an seiner Stelle eine Wiese.

Monate später, nachts, werden die Bewohner des Viertels von der Sirene auf dem Dach unseres Hauses geweckt. Kein Krieg, aber ein Feuer im gegenüberliegenden Block. Wir stehen am Fenster und blicken auf die meterhohe Flamme, die aus der einzigen Wohnung kommt, die mich in diesem Haus interessieren kann. Sie lodert steil am Haus entlang in den Himmel. Der Parkplatz ist hell erleuchtet von den brennenden Balkons der oberen Stockwerke, auf denen die aufgehängte Wäsche verglüht. Obwohl ich gern das Treppenhaus hinunterstürzen und einen Namen rufen würde, bleibe ich hinter der Scheibe stehen. Er selbst ist nicht in Flammen aufgegangen, ich sehe, wie er aus dem Hauseingang kommt, langsam für einen Flüch-

tenden, und in einen Wagen steigt. Ein Mann sitzt am Steuer, ein anderer daneben. Das Haus brennt bis zum Morgen.
Obwohl ein Eingriff in die Zeit geschehen war, fiel keine der Stunden aus. Bevor ich zur Schule ging, sah ich hinüber zur ausgebrannten Wohnung, einer schwarzen qualmenden Höhle, die leeren Fensterlöcher dunkel umrußt.
Von diesem Moment an höre ich auf, Karten zu schreiben, ich suche in den Pausen nicht mehr nach dem Mantel, ich schaue überhaupt nicht mehr auf und laufe alle Wege wie auf Botengängen ab, meine Gliedmaßen schlenkern nutzlos an meinem Körper herum.
Man erzählte sich in den folgenden Wochen mit Blicken von dem Brandstifter, seinem Verschwinden und jetzigem Aufenthaltsort. Man nickte sich über die Vermutungen hinweg zu. Und obwohl er da noch gar nicht zu einem Verräter geworden war, spürten alle, dass man diese Bezeichnung bald mit Genugtuung würde aussprechen können, dass ihm seine eigene Geschichte vorauseilte und er nur noch erfüllen konnte, was alle schon wussten. Worin diese Geschichte bestand, konnte aber niemand sagen.

Ich lese ein Gedicht vor, begrüße die Patenbrigade, die Uniform trägt. Zum Dank hebt man uns in verschiedene Militärfahrzeuge, lässt uns auf den Knöpfen im Innern eines Schützenpanzerwagens herumdrücken oder zeigt uns Zeichnungen mit verschiedenen Verteidigungsstrategien. Ich lasse mich nicht in den Panzer heben und gebe vor, mich mehr für die Lkws zu interessieren. Dort braucht man keine Hilfe, um einzusteigen. Ich lehne von nun an jede Hilfe ab. Seit einiger Zeit schon will ich nicht mehr, dass jemand meine Kleidung berührt oder meinen Körper. Ich habe eine Vorstellung von meiner Zukunft, die ich verschweige. Vorerst sitze ich in einem tarngrün gefärbten Lkw und schaue auf das Armaturenbrett. Draußen stemmen die Jungen der Klasse gemeinsam mit den Soldaten eine Gulaschkanone auf die Ladefläche eines Kombianhängers.

In die ausgebrannte Wohnung zog niemand mehr ein. Zu stark waren Wände und Decken beschädigt. Auch die Mieter darüber mussten die Wohnungen wechseln. Sie zogen in den Nachbarblock. Immer noch waren die Fensterlöcher leer, niemand hatte sie mit Glas oder großen Pappen gefüllt.
Eines Tages entschied ich mich, dieses Haus wieder zu betreten.
Ich ging hinein, durch den noch immer rußigen Hausflur und schließlich zu der Wohnung. Spielende Kinder fallen nicht auf. Die Klinke war herausgerissen, die Kunststoffplatte ließ sich ohne Mühe aufschieben. Am Rahmen klebte noch ein gestreiftes Sicherheitsband. Während ich durch die Räume ging, stellte ich mir vor, dass auch meine Karten, Karten mit verschiedenen Vorschlägen, Karten, auf denen meine Zukunft gestanden hatte, in dem Feuer vernichtet worden waren. Meine Schritte hallten auf dem feuchten Steinfußboden. Die Wohnung war vollkommen schwarz und leer, aber als ich in das schmale Zimmer neben der Küche trat, sah ich ein Bücherregal in der Ecke. In der vollständig ausgebrannten Wohnung gab es ein Bücherregal, das den Vorfall überstanden hatte. Man hatte sich gescheut, diese letzten Dinge zu berühren, niemand wollte das kennen, was auch der nun Verschwundene gekannt hatte. Ich ging zu diesem Regal und sah mir die Rücken der Bücher an. Den Titeln zufolge musste er für Sport geschwärmt haben, für Motorsport vielleicht. Einige der Bücher lagen quer oben auf den anderen, als hätte er nur dieses eine Regal gehabt, in dem er alles unterbringen musste. Ich zog eines über die Raumfahrt heraus. Es klebte eng zwischen den anderen. Mit dem Buch selbst kamen auch ein paar Blätter heraus, die dazwischen gesteckt haben mussten. Sie waren beschrieben und mit kleinen technischen Zeichnungen bedruckt. Und obwohl ich mich sofort danach bückte, um sie aufzuheben, wurden sie in wenigen Sekunden nach oben und aus dem Fensterloch geweht. Ich drehte mich um. Jemand hatte im Flur die klinkenlose Tür aufgedrückt und kam herein.

Meine Erklärungen dauerten lang, zu lang, denn als ich endlich wieder hinuntergehen durfte, hatten bereits mehrere Passanten die grauen Blätter im Vorgarten entdeckt. Sie fragten sich gegenseitig darüber aus, drehten sie hin und her. Eine Frau zeigte auf das Fensterloch, hinter dem einmal jemand gewohnt hatte. Ich ging nach Hause.
Dann schwiegen die Bewohner im Ort nicht mehr. Sie sprachen die Bezeichnung Verräter endlich aus und nickten sich zu, wenn von ihm die Rede war. Jemand hatte die Blätter abgegeben und feststellen lassen, dass es sich um Unterlagen der Geheimstufe drei handelte. Militärische Standorte und Fahrzeugbeschreibungen. Ich erfuhr es in der Schule, bei der Hausreinigung, auf Wanderfahrten, Elternabenden und Sitzungen des Klassenrats. Stufe drei! Ich hörte zu, meine Wimpern fielen aus.

Seit der Verräter nach dem Brand in dem fremden Wagen davongefahren worden war, hatte ich keine Karte mehr geschrieben. Der Verräter war nur einmal noch in die Stadt zurückgekehrt, abends. Und nur ich hatte ihn gesehen. In einem eigenen Wagen war er an mir vorbeigefahren, um auf dem Parkplatz zwischen unserem Block und seinem verrußten zu wenden. Ich stand mit einem leeren Mülleimer in der Dunkelheit und sah sein helles Haar im Wagen. Für einen Moment bremste er ab. Ich stand auf dem Gehweg, den Eimer in der Hand, und sah in das Auto hinein. Er klopfte kurz auf das Lenkrad und blickte zu mir herüber. In einem der Stockwerke gegenüber ging das Licht an. Der Verräter hielt nicht wirklich an, er verlangsamte nur. Dann fuhr er aus der Stadt. Erst später erinnerte ich mich, wie ich ohne Verwunderung hinnahm, dass man ihn zu dieser Zeit noch frei herumfahren ließ. Vielleicht wollte er die Papiere holen, aus der Wohnung, in der er ein Bücherregal zurückgelassen hatte.

Der Verräter hätte mich retten können. Nur einmal hätte man uns, zum richtigen Zeitpunkt, am richtigen Ort, sehen müssen, ich hätte alles abschütteln können. Mein Mittun leugnen. Aber ich kann seine Existenz heute nicht beweisen, wie ich auch eine Liebe zu ihm nicht beweisen kann. Auch habe ich weder Beweise für das Haus, in dem ich oder er wohnten, noch für eine Schule, in der wir uns begegnet sind.

FRANZISKA GERSTENBERG

ANNA-RESA KÜSSTE NICHT

1 Anna-Resa trug ausschließlich Rosa, rosa Jacken mit Reißverschlüssen, die in der Sonne glänzten wie aufgesprungene Lippen bei Frost, knielange rosa Röcke und rosa Plastikklemmen, um die schwarzen Haare aus dem Gesicht zu halten. Anna-Resas Hände waren schmal, die Finger rot und feucht, als reibe sie sie in jeder Pause mit Vaseline ein. Die Haarspangen und die Röcke stammten aus braunen Paketen aus Düsseldorf, die monatlich an die Adresse von Anna-Resas Eltern gingen. Wir besuchten die vierte Klasse, und Anna-Resa spielte Klavier, auf ihrem Kindergeburtstag und vor der Patenbrigade. Ihre Fingernägel waren kurz geschnitten, zu gleichmäßig geschwungenen Bögen, die Nagelhaut zurückgeschoben. Auch ich spielte Klavier, aber niemand forderte mich auf, einer Brigade ein Ständchen zu bringen, mein Spiel klang hart und der Anschlag unsauber im Vergleich zu dem von Anna-Resa. Die Klaviere schepperten und klirrten, sobald ich mich auf den schwarzen Hockern mit den gedrechselten Beinen niederließ. Meine Finger waren breit und kurz, zeigten Tintenflecken auf trockener Haut und dicke Falten über den Knöcheln, kleine schmerzhafte Risse im Nagelbett. Mutter sagte, die weißen Streifen auf meinen Nägeln seien das erste Zeichen für einen Mangel an Calcium. Anna-Resas Nägel waren rosa und durchscheinend wie die Zungen junger Katzen.

Obwohl ich schon seit der ersten Klasse nur eine Bankreihe hinter Anna-Resa saß, hatten wir nie versucht, einander kennen zu lernen. Anfang März sprach ich mit ihr das erste Mal im Schuljahr, sie lieh mir ihren Radiergummi. Er hatte die Form eines weißen Hasen mit Sonnenbrille, einen solchen Radiergummi hätte ich niemandem ausgeliehen. Vom nächsten Tag an brachte ich Anna-Resa die Schulmilch zum Platz und kratzte sogar den roten Verschluss aus Alufolie vom Glasrand, damit sie trinken konnte, ohne sich in die blassen Lippen zu schneiden. In den Hofpausen lief ich hinter ihr her, und wenn sie mit ihren Freundinnen Gummihopse spielte, biss ich die Zähne zusammen und reihte mich ein, obwohl ich die Hüpferei hasste.

Ab April spielten Anna-Resa und ich viermal in der Woche nach Schulschluss im Garten von Anna-Resas Eltern. Wir waren zu alt für Spiele wie das vom Prinzen, der die Prinzessin befreit, wir wussten das, unsere Gesten und Rufe blieben gedämpfte Heimlichkeiten. Aber Anna-Resa wollte Schauspielerin werden und legte ihre ganze Seele in die Qual der hinter den Treppengittern des Gartenhauses gefangen gehaltenen Königstochter. Sie streckte sich auf dem Treppenabsatz aus, drehte sich auf den Rücken und ließ den Kopf über die oberste der fünf bröckelnden Stufen hängen. Ich sah den braunen gedehnten Hals, unter dessen Haut etwas sprang und tanzte, wenn Anna-Resa sprach. Auch ich wollte Schauspielerin werden, und an manchen Tagen wäre ich gern die Prinzessin gewesen, aber die Regeln in unserem Spiel blieben ungeschrieben und fest. Da ich Hosen trug, weite, über den Schuhen enger werdende graue Cordhosen, fiel mir die Rolle des Prinzen zu. Ich verachtete diesen Prinzen, der erst zum Schluss des Spieles auftauchte, die Prinzessin über das Geländer hob und sich vor ihr verbeugte, bis seine Stirn den Boden berührte. Stundenlang, wie mir schien, saß ich zuvor im Nussbaum und sah auf Anna-Resa hinunter, die stöhnend und jammernd ihre Hüften gegen den Stein presste. Aber wenn ich fragte, ob es jetzt Zeit für den Prinzen sei, zischte sie, ich solle Ruhe geben, sie versuche, sich zu konzentrieren.
Lieber als den Prinzen spielte ich den Räuber und stürzte

mich aus dem Gartenhaus heraus auf Anna-Resa, die zwischen den Beeten stand und versonnen in die Baumkronen blickte. Ich riss sie zu Boden, so dass das Gras schmierige Flecken auf ihrem rosa Rock hinterließ. Die Hände unter ihren Armen, zog ich Anna-Resa die Treppe hinauf und griff dabei in die langen Haare, die weich waren, weicher als meine. Vielleicht lag es am Shampoo, auch Anna-Resas Shampoo kam aus Düsseldorf. Ich wickelte Bindfaden um die beweglichen Handgelenke und band Anna-Resa an den scharfen rostigen Streben des Gitters fest. Meine schmutzigen Schuhe links und rechts von ihrem rosa Körper, blickte ich drohend hinunter und wusste nie, wohin mit meinen Händen. Aber nicht an jedem Nachmittag, den wir im Garten verbrachten, kam der Räuber im Ablauf vor. Anna-Resa bestimmte die Handlung unseres Spiels, und immer häufiger bildete die schon geraubte, auf der Treppe weinende Prinzessin die erste Szene.
Nie begriff ich, warum Anna-Resa den Prinzen nicht küsste. Ich brachte Märchenbücher mit, um die Unabänderlichkeit des finalen Kusses zu beweisen. Aber Anna-Resa küsste nicht. Sie ließ mich ihre Schultasche ins Haus tragen, und alles, was der tapfere Prinz mit seinen taub prickelnden Lippen berühren durfte, blieb der Rand einer Tasse Kakao.

Zu Hause übte ich Klavier. Zuerst freute sich Mutter über mein neu erwachtes musikalisches Interesse. Noch kurz zuvor hatte sie mich beiseite nehmen und mir erklären müssen, dass meine Unterrichtsstunden sie und Vater Geld kosteten. Sie sagte, zur Investition dieses Geldes seien sie nur bereit, wenn ich meine Begeisterung für das Klavierspiel ein wenig deutlicher zeige. Nun übte ich wieder, aber schon bald litt Mutter darunter, dass ich achtlos über unsichere Stellen hinwegging und nie innehielt, um Töne zu korrigieren. Ich spielte schnell, aber falsch. Sie forderte mich auf, zeilenweise zu üben, wenn nötig taktweise. Ich schüttelte den Kopf und beobachtete meine Finger auf den Tasten, wobei ich die Auf-

und Abbewegungen mit der Leichtigkeit von Anna-Resas Spiel verglich, aber das konnte Mutter nicht wissen. Ich stellte einen Spiegel neben das Klavier und hob nach jedem schwungvollen Triller den Blick, um mich darin zu sehen. Kein einziges Mal erreichte ich eine Annäherung an das Bild in meinem Kopf: Anna-Resa am Flügel ihrer Eltern. Ich dehnte den Hals zur einen und dann zur anderen Seite, ich blies gegen meinen Pony und beugte den Rücken im musikalischen Bogen der Etüden, aber ich blieb ein Clown mit runden Armen und hochgezogenen Schultern vor einem halbblinden Badezimmerspiegel.

Beharrlich arbeitete ich daran, mein Leben zu ändern. Ich stellte mir vor, Anna-Resa besitze in ihrem braunen, stets abgeschlossenen Einbauschrank einen Monitor, über den sie mich vierundzwanzig Stunden am Tag beobachten könne. Ich steckte die kurzgebissenen Nägel in Mutters streng riechende Krampfadernsalbe, um nicht länger an ihnen zu kauen. Ich räumte mein Zimmer aus und schob die Schlafpuppe unter das Bett, ihr kaputtes Auge starrte lidlos aus der Dunkelheit. Die Drachen und hölzernen Steckautos ließ ich von Vater auf den Dachboden tragen, und in die frei gewordenen Fächer des zerkratzten Regals stapelte ich Schulzeug, Wolle zum Häkeln, Noten von Mozart und Bartók, Bücher über Pferde, Klassenphotos und Photos, die Mutter an meinem Geburtstag gemacht hatte. Weil es Schwarzweißphotos waren, malte ich das helle Grau von Anna-Resas Kleidung mit einem rosa Buntstift aus. Ich legte Listen an, in denen ich notierte, wie oft ich baden, wann ich meine Haare waschen und meine Nägel schneiden wollte. Ich versuchte Frisuren, drehte die Haare in Schnecken, die nach zehn Minuten wieder zu dicken Strähnen zerfielen. In die graue Cordhose schnitt ich ein Loch, um eine neue zu bekommen, aber Mutter setzte einen roten Flicken auf die Stelle. Der Flicken hatte die Form eines Apfels, einen braunen Stiel und einen gelben Wangenfleck. Wenn ich auf die

Toilette ging, versuchte ich, mich so zu setzen, dass Anna-Resa auf ihrem Monitor möglichst wenig erkennen konnte.

Vielleicht mochte Anna-Resa, dass ich sie auf dem Schulhof verteidigte. Die Jungen in der Klasse schlugen sich um ihre Brotdose, nahmen ihr die als Tauschobjekte in der ganzen Schule begehrten Haarklemmen weg und versuchten, sie in der Pausenhofecke bei der verkrüppelten Birke anzurempeln oder die Hand auf die noch nicht vorhandene Brust zu legen. Anna-Resa schrie und kreischte oder blickte mit hilflos niedergeschlagenen Augen um sich und rief nach mir. Und während sie zwischen ihren Freundinnen an der Mauer stand und lachte, verteidigte ich den Halbkreis um die Birke mit meinem Körper. Ich schlug und trat, rammte meinen Kopf blind gegen alles, was sich zwischen mich und Anna-Resa drängen wollte, bis Rico und Ronny, Benjamin, Jens und Johannes zurückwichen und sich vorsichtig mit den Fingern gegen die Stirnen tippten.
Allein Norbert blieb hartnäckig. Er zerrte an Anna-Resas Haaren, bis sie sich bei der Klassenlehrerin Frau Schmitt beschwerte, und legte ihr Zettel ins Fach, die sie niemandem zeigte. Norbert war ein Jahr älter als wir, und auch seine Familie bekam um jeden Monatsersten herum ein braunes Paket mit Aufklebern neben der Adresse. Er mochte Donald Duck und Calimero, das Küken mit der Eierschale auf dem Kopf, schnitt die Aufkleber aus dem Packpapier und legte sie in die durchsichtigen Schutzumschläge seiner Hefte. Auf irritierende Weise lag schon in der Luft, dass sein Vater ein Jahr später, kurz nach der Wende, das erste private LKW-Unternehmen der Stadt aufbauen und damit zwei Millionen verdienen würde. Ich würde, da ich nur eine Straße weiter wohnte, jeden Tag die den Reinick-Platz blockierenden Fahrzeuge sehen, fabrikneu und blau, mit weißem Schriftzug und mich überragenden Rädern. Ich würde sie LKWs nennen, obwohl Norbert nachdrücklich von Trucks sprach und ich im Intensivkurs Englisch zu lernen begann.

Während der Sommerferien sah ich Anna-Resa nur, wenn sie mit ihrer Mutter vom Einkaufen kam, sie trug dann gelbe Netze an beiden Armen. Einmal presste sie eine Basttasche gegen die Brust, prall gefüllt mit spitzen Paprikaschoten. Als ich Mutter davon erzählte, rief sie bei Anna-Resas Eltern an und fragte, in welchem Geschäft es denn Paprika zu kaufen gebe. Im September besuchten wir die fünfte Klasse, und der erste Wandertag fand schon nach einer Woche statt. Es hatte geregnet, wir fuhren eine Dreiviertelstunde mit der Bahn, und die Felsen über dem Fluss glänzten glitschig und grün. Als wir am späten Vormittag den Wald hinter uns gelassen hatten, betraten wir nacheinander die im Stein verankerten schmalen Stiegen und hielten uns an den Geländern fest.

Zu Beginn der Mittagsrast ließ Frau Schmitt durchzählen, und wir bemerkten, dass Anna-Resa und Norbert verschwunden waren. Die Sonne schien durch teigig wirkende Wolken, das Licht stand greifbar zwischen uns, und irgendjemand lachte und fuhr mit dem Zeigefinger der rechten Hand in ein von Daumen und Zeigefinger der Linken gebildetes Loch hinein. Es hatte keine Abzweigungen gegeben, und Ronny war auf den Stiegen stets der Letzte gewesen, Anna-Resa und Norbert konnten uns nur voraus sein. Jens sagte, Anna-Resa und Norbert seien uns immer in allem ein wenig voraus gewesen. Frau Schmitt atmete hörbar und drängte uns, schnell zu kauen. Vögel gab es hier oben keine, der Riemen vom Rucksack hatte einen wunden Streifen in meine Schulter geschnitten. Rico packte ein Zehnerpack hart gekochte Eier aus, die niemand essen wollte, dazu Salz in einer winzigen Streudose mit verschließbarem Deckel. Es blieb uns nichts anderes übrig, als nach der Rast weiter den auf die Felsen gemalten Wanderzeichen zu folgen, zwei gelbe Striche und zwischen ihnen ein roter. Wir hofften, dass Anna-Resa und Norbert dasselbe taten.

Als wir den Bahnhof erreichten, rückten die Zeiger der über dem Eingang hängenden Uhr auf vierzehn Uhr fünfzig vor. Anna-Resa und Norbert saßen im Wartesaal, in dem es weich und süß nach Schimmel roch. Sie saßen unter einem verblassten Abfahrtsplan, und Anna-Resa hielt den Kopf gesenkt. Das Linoleum auf dem Boden wellte sich. Frau Schmitt war zu erleichtert, um über Regeln und Regelverletzungen zu sprechen und eine Aussprache mit der Pionierleiterin Renate Eilhauer anzukündigen. Norbert stülpte die Lippen vor und prahlte, er kenne hier jeden Stein, regelmäßiges Wandern sei in seiner Familie ebenso Tradition wie das gemeinsame Öffnen der Pakete aus Hamburg. Frau Schmitt rief, er solle den Mund halten oder sie melde sich noch heute bei seinen Eltern zum Elternbesuch an. An Norberts Hals bildeten sich hektische Flecken, Anna-Resas Augen waren aufgerissen und katzenbraun wie immer. Dann sagte Norbert zu Frau Schmitt, sein Vater werde in diesem Fall den Schulleiter einschalten müssen wegen schwerer Verletzung der Aufsichtspflicht. Er sagte: Wir sind schließlich noch Kinder. Frau Schmitt las den Abfahrtsplan von unten nach oben und schwieg. Die Sonne hatte die gelbe Farbe aus dem Papier gezogen, es schimmerte grünlich. Während der Rückfahrt blieb Anna-Resas Hand in der von Norbert, ich saß auf der schräg gegenüberliegenden Sitzbank und sah aus dem Fenster.

Den Garten von Anna-Resas Eltern habe ich nicht mehr betreten. Mit dem Wandertag war die Zeit der Prinzen und Prinzessinnen vorbei. Ich trug meine grauen Cordhosen, bis ich aus ihnen herauswuchs, und spielte seltener auf dem Klavier, das Mutter nicht stimmen ließ, so dass die Töne von Monat zu Monat schriller klangen. Mit Vaters Taschenmesser schabte ich das mit Kreide gemalte Herz um die Anfangsbuchstaben von Anna-Resas und meinem Namen aus der Turnhallenmauer. Am Morgen packte ich ein Buch in meinen Lederranzen, um in den Pausen nicht auf die Birke im Hof und die an ihr lehnende Anna-Resa sehen zu müssen. Mutter sagte in dieser Zeit oft, das habe ja alles so kommen müssen. Ich wusste nie, was sie meinte, obwohl sie den Zeigefinger gegen den Fernseher richtete, auf dessen Bildschirm der Nachrichtensprecher seine Aufregung nicht verbergen konnte. Auch nachdem ich zum Halbjahr die Schule gewechselt hatte, blieb der Herbst der Wende für mich der Herbst, in dem ich begriff, dass Anna-Resa küsste, aber einen anderen Prinzen als mich.

2 Seit einem halben Jahr wird wieder Rosa getragen, auch von Frauen in meinem Alter, T-Shirts und Ringelsocken mit aufgedruckten Katzenköpfen. Zwischen den Katzenohren sitzen riesige Schleifen. Die Röcke sind knielang und die Reißverschlussjacken eng. Gestern habe ich Anna-Resa wieder gesehen. Sie stand neben mir in der Straßenbahn, eine Hand an der oberen Haltestange. Auch Anna-Resa trug Rosa. Ich sprach sie an, und sie blickte irritiert auf mein schwarzes Hemd und das graue Jackett. Sie erkannte mich nicht. Ich zählte Namen auf, Rico und Ronny, Benjamin, Jens und Johannes, Frau Schmitt, die den Wandertag später mit keinem Wort mehr erwähnt hatte. Viereinhalb Jahre im gleichen Klassenzimmer, und Anna-Resa sagte noch einmal, sie könne sich nicht an mich erinnern. Ich schwieg, dachte an den Nussbaum im Garten ihrer Eltern und wartete auf die nächste Station, um auszusteigen. Anna-Resas Hand an der Haltestange war rot und feucht. Es war, als habe sich Anna-Resa überhaupt nicht verändert. Sie sah aus, als sei sie in den zwölf vergangenen Jahren unentwegt in der fünften Klasse und auf dem Weg zum Klavierunterricht gewesen. Als ich aus dem Waggon auf die neugepflasterte Straße trat, zwischen Kippen und Rosenblätter vom Blumengeschäft gegenüber, schaffte ich es, mich nicht umzudrehen. Neben mir stand ein Mädchen, das seine Puppe am linken Fuß festhielt. Ich hörte, wie es zu einer Frau mit mehreren Ringen am Zeigefinger sagte, das sei doch keine Prinzessin, das sei eine Barbie.

TOM SCHULZ

HÖRE BACH UND DIE STERNE

Seit meiner Kindheit übe ich mich im Atmen, gleichmäßig in den verschiedensten Lagen; früh morgens, im Rückwärtslaufen zum Beispiel, wenn ich erwache und wieder eine dieser Schulen besuche aus Sprossenwänden, Milchkübeln und den in die Luft gerammten Fahnenstangen. Was mich freilich von den Bettnässern unterscheidet, die nicht aus den Ferienlagern zurückgekehrt sind, ist meine Vorliebe für Badewannen; wenn ich erwache, frühmorgens: Ich falle noch heute die Treppen rauf und renne zurück über den Schulhof mit geschlossenen Augen, so ich nur an den Geruch der frisch gebohnerten Flure denke, fange ich an zu bluten aus den Knien – und wenn schon, die dicke Dommel, eine junge Roftront-Sanitäterin trägt mich Huckepack in einen der Frauenruheräume.

Also nichts für ungut: *Der Sozialismus, Eisbrecher in den Klimakatastrophen*; aber auch das ist nur eine Vermutung für die in Ungnade zu spät Geborenen. Was ich von mir nicht sagen brauche, der ich meine Kindheit in der spanisch sprechenden Schweiz verbracht habe, in den Hochbahnen und Kleinkabinen, die zwischen den verschiedenen Himmelsschichten pendelten.

Meine erste Erinnerung an das Kind, das ich mir zugelegt, besser zurechtgelegt hatte, wie sich herausstellen sollte, um vom Erziehungs- und Reinigungspersonal wenigstens ab und zu in Ruhe gelassen zu werden.

Die erste Erinnerung an dieses Kind, das ich öffentlich grinsen ließ aus der Rewatexkiste, war, dass es zu Frauen in weißen Nylonschürzen gebracht wurde, die es vorsätzlich zu heiß gebadet haben.

So fing es an, nicht wie die andern zu lispeln, sondern eine merkwürdige Sprache rückwärts zu sprechen, eine Art Vorstadium der Protestlyrik.
Bevor man sich engagiert, wird man kaserniert, Genosse Holzbock! Wir bekämpfen die Baumfraktion, wir führen Krieg gegen die Rinde mit Konsumgütern: Schädellüfter aus volkseigener Produktion. Ah, den Ranzen über die Flure zu schleudern, ihn von sich weg zu schieben mit Schwung, bis er an Fahrt gewinnt wie eine Kugel, ihn schlittern lassen, um alles abzuräumen: die Prothesen des Lehrerkollektivs, den Torso aus dem Bioraum. Eher früh verwaist wird man, als dass man spät erblindet:
Ich habe die Moppelkotze mit Füßen umgerührt, habe einen Stahlblechbehälter, in dem das Mittagessen für picklige Pioniere, mit den Schuhen geöffnet; doch wurde ich dann, kaum fünf Jahre später, an den Ohrläppchen gezogen von einer allseits gebildeten sozialistischen Persönlichkeit.
Die Frau Lehrerin ist eine mittlere Burg, und der um sie herumführt, der Graben, wird überbrückt mit BETRAGEN FLEISS MITARBEIT und ich, der ich das Kind ausgeliefert habe, werde pekinesisch vor die Klasse geschleift; aus den Lüftungsgittern säuselt eine Windsau: *Das Schwierigste in der Agitationsarbeit ist, richtig sprechen zu lernen!*
Genau meine hochverehrten Freundschaftsratsvorsitzenden und homogenen Rotzlappenschwenker! Ich habe mich in einer dieser peinlichen Stunden ausgeklinkt, den Stecker gezogen, wie man sagt; ich ging aus der Klasse direkt aufs Schulklo, mir ist der Lehrer nachgegangen bis an die Rinne.
Er wollte den Urinstand kontrollieren eines Freien Deutschen Jugendlichen.
Ich konnte plötzlich nicht pissen unter seinen Augen; statt eines gelben Strahls kam mir die Erkenntnis: Ich bin blasenmäßig abgesperrt vom Klassenziel oder habe mir wasserlos zu oft in die Hosen machen lassen. Herr Volksbilder, ja nein nein nein, ich bin verstopft vom Unterrichtsstoff und kann

das Wissen nicht ausscheißen, ob dünn oder in ganzen Brocken, Russisch für fortschreitende Ministranten, der dialektische Gottesbeweis. Ich bin gehirnlich höchst brennbar und versetzungsgefährdet, ein Erzfeind der werktätigen Massen!
Ihr Zerspaner und Fortschrittstippsen, so geht doch endlich zum Himmel, ihr Wurstverkäuferinnen und Oberschenkelhalsantilopen!

Jetzt verwandelt euch in feuerrote Hydranten oder Gaszähler, damit ich aus euch ablesen kann, diese mürbe Zeit, ihr aufgeweichten Hanskekse, wann ihr hochgeht, tick-tick-tick...
Ihr Platzhirsche und Bierbankeinweiser, ihr Karteikartenreiter, ihr Kampfgruppen um blutigen Schweinekamm, ihr Linienrichter und Rote-Binden-Träger mit Aufschriften wie: ORDNUNGSGRUPPE. Ihr Milchprüfer und Wegebegradiger, ihr Konsummarkensammler und Mitschreibtäter, Wasserkopf-Geldkassierer und Frischköderauswerfer, ihr Zeckenbekämpfer, ihr freiwilligen Feuerausmacher, bestellten Schilderaufsteller, ihr Erstehilfe-Gehirnwasch-Kursianer, ihr Verkehrslotsen in Sackgassen, ihr Kratzfüße, ihr Bücklinge, ihr Tumorspender, ihr Herzverfetter.
Ich will, dass die Zeit stehn bleibt und in euch gefriert, damit man euch herausschlagen kann aus dem Block, euch herauspopeln kann aus den Geweiden.
Ihr Einzelfallbekämpfer, ihr Weichensteller für Geisterzüge; ihr Nachtjacken mit dem Abzeichen zweier abgehackter Hände. Ihr liedermachenden Bartlarven in den Sommer-Werwolflagern; ihr Friedensapostel von einem Zwergpudel mit ausrasiertem Arsch; ihr Sprechprobenblasen-und-Letzte-Band-Anmacher, ihr IMMER-BEREIT-Sager.
Ich will, dass die Zeit euch umdreht und einen Film abspielt, jetzt nach Jahren; dass ihr zurückgespult werdet in eure einstige Steinzeit, ins Standbild, wo ihr die Hand gehoben habt zum Gruß, ins blanke Entsetzen, ans Ende vom Lied, an den Anfang, gezoomt zum Abgang, ciao bello!

Gestern sah ich mich vom Auto aus über die Straße rennen mit meinem Lieblingsstofftier im Arm. Die Ampel schaltete gerade auf Rot: Wohin laufe ich um diese Zeit, kurz nach halb 8, mitten im Sommer; und bleibe wohl länger im Leerlauf. Andere vergessen, den Choke zu ziehen, oder drücken den Schaltknüppel zwischen die Gänge, so dass man das Getriebe knirschen hört.
Wenn man Kind gewesen ist, beginnt man wieder zu verschrumpeln; so wie man zur Welt gekommen ist, zur Ohnmacht; winzig und verschrumpelt. Ich habe es oft bemerkt, wie Menschen zwischen wenigen Augenblicken plötzlich unvermutet vergreisen, manche früh vergreisen sogar, in ihren zwanziger Jahren schon. Sie fragen noch nach einem Rezept für Prärieaustern, und auf einmal bekommen sie diesen silbrigen Blick und werden für immer verschattet. Fortan hört man sie nur noch von ihren Hunden sprechen, von Komposthaufen und Rasenmähen, von den seltsamen Krankheiten der Grünpflanzen, den Nierenaustauschern ihrer Nichten aus St. Peter Ording, ihrem Heidekram und ihrer Ausflüglerei, ihren Badeurlauben und Gesichtspackungen. Wenn man also früh erwacht, verschrumpelt von den Zehen bis über die Nasenspitze geplättet, gebügelt übers ganze Gesicht; weil man seit Jahren in Wasserbetten schläft mit einer aquirierten Frau, die man aus einem Tennisclub kennt, gute Vorhand, kein zweiter Aufschlag zwar. Aber doch eine, die sich gut bewegt, den Dingen nachläuft, sie zurückbringt, manchmal sogar mit Leichtigkeit. Man hatte drei Bloody Mary miteinander getrunken und fand sich mehr als symphatisch. Auf den ersten Blick könnte man es sich besser vorstellen, aber man will ja sein Elend verteilen auf einen zweiten, wie man sagt, geliebten Menschen.
Das Rheuma im Rücken, die Migräneanfälle, das Flattern der Hände, geteilt und doch verschrumpelt.
Man liegt in Wasserbetten zehn Jahre bereits mit dieser Frau aus dem Tennisclub; kapriziös und hysterisch; von der man nicht viel weiß: Kindheit in Adelstetten, der Vater Forstver-

walter, die Mutter am Herd und im Kirchenchor; übliche Ausbildung: Handarbeit, Differenzialrechnung, Computersimulationen; nicht Klosterschule, aber humanistisches Gymnasium; im Schnitt geblieben nicht ganz.

Über zehn Jahre hat man nichts gehabt, außer schlecht sitzenden Armani-Anzügen, in denen man aussieht, abgebrochen, weil unterschwemmt. Bis man wieder mit der nationalsozialen Mode geht, umsteigt auf Trachtenkleidung mit Geweihenden am Hut und später verschmälerte Schlagringe als Armreifen vorzieht. Zum Zuhälter hat es nicht gereicht, dafür wenigstens die Goldzähne.
Zehn Jahre hat man nichts gehabt, außer ab und zu eine dieser Trainees auf einem Seminar für Mitarbeitermotivation, eine dieser kaufmännischen Nachwuchskräfte; nicht schlecht im Bett, versiert, ja und sich hochschlafen in eine Chefetage, davon träumen sie doch alle und ekeln sich durch die Reihe der Verschrumpelten, durch ihre feuchten Betten. Nichts gewusst und gehabt, außer den teuren Mantel verloren im Puff, Hagenplatz, besoffen wie ein Pisspott. Zum Zehnjährigen auf den Bahamas gewesen. Mutter hat immer gesagt, Junge heirate, solange dir noch was bleibt; gute Vorhand, wie gesagt, kein zweiter Aufschlag. Wir florieren unternehmensmäßig; meine Frau ist Abteilungsleiterin im Baustoffhandel, ach wussten Sie das nicht …

Verschattet liegt der Schulhof seit jenen Tagen, blitzen die Fensterreihen der Klassenzimmer wie verspiegelte Zähne, der Hof in Gittern, versiegelt durch den Altbeton: Die Jahre, deren Belichtungszeit nie eingesetzt hat, hinter den Fenstern, wo sie an jedes einen großen Buchstaben geklebt hatten, die zusammen unaussprechliche Wortgruppen ergaben; während ich an das verstimmte Klavier von Opi Menz wanke, in einer dieser nullten Stunden, mit einem Arbeiterlied, das sich mir vom Gesichtserker stürzt.
Wieder ein Toter mehr im Neubaukeller, der sich hinunter-

gehechtet hat vom Absatz der 11. Etage, noch vor dem Frühstück der Leute, die auf nüchternen Magen in die Frühschicht des Glühlampenwerks *Tags hell, nachts dunkel*; so dass einem die Gesichtszüge entgleisen: THÄLMANN UND THÄLMANN VOR ALLEM/DEUTSCHLANDS UNSTERBLICHER SOHN/THÄLMANN IST NIEMALS GEFALLEN/STIMME UND FAUST DER NATION; die Zungen im Mund sich vermehren und zu Kaulquappen werden! Die Hände Würger am Hals einer Strohpuppe, mit denen wir noch jeden Negersänger: O BRÜDER WEINT UND BETET NICHT MEHR/DIE ERLÖSUNG KOMMT UNS NICHT VON DORTHER niedergerungen haben, jeder Sinfonik das Kreuz gebrochen haben:
In Smetanas Moldau haben wir uriniert, in Beethovens Neunte fiel der Witz von den Schwermetallgöttern aus dem Kombinat Mansfeld. Mit Dessau und Eisler setzte die Entlaubung ein, wenn wir vom Völkerball in eine Tonfolge hineinrutschten.
Es gibt noch Lieder zu singen unter den Neuen Menschen. BIST DU IN LEDEROL GEKLEIDET/EIN JEDER WESTBERLINER DICH BENEIDET.
Unsere Lehrer hatten Arme und Beine, sie konnten den Mund öffnen, um einen Apfel zu essen. Wenn man ihnen die Schmeißfliegen aus der Gedächtnisstätte beim Fahnenappell rief, bissen sie auf ein Lichtleitkabel, kippte der Dämmerungsschalter langsam um: Der Glaube ist ein Scharfrichter, die Unschuld eine von Blut durchsuppte Binde.

Immer ist es eine nullte Stunde, in der ich die Bank drücke oder besser, die Bank mich schluckt wie einen Handzettel, einen Schnipsel, der geschrieben wurde ohne Zeichnung, für niemanden. Ein Streifen Millimeterpapier, auf dem *ich verlasse mich für immer und meine Freunde sollen ausgestopft werden mit mir* steht. Für niemanden, der seinen Arm hergibt und Handgranaten wirft. Der mit einer knallroten Turnhose auf dem Sportfest den Mädchen auffallen will, die schon halbe Frauen sind; die unter dem Turnhemd etwas haben, dass ein Junge, der keine größere Schwester hat, sich nur schwer vorstellen kann.

Mädchen, die im Schatten der Kastanien eine dem letzten Wunder nahe Gestalt angenommen haben. Wie sie Schmitzi heißen oder ähnlich und keinen Blick auf einen werfen. Und die anderen Jungen einen Ständer bekommen, wenn sie sich die pfirsichgroßen Brüste von Schmitzi vorstellen. Wie man plötzlich in einer weißen Feinripp-Unterhose vor einer Schulärztin steht, die einen fragt, ob die Vorhaut zu ziehen ginge. Wie es überhaupt stimmt, dass öffentliches Onanieren aufgrund der Enteignung aller Produktionsmittel gar nicht mehr möglich ist, da die Ausbeutung des Menschen durch den Menschen bei uns nicht mehr stattfinden kann.
(Wie wir auf der Fahrt ins Wehrlager einen Jungen aus der B-Klasse fragen, der einen gebogenen Schwanz hat wie eine Natter, ob er ihn für uns zu voller Pracht auferstehen lassen könne. Er, der den größten Penis von allen Jungs besitzt, mit dem wir Nacht für Nacht die Traumbilder hochfahren, die Bilder von einer gewaltigen Ejakulation, die sich entlädt gleich dem Strom der Massen auf den Paraden mit Panzern und Geschützen.)

Wenn man zurückgeht, ge-x-beinte Wege, und die Auswege verwackelt weiß mit der Handkamera: Züge, die in einem Sackbahnhof enden, mit dem Finger am Abzug, der daneben greift, abrutscht, die Linse verschmiert. Und wir alle wieder im Regen stehen, mit unserer Ersten Liebe zum Gewehr, zur Truppenstärke, zur fahrlässigen Tötung. Da die Liebe ein von uns verscharrter Leichnam ist, eine Kinderleiche mit Segelohren.
Wenn man zurückgeht in der Angst, dass man plötzlich erkannt wird, ertappt wird in seiner Vergangenheit, einem Gestern, das man glaubte, mit den Milchzähnen verloren zu haben. Auf der *Straße der Freundschaft*, auf der *Allee der*

Kosmonauten oder irgendwo sonst in ein Abseits tappt, das einem Augen und Ohren abzukleben droht.
Wenn man plötzlich einem bekannten Gesicht begegnet, das man zehntausendmal gelöscht hat in einer der Gedächtnisschleifen und doch wieder erblickt wie an jenem klaren Morgen eines Januartages, gestochen im Frost der eigenen Schneidezähne, weiß von Seife, die im Neuschnee zerrieben liegt.
Wenn man zurückgeht und weiß die Unmöglichkeit, den herausgerissenen Film belichten zu können: Jahre, die man am Fenster eines Neubaublocks verbracht hat mit dem Ausblick auf wechselndes Licht, in dem Menschen umhergehen mit ihren stumpfsinnigen Hunden und Kunstledertaschen, ihren debilen Aktenkoffern, die um die Beine tänzeln wie ein Fiffi: Schnauzer, die aus dem Gesicht eitern und zu Hausmeistern mutieren, zu Blockwarten, die eine Befehlsgewalt ausüben über ein Wischkommando, das sich hinterm Schrubber umzieht. So dünn ist der Anschein von Wirklichkeit, die es ja nie gab, sondern lediglich Schreckpistolen.
So wie man sich den Kopf verbogen hat und ins Rückgrat gefallen ist mit dem verschluckten Rechenschieber, auf dem nichts mehr aufging:
Nur die Nullstellen blieben; waren, was zu beweisen war.
Damals, als die Zukunft anfing, uns tote Depeschen zu senden an jeder Litfaßsäule, aus jeder Baumgruppe, in jedem Regenbogen. Damals, als das Bier noch half an irgendeinem Stehbierausschank, als wenigstens der Sand noch scharfkörnig war. Als das Schlucken nach einigen Tabletts Blondem nah ans Vergessen ging.
Du mit dem Bärensiegelpass, der dich reisen ließ, frei unter der Schnapsfahne, in jedes Aus-Land. Ich, der die Sofortfilme im Kopf zerriss, und alles auf Orwo-Color!

Ich habe versucht im Rückwärtslaufen das Tempo, den Rhythmus dieses unverständlichen Landes anzunehmen, eine Zeit lang, und ihn später, den Gleichschritt, zu simulieren begonnen für meine Pirouetten. Die Schritte in den Spuren, die nicht

meine Schritte waren, in den Spuren, die breiter wurden und sich langsam mit Brauchwasser füllten, so dass es zunehmend feuchter und kühler meine Schuhe durchflutete.
Ich merkte eine Weile, dass die Sohlen brüchiger wurden; die Zehen sich mehr und mehr aus dem Schuhwerk herausbohrten. Doch war dies noch immer mein Spiel, mit dem Sprung in die Wolken und dann irgendwo in der Luft stehen bleiben und sich plötzlich drehen, an den Wind lehnen. Wie sehr dieses Land auch seine Heulsusen ausschickte und die Friseure, die auf den Köpfen nach Hinweisen auf Flugpläne suchten. Wie sehr ich dieses Kind auch bedroht und am Ende vermisst wusste, seit dem Tag mit einer der Läuseuntersuchungen:
Mit in Reihe stehen und warten, bis du unter einem Mikroskop liegst, du Ameise, Kind ohne Königin. Wo das Kind, das ich versteckt hatte, herausgebürstet wurde, wo man dem Kind die Haare ratzekahl schor und ich es nun endgültig nicht mehr verbergen konnte.

Höre Bach und die Sterne.
Ich kann mich, auch wenn ich es kann, nicht genau erinnern, welche Farbe die Gesichter der Losverkäufer hatten und wie sie die eiserne Fahne hinaufgezogen haben an einem Seil.
Doch du warst es doch, der mir leicht die Hand führte an die Hosennaht, später dann sogar angewinkelt zur Stirn. Du hast mich an der Fahne mit hinaufgezogen.
Dich kenne ich, Blutwurstverkäufer, du Hinaufzieher mit den zwölfmal zwölftausend Namen. Und ob es nun Losverkäufer oder Sargtischler waren, die auf einer Fanfare in einem Spielmannszug Kampflieder schmetterten.
Und dass es immerzu Hundehaare regnet, wenn ich das Haus verlasse und niese aus abgetragenem Himmel, ich erwache, und im Innenhof liegt Schnee und mein Bus fährt zu früh: Der 57er, Ameise kauft Fahrschein, vor der Zeitrechnung: Richtung Elektrokohle.

KAROLINE BRUNKE

DER WEICHLING

In der Kleinstadt kannte man das Grundstück der Adams. Jeder wusste, worum es ging, wenn jemand diesen Namen erwähnte. Denn sprach einer von den Adams, stellten sich die Leute erst einmal das riesige Feld vor, das irgendwann auf 2 ha geschätzt worden war und inmitten der Stadt lag, von allen gesehen, von der Familie aber längst nicht mehr bewirtschaftet. Obwohl Grund und Boden in dieser Zeit nichts wert waren, und es viele Leute vorgezogen hatten, in die modernen Wohnblöcke zu ziehen, die am Rand der Stadt auf einem Weizenfeld errichtet worden waren, verbanden sie mit dem Namen Adam immer noch die Vorstellung von Reichtum und Größe; denn das Haus, das auf dem Grundstück stand und auch die alte Scheune für die Tiere, zeugten von der Art des Lebens, welches die vorangegangenen Generationen der Familie geführt haben mussten. Manch einer sah neidisch verträumt auf den Hof, den man durch ein gusseisernes Tor betrat, oder auf den Schotterweg, der immer im Schatten der kurzen Allee lag und direkt auf die große, aus Buchenholz gearbeitete Eingangstür des Wohnhauses führte. Die Wirtschaftshäuser, in denen die Landarbeiter und ihre Frauen gelebt hatten, verfielen. Sie dienten als Werkstatt, als Garage für das Auto und ein altes Motorrad; das Holz der Scheune wurde abgetragen und jeden Winter verfeuert. Hinter diesen Häusern lag das Feld: brach, verwildert, ungenutzt; begrenzt von einer Reihe junger Kiefern am Rand des neuen Sportplatzes auf der einen und dem Schienenstrang der Straßenbahn auf der anderen Seite. Nur in dem kleinen Garten am Haus, den Frau Adam, eine kräftige Frau mit dunklem Flaum auf der Oberlippe und einem tiefen Lachen, pflegte, und dem ihre ganze Liebe galt, blühten nacheinander Freesien, Astern, Herbstzeitlose; wuchsen Kartoffeln, Tomaten, Johannisbeeren, Stachelbeeren und stand ein Apfelbaum, dem alle zwei Jahre ein paar saure Früchte aus der Krone fielen. Vier Hühner und ebenso viele Gänse zupften das Gras, wenn sie nicht von der Hündin mit dem schwarz glänzendem Fell über den Hof gejagt wurden. Außer den Eier legenden Tieren (und dem Hund) besaßen Adams sechs Kaninchen. In Käfigen aus Holzbrettern und Maschendraht hockten, ununterbrochen Heu mümmelnd, vier blaugraue, langohrige Rammler und zwei Häsinnen. Herr Adam wachte über die Paarung der Tiere, denn er war seit Jahren Mitglied im Kaninchenverein der Stadt und einmal im Jahr, Anfang Dezember, nachdem man sie in Zahlen zerlegt, Gewicht, Ohrenlänge, Augenhöhe in eine Tabelle eingetragen hatte, wurden die besten Zuchtrammler ausgezeichnet. Herrn Adams Kaninchen gehörten wie schon die seines Vaters ohne Zweifel zu den schönsten und kräftigsten Tieren. Sein Stolz und die Anerkennung der anderen zwangen ihn, diese Tradition weiterzuführen, und so weihte er seinen Sohn eines Tages in die Arbeiten ein, nahm ihn mit zu den Wettbewerben, zu Ausstellungen, und schließlich war es der Vierzehnjährige, der die Kaninchenställe ausmistete und die Tiere fütterte. Auch wenn er all dies anfangs unwillig tat, äußerte der schmale, schwarzhaarige Junge mit den braunen Augen schon kurz daraufhin den Wunsch, Tierarzt zu werden, und die alten Männer des Vereins rieten ihm zu, ließen ihn an ihrem Wissen über die Kaninchen teilhaben. Der Vater war stolz auf den Sohn. Er hatte als junger Mann nicht studieren können, der Grundbesitz der Eltern band ihn an den Ort, und der Ort wiederum gab ihm seinen bescheidenen Beruf. Er arbeitete in einer kleinen, alten Fabrik, die aus Backsteinen gebaut war und Dampfbügeleisen für Frauen im Ausland herstellte. Aus diesem Grund hatte Frau Adam, was nicht üblich war, ein Dampfbügeleisen im Haus, und besuchte man sie, hatte sie

stets, wenn sie nicht gerade im Garten arbeitete, einen Berg Bügelwäsche zu bewältigen.
Der Junge wurde einfachheitshalber von allen Mümmel gerufen, die Kleinen machten es den Großen nach, die Jungen den Alten, den Fremden blieb keine andere Wahl. Man kann nicht mehr genau sagen, ob es seine großen abstehenden Ohren, die Nase oder seine anerzogene Liebe zu den Kaninchen war, die ihm diesen Namen gab. Jedenfalls sagten die Leute, Mümmel bräuchte deshalb nicht sprechen, weil er die Ausgeburt eines Karnickels und einer Walküre mit Haaren auf den Zähnen sei, womit sie seine Mutter meinten, die eine Poliklinik leitete und für ihren rauen Umgangston mit den Krankenschwestern und ihre Geschwätzigkeit bekannt war.
Johannes sprach selten und eigentlich wusste niemand zu dieser Zeit, ob seine Stimme noch wie die eines Jungen oder schon tief und männlich klang, und die von ihm geführten Gespräche mit den Kaninchen entsprangen vor allem der Phantasie der Leute. Nur die alten Männer aus dem Verein riefen ihn Johannes, so blieb er bei ihnen und bei den Kaninchen, zur Freude seines Vaters, zur Freude derer, die in ihm ein Objekt gefunden hatten, das man nach Laune für seine Existenz und die seiner Eltern strafen konnte. Auch die Kinder hatten das längst begriffen.

Einmal, mitten in einer Unterrichtstunde, kitzelte ein Härchen in seiner Nase, und da er nicht in der Nase bohren, nicht die Aufmerksamkeit auf sich lenken wollte, verzog er sein Gesicht nach links und nach rechts, rümpfte mehrmals die Nase. Die anderen hätten sicherlich nichts bemerkt, wenn er dabei nicht ständig Luft durch die Nasenflügel gepresst hätte, denn dieses leise Schniefen zog die Blicke an. Da Johannes auf die Tischplatte vor sich starrte, während er das Jucken in der Nase bekämpfte, konnte er das Grinsen und die eindeutigen Gesten der Jungen und Mädchen nicht sehen. Gleich nachdem die Lehrerin den Klassenraum verlassen hatte, umringten sie den noch zwischen Schulbank und Stuhllehne klemmenden Jungen, sagten, sie müssten nachprüfen, ob er seine Löffel nur eingerollt hätte, und zogen und rissen am Knorpel der Ohrmuschel. Johannes fiel vom Stuhl und schrie. Erst als die anderen gegangen waren, verließ er den Klassenraum mit roten Ohren und zerkratzen Wangen. Doch vor dem offenen Tor der Schule standen die Jungen und Mädchen und warteten. Als Johannes vorbeilaufen wollte, hielten sie ihm plötzlich Möhren und Kohlrabis entgegen, die sie in der Tonne für Küchenabfälle gefunden hatten. Sie pfiffen und schmatzten, als würden sie ein Tier anlocken.

Friss Mümmel. Friss. Hier hast du genügend Futter und brauchst nicht mehr zu popeln.

So verging der Sommer. Im Herbst ließ der Spott nicht nach, aber Johannes fütterte die Kaninchen, sie wuchsen und wurden kräftig. Auch diesen Dezember lobte man »Adams Kaninchen« und die alten Männer klatschten, als Johannes die Bühne des Vereins betrat und die Urkunde entgegennahm. In der Zeitung schrieb man über den jungen Züchter einen kleinen Artikel, der im Schaukasten des Rathauses und an der Wandzeitung der Schule aufgehängt wurde. In der Woche vor Weihnachten, Johannes hatte gerade seine Bücher in die Schultasche geschoben und war aufgestanden, umringten ihn wieder einige Jungen und Mädchen und sagten: Bei euch gibt es sicher den besten Hasenbraten.

Nein, sagte Johannes. Sie drückten ihn auf den Stuhl zurück; als er seine Ohren mit den Händen schützen wollte, lachten sie und nannten ihn: Weichling. Diesmal blieb Johannes so lange im Klassenraum sitzen, bis er ganz sicher war, niemandem am Tor vor der Schule zu begegnen.

Aber die Kinder sprachen mit ihren Eltern, die Väter kamen auf den Hof und fragten Johannes' Vater, ob er ihnen ein Kaninchen zum Fest verkaufen würde. Der Sohn oder die Tochter wünscht sich unbedingt einen Kaninchenbraten, und was soll man da machen.

Also schlachtete Johannes ein Kaninchen nach dem anderen. Er tat es stumm, so stumm, wie es ihm sein Vater, der dabei eine Zigarre zwischen den Zähnen hielt, gezeigt hatte. Das getrocknete Blut an Fingern und Messer wusch er mit kaltem Wasser ab, das Fell brachte er zum Kürschner, der damals einen kleinen Laden besaß und es für die Leute trocknete und gerbte, die das Kaninchen gekauft hatten.

Im März besuchte eine Cousine der Mutter die Adams. Sie war eine große, magere Frau, kam aus Berlin und füllte das Haus mit ihrem lauten Lachen und holzigen Befehlsdialekt. Sie brachte ihre Tochter mit, ein zierliches Mädchen mit hellen Augen, das immer ernst blieb. Bald glaubte man, die Mutter lache und das Mädchen trüge den Ernst für beide. Als Johannes dem Mädchen zum ersten Mal gegenübertrat und er ihre zarte, weiche Hand, die sie ihm entgegenstreckte, umfasste, glaubte er, er hätte sich in sie verliebt. Zumindest musste es sich so anfühlen, dieses Kribbeln im Nacken, das ihn frieren ließ. Er versuchte zu schlucken und meinte, die Auf- und Abbewegung des Kehlkopfes so deutlich wie nie zu hören. Er starrte das Mädchen an, als sie sich ein Haar aus ihrem Gesicht strich und dabei ihre Augen für einen Moment schloss. Am Tisch jedoch, sie saßen nebeneinander, hatte er nicht den Mut, ihren Körper, ihre Hände, das Profil zu studieren. Nur aus den Augenwinkeln betrachtete er sie und bemerkte, als sie die Hände unter die Beine schob, dass sie sich in Gegenwart der Frauen langweilte. Er schlug ihr vor, mit in den Garten zu kommen. Das Mädchen sprang vom Stuhl und folgte ihm. Johannes zeigte ihr die ersten Blumen und den Apfelbaum, der in diesem Jahr wieder Früchte tragen würde. Er beobachtete, wie ihre langen hellen Finger nach den untersten Blüten griffen, und er hatte Angst, die Finger könnten unter einer solchen Last zerbrechen, sah aber nicht, dass die weißen Blüten auf den Boden fielen und das Mädchen ihn herausfordernd ansah. Er zeigte ihr das Motorrad und glaubte, ihre Augen vergrößerten sich seinet-

wegen. Er stellte sich vor, ihre Arme und die zarten Finger würden sich um ihn legen, er schielte einen Augenblick auf seinen Helm, als draußen die Hündin kläffte. Das Mädchen hatte die Garage verlassen und versteckte den zerbissenen Ball der Hündin hinter ihrem Rücken, dann warf sie ihn in die Scheune. Johannes und das Mädchen liefen an den maroden Mauern der Wirtschaftshäuser vorbei in den Garten zurück. Das Mädchen entdeckte die Kaninchenställe. Sie kratzte mit den Fingernägeln über die Drahtmaschen, die jungen Rammler pressten ihre Schnauzen dagegen. Das Mädchen kicherte. Johannes öffnete die unteren Käfige und sah, wie sie vorsichtig über die Kaninchenrücken strich und sich das Fell um ihre schmalen Finger legte, als wäre es davon elektrostatisch aufgeladen. In den zwei oberen Käfigen lagen schnell atmend die trächtigen Häsinnen. Johannes hob das Mädchen auf seine Arme und zeigte ihr die schweren Tiere. Sofort wollte sie die Häsinnen streicheln. Zwar fürchtete Johannes um die Finger und die Haut des Mädchens, aber gleichzeitig fühlte er eine Lust in sich, ihr wehzutun. Als eine Häsin das Mädchen zwickte, erschrak sie und strampelte sich heftig aus Johannes' Griff. Er ließ sie auf den Boden zurück. Ohne ein Laut oder Wort von sich zu geben, stand das Mädchen vor ihm und hielt ihre Hand. Sich zu ihr hockend, untersuchte Johannes jeden Finger, fand aber keine Verletzung.
Er sagte: Sie werden bald Junge haben.
Wann wird das sein?
Morgen.
Morgen? Woher weißt du das?
Johannes zuckte mit den Schultern: Ich glaube eben, dass es heute Nacht passiert.
Die Augen des Mädchens wurden größer. Schnell zog sie ihre Hand aus seiner, vergrub sie in ihrer Jackentasche und sagte barsch: Die Kleinen will ich sehen, hörst du.
Sie hockte sich vor die Käfige, aus denen die jungen Rammler ihre Köpfe steckten und gab jedem einen Halm von dem

Heu, das in Bunden neben den Ställen lag. Da sie sich nicht mehr für Johannes interessierte, schob er sie zur Seite und verriegelte die Boxen.

In der Nacht träumte Johannes von dem Mädchen und wachte auf. Er lief durch den dunklen Flur bis an die Tür, hinter welcher sie und ihre Mutter schliefen. Er lauschte, konnte nicht einmal das Atmen hören, so dass er glaubte, er stehe am Beginn einer großen Leere, die über das Ohr in ihn dringen könnte. Schnell lief er in sein Zimmer zurück und drückte sich die Zeigefinger so fest in die Ohren, dass er für einen Moment einen heftigen Schmerz verspürte und dachte, das Trommelfell durchstoßen zu haben. In dieser Nacht warfen die Häsinnen tatsächlich jeweils acht nackte Kaninchen. Aber das Mädchen fuhr ab, ohne den Wurf gesehen zu haben. Johannes beobachtete, wie sie vor den Käfigen hochhüpfte und mit ihren Fingernägeln vorsichtig über das Drahtgitter fuhr. Er wollte ihr nicht helfen, sondern sich lieber dieses Bild einprägen, das ihm zeigte, wie hilflos sie in ihrem Wunsch war, die jungen Tiere zu sehen, weil er ihr nicht die Käfige öffnete.
Johannes baute den kleinen Kaninchen neue Ställe und pflegte sie intensiver als die anderen. Diese Kaninchen waren in der Nacht seiner ersten Sehnsucht geboren, mit einer besonderen Erkenntnis infiziert und mussten unter Quarantäne gestellt werden. Jedes einzelne erinnerte ihn an das Bild des Mädchens mit den langen Fingern, das vor den Käfigen in die Höhe sprang, und an das Geräusch vorsichtig über das Drahtgitter fahrender Nägel. Er gab den Tieren das beste Heu, und sie gediehen prächtig. Jeden Tag strich er über das Fell der Rammler, als wäre Zärtlichkeit so etwas wie ein Balsam, der, einmal von den Händen des Mädchens in das Fell getropft, nun immer wieder abgestreift werden könne. Musste Johannes den Tieren die Krallen schneiden, erschrak er nun vor ihrem panischen Fiepen und schlug sich mit den Händen mehrmals gegen die Ohren. Sein Vater

nahm, Zigarre rauchend und den Kopf schüttelnd, die Zange und schob ihn zur Seite. Einmal sollte er sogar einem Kaninchen die Schnauze, ein anderes Mal die Ohren geküsst haben, aber das wollten die Leute nur gesehen haben, einen wirklichen Beweis gab es nicht, aber das Gerücht verbreitete sich schneller als die Tiere wuchsen. In der Schule wurde das Elternaktiv einberufen, debattiert und besprochen, wie man als Nächstes vorgehen werde, und einen Tag später sprach die Klassenlehrerin mit Johannes, der zu schweigen hatte und, bevor er gehen durfte, eine schriftliche Erklärung abgeben musste, dass er die Tiere nur pflege, nicht hätschele oder küsse oder andere Dinge mit ihnen treibe. Leider, so die Lehrerin, wäre sie beauftragt worden, eine Notiz über das beobachtete Verhalten in seiner Akte zu vermerken, und schlug ihm vor, während sie ihn besonders mitleidig ansah und sehr verständnisvoll sprach, seinen Berufswunsch zu ändern. Aufgrund der ihr zu Ohren gekommenen Aktivitäten könne dieser unter keinen Umständen erlernt noch ausgeübt werden. Einen solchen Menschen als Tierarzt könne niemand, auch sie nicht, verantworten. Johannes schrak zusammen und unterschrieb sogar die Notiz, die an seine Eltern gerichtet war und den Hausbesuch der Lehrerin ankündigte. Er rannte gleich, nachdem er das Schulhaus verlassen und die schwarze Hündin, die ununterbrochen in ihrem Käfig bellte und jaulte, freigelassen hatte, ein Unheil ahnend zum Kaninchenstall. Die Hündin bellte den Holzpfosten an, der das Dach für die Käfige trug und an dem ein junges Kaninchen hing, das an seinen Ohren angenagelt worden war. Die anderen Tiere in den Käfigen liefen verstört hin und her. Das Blut tropfte auf einen Zettel, auf dem geschrieben stand, du Hasenschänder. Weil sich das Tier gewehrt hatte, die dünne Haut der Ohren zu reißen drohte, hatte man ihm noch einen langen Nagel in den Kopf gerammt. Johannes zog den Nagel heraus, trennte das Fell vom Körper, zerkleinerte das Fleisch und legte es, nachdem er die Plastiktüten verschlossen hatte, in den Gefrierschrank. Dann gab er den anderen Kaninchen Wasser und Heu, und allmählich wurde es in den Käfigen still. Als am Abend die Lehrerin kam, hatte diese längst ein pädagogisches Konzept ausgearbeitet, wie sie die Eltern über die Leidenschaften ihres Sohnes informieren könne. Sie saß vor ihnen im Wohnzimmer und hielt einen langen Monolog. Johannes war auf sein Zimmer verbannt worden. Als die Lehrerin gegangen war, und Frau und Herr Adam vor ihm standen, fragend, schreiend, drohend, schwieg er.

Eine Woche später rief Johannes das Mädchen an. Er erklärte ihr, dass die jungen Kaninchen groß genug seien, um allein leben zu können. Er würde ihr gern ein graues vorbeibringen. Das Mädchen wollte sich weder an ihn noch an die Kaninchen erinnern und sagte, mit ihrem kaltschnäuzigen Berliner Dialekt, an den er sich gar nicht erinnern konnte und der ihn deshalb verletzte, sie brauche keine Kaninchen und ob er denn niemand in seiner Stadt kenne, der diese Kaninchen haben will.
Nein, sagte Johannes, aber ich werde schon jemanden finden.
In der folgenden Nacht schlief er nicht. Er wälzte sich im Bett herum. Noch vor Anbruch des Morgens stand er auf und verließ das Haus. Draußen bellte die Hündin.
Als die Mutter in der Küche stand und Kaffee kochte, es war längst hell, trat Johannes ein. Sein Gesicht sah fahl aus. Er setzte sich, ihr den Rücken zugewandt, an den Tisch. Sie stutzte, weil sein Atem nach Schnaps, sein Körper nach Schweiß roch. Als sie das erste Wort in ihrem Mund formen wollte, entdeckte sie auf dem Stoff der Jacke ein winziges Stück blutiges Fleisch.

CORNELIA KAHL

JUNGE BRECHBOHNEN

Es war unser Lieblingsplatz im Sommer. Von der alten Bank konnte man ungehindert zum Fluss sehen, über den Tümpel, aus dem die rostigen Eisenteile heimlich entsorgten Sperrmülls wie Arme herausragten, und die Wiese hinweg. Manchmal rissen wir uns Holzsplitter in die Oberschenkel, durch die Nylonkittelschürzen hindurch. Weiße Sommerhüte aus Polyamidgeflecht rutschten uns bis auf die Nase, die Minifahrräder lagen im Gras, grün und blau. Meistens amüsierten wir uns über die Jungs aus der Schule und stellten uns aufgeregt kichernd vor, wie es wäre, wenn unsere Favoriten plötzlich vorbeikommen würden. Oder wir jagten uns gegenseitig Schauer über den Rücken: »Siehst du da drüben die Bäume vor der Buhne? Das ist die Schwarze Wüste. Da hat sich mal einer aufgehängt!«
Aus dem Küchenfenster meiner Großmutter zog der Geruch von Kirschsuppe mit Klump. Der letzte Ferientag. Eigentlich war alles wie immer, aber wir sprachen heute leiser, verhaltener, fast melancholisch miteinander. Keine wollte es sich eingestehen, und im Grunde spürten wir es nur instinktiv: den Abschied von der Kindheit, die ersten Risse in unserer Mädchenfreundschaft. Für mich begann am nächsten Tag ein neuer Lebensabschnitt als Schülerin der Erweiterten Oberschule »Karl Marx« unserer Kreisstadt in der Altmark. Meine Freundin würde weiterhin im Nachbardorf zur Polytechnischen Oberschule gehen, nach Abschluss der 10. Klasse eine Lehre beginnen, dann arbeiten. Ich würde die nächsten vier Jahre in Tangerhütte die EOS besuchen, nach dem Abitur studieren. Die gemeinsame Zeit war vorbei.

Das besondere Lehrprofil der EOS Tangerhütte bestand im verstärkten Fremdsprachenunterricht. Russisch und Englisch; Tschechisch? Nein, lieber Französisch. Auch wenn man es später sicher kaum anwenden kann. Um die Ängste vor der neuen Schulsituation abzubauen und erste Kontakte unter uns vierzehn- und fünfzehnjährigen zukünftigen Abiturienten herzustellen, organisierte man bereits im Frühjahr ein erstes Treffen. Gemeinsam mit unseren Eltern führte man uns Auserwählte der Polytechnischen Oberschulen des ganzen Bezirkes, alle ordnungsgemäß angetreten in FDJ-Kleidung, durch das Schulgebäude. Die Klassenzimmer und Wandzeitungen in den Fluren interessierten uns allerdings wenig; verstohlene, neugierige, abschätzende Blicke untereinander – die zukünftige Klasse 9vs bestand fast nur aus Mädchen. Die Hand voll Jungs schien noch ziemlich unterentwickelt und albern, bis auf René. Das FDJ-Hemd lässig in eine Levis gesteckt, stach er sofort unter den Boxer- und Wisentjeansträgern heraus, in der Gesäßtasche den obligatorischen Plastekamm mit abgewetztem Stiel vom Bierflaschenöffnen. Er lächelte sicherheitshalber gleich alle Mädchen und auch den gesamten weiblichen Lehrkörper an. Konkurrenzkämpfe waren vorprogammiert.

Als Kollektiv bildende Maßnahme sah der Lehrplan vor, die ersten zwei Wochen des Schuljahres in einem Lager für Arbeit und Erholung zu verbringen. Das bedeutete einen täglichen achtstündigen Einsatz an Brennpunkten der Produktion, kombiniert mit einer straff organisierten Freizeitgestaltung.

Das Lager war sehr idyllisch am Rande eines Elbdorfes in einer Auenlandschaft gelegen, umgeben von Kiefern- und Birkenwäldern, nicht weit von meinem Heimatdorf entfernt. Eigentlich verbrachten hier die Jungen Pioniere ihre Sommerferien. Bungalows, Sanitärtrakt und eine Mehrzweckhalle, die als Veranstaltungs- und Speisesaal diente, säumten den staubigen Appellplatz samt Fahnenmast.

Die Unterbringung in den Bungalows stellte sich als überaus spartanisch heraus; drei Doppelstockbetten aus Eisengestellen für jeweils sechs Mädchen oder Jungen, ein Tisch, vier Stühle, bröckelnder Betonfußboden. Mein heimlicher Traum, gelegentlich mal auf meiner »Schwalbe« nach Hause fahren zu können und etwas Komfort zu genießen, zerschlug sich leider rasch. Heimreisen waren während der vierzehn Tage Lageraufenthalt prinzipiell verboten, wahrscheinlich in der Hoffnung, auf diese Weise ein Zusammengehörigkeitsgefühl unter uns entstehen zu lassen. Abends kontrollierten unsere Sportlehrer, die als Betreuer fungierten, ob jeder im richtigen Bett lag. In meinem Bungalow war außerdem die frisch gewählte FDJ-Sekretärin unserer Klasse untergebracht; man hatte nicht den Eindruck, als könne sie Spaß verstehen, und wir wollten ihr nicht gleich Schwierigkeiten bereiten.

Um sechs Uhr früh ein fröhliches »Aufstehn, Mädels, Raustreten zum Frühsport! Sport frei!« Mit breitem Lächeln stand »Body« Wunsch, unser Sportlehrer, in der Tür. Der Mann sah schon um diese Zeit gut aus, durchtrainiert, gebräunte Haut, zudem noch charmant. In seiner Freizeit stemmte er Gewichte in einem »Kulturistik- und Kraftsportklub«, der amerikanische Begriff Bodybuilding war verpönt. Schlaftrunken schlüpften wir in die Trainingsanzüge, glücklich jede, die echte Lederturnschuhe ihr eigen nennen konnte und nicht auf »Stoffidas« – blaue schlabbrige Stoffturnschuhe – angewiesen war. Mein Vater, Sport- und Physiklehrer, hatte mir aus dem Fundus seiner Schule ein Paar Lederturnschuhe und sogar Spikes geschenkt, die mir zur letzten Kreis-Kinder- und Jugendspartakiade ein traumatisches Erlebnis bescherten. Leider konnte er, was die Schuhgröße betraf, aus dem knapp bemessenen Angebot nicht viel wählen. Die Spikes zwei Nummern zu groß, vorn notdürftig mit Zeitungspapier ausgestopft, trat ich wie der »Kleine Muck« zum Endlauf über 100 Meter an. Ich besuchte zu dieser Zeit noch die POS unseres Nachbardorfes, und mein Sportlehrer, der gestrenge Herr Mehnert, stand mit seiner Mannschaft im schulischen Wettstreit zur Mannschaft meines Vaters, getreu dem Motto: »Spartakiadesieger von heute – Olympiasieger von morgen«. Brisant war, dass meine stärkste Konkurrentin im 100-Meter-Endlauf aus der Trainingsgruppe meines Vaters kam. Ihre Spikes passten wie angegossen – ein Geschenk der Westverwandtschaft. Wie ein Tiger im Käfig lief mein Vater am Zielturm auf und ab, strich sich nervös die Haare aus der Stirn. Wen sollte er anfeuern, seine Tochter oder seine Schülerin, wie es von ihm erwartet wurde? Ich jedenfalls gab mein Bestes, und als seine Rufe »Nun komm schon, Marie, zieh!« wie durch Watte an mein Ohr drangen, stürzte ich der Länge nach über meine Riesenschuhe ins Ziel. Der Kampfrichter hob die weiße Fahne, und als es blechern aus den Lautsprechern kam: »Wir ehren Spartakiadesieger!«, stand ich stolz auf dem obersten Treppchen und mein Vater mindestens genauso stolz unter den Zuschauern.

Unsere FDJ-Sekretärin Agnes nahm ihre Pflichten sehr ernst. Um auf keinen Fall zu verschlafen und abzusichern, dass ihre Bungalow-Besatzung nicht als Letzte zum Frühsport auflief, stellte sie ihren Wecker so, dass er 10 Minuten vor dem allgemeinen Wecken durch »Body« Wunsch klingelte. Mit soviel Disziplin und Übereifer hatten wir nun doch nicht gerechnet. Erst bauten wir das schrille Geräusch in unsere Träume ein; und keine reagierte. Nach endlosen Sekunden versuchte ich die Augen zu öffnen und blinzelte zu Judith hinüber. Judith und ich verstanden uns von Anfang an. Sie kam aus einem Dorf in der Nähe von Gardelegen. Im Gegensatz zu mir – ich galt damals als zurückhaltend, zumindest in der Schule – war sie überaus kontaktfreudig, eigentlich schon vorlaut. Wir schauten ungläubig auf die Szenerie, die sich uns bot: Stocksteif, mit zusammengepressten Knien saß Agnes auf der Bettkante, zog den Wecker in aller Seelenruhe immer wieder auf und hielt ihn mit weit ausgestrecktem Arm in unsere Richtung. Wieder und wieder. Die schmalen Lippen zusammengekniffen, fixierte sie uns der Reihe nach durch ihre Brille. Judith und mir platzte der Kragen, wütend warfen wir unsere Decken zur Seite und quälten uns lautstark schimpfend aus dem Bett – am liebsten hätten wir ihr den Wecker aus der Hand gerissen und gegen die nächste Wand geworfen. Agnes tat völlig unbeeindruckt – sie hatte ihr Ziel erreicht.

Beim allmorgendlichen Waldlauf gelang es uns meistens ausgezeichnet, die 2000-Meter-Strecke über Schleichwege bedeutend abzukürzen. Es war anzunehmen, dass »Body« Wunsch sich darüber im Klaren war und diese Schluppen ebenfalls kannte, aber er sah großzügig darüber hinweg, zumindest bei uns Mädchen. Das brachte ihm natürlich einige zusätzliche Symphatien ein. Im Übrigen stand es jedem frei, statt zu laufen ein paar Bahnen im Schwimmbecken der nahe gelegenen Badeanstalt zu ziehen. Allein die morgendliche Luft- und Wassertemperatur ließ uns davon Abstand nehmen, und auch die Bemerkung von »Body« Wunsch, dass der Dichter und ehemalige Kulturminister der DDR, Johannes R. Becher, jeden Morgen im Freibad Berlin-Mitte in die Fluten sprang, konnte uns nicht ausreichend motivieren.

Anschließend Frühstück mit Konsumbrötchen, Vierfruchtmarmelade – die Fruchtzusammensetzung war nicht deutlich zu definieren – und Muckefuck-Kaffee im Speisesaal. Beim Versuch, den Kunsthonig aus dem 1,5-Kilo-Pappeimer zu kratzen, verbog sich jedes Mal das Aluminium-Besteck. Die Arbeitsschutzbekleidung war an Praktikabilität kaum zu überbieten: blaue Latzhose, passende Wattejacke, schwarze hohe Schnürschuhe aus dem Fundus der Gesellschaft für Sport und Technik, wir nannten sie »Waldbrandaustretschuhe« oder »Bergziegenverfolgungsschuhe«, je nach Bedarf Bauarbeiterhelm und Handschuhe, die uns Mädchen bis zum Ellenbogen reichten. Wir kletterten auf

Lastkraftwagen vom Typ W 50 Kasten der örtlichen Landwirtschaftlichen Produktionsgenossenschaft, und ab gings zum Einsatzort in Wald, Feld oder staatlicher Einrichtung. Nachdem wir die Arbeitsschutz-Belehrung über das Verhalten in der freien Natur, bei Bränden sowie bezüglich des Umgangs mit Produktionsmitteln und Arbeitsgeräten mehr oder weniger aufmerksam verfolgt und natürlich unterschrieben hatten, überließ man uns nach kurzer Arbeitseinweisung uns selbst. So leisteten wir unseren Beitrag zur Wiederaufforstung einer abgebrannten Schonung, indem wir die verkohlten Bäume zusammentrugen und zu Haufen aufschichteten. Oder wir hackten tagelang Rüben, luden auf Bauernhöfen Stroh in Scheunen, lagen zwischendurch am Ackerrand im Gras und sahen in den Himmel. René versorgte uns täglich mit Lektüre wie der Jugendzeitung Junge Welt. Wir verschlangen die Rubrik »Unter vier Augen« und amüsierten uns über die Tipps der Ehe- und Sexualberaterin Jutta Resch-Treuwerth zu Problemen im Sexualleben der heranwachsenden sozialistischen Persönlichkeiten zwischen vierzehn und achtzehn.

Agnes saß dicht am Lagerfeuer, die Gitarre zwischen den gekreuzten Beinen. Langsam wurde es dunkel, die Jungs legten noch Holz nach. Die Küchendienstverantwortlichen hatten nach und nach Tassen beiseite geschafft, so dass wir den heimlich eingeschleusten Kanister »Bretterknaller« möglichst unauffällig ausschenken konnten.

Ich setzte mich auf den Steinboden der kleinen Veranda unseres Bungalows, lehnte den Kopf an das Fensterbrett und schloss die Augen. Die anderen sangen gerade »Morning has broken«, ich summte leise mit. Als ich einen Arm um meine Schulter spürte, war ich nicht im Geringsten überrascht. Ich wusste, es war René. Vollkommen reglos blieb ich sitzen, starrte wie hypnotisiert ins Feuer, mein Hals wurde trocken, ich schluckte, hoffte, jetzt bloß nichts sagen zu müssen. Wir saßen eine ganze Weile so da, dann hielt ich ihm meine Tasse »Bretterknaller« hin, krächzte: »Willst du was trinken?« Sein anderer Arm war unnatürlich nach hinten verdreht, und es dauerte viel zu lange, bis er die Tasse nahm. Instinktiv ging mein Blick zum geöffneten Fenster über uns, ein Schatten wich rasch ins Dunkel des Raumes zurück. Judith?! Wo war sie eigentlich die ganze Zeit? Wenig später sah ich sie betont lässig zu den anderen ans Lagerfeuer hinüberschlendern.

Später im Waschraum stand Agnes plötzlich am Waschbecken neben mir. Ich konnte nur auf ihren gebeugten Rücken herabsehen, so tief hielt sie den Kopf beim Zähneputzen nach unten. Dann nuschelte sie ins Becken: »Du, Marie, ich muss dir was sagen. Vorhin, also da hab ich genau gesehen, wie der René mit dir Arm in Arm auf der Veranda saß, und gleichzeitig mit Judith durchs Fenster Händchen hielt. Nur dass du's weißt.«

Also doch. Ich versuchte, unbeeindruckt zu erscheinen, zuckte mit den Schultern. »Na und? Hab ich doch auch gemerkt.«

Dann ging ich langsam, als Letzte, zurück zum Bungalow; glücklicherweise schlief Judith schon; vielleicht tat sie auch nur so.

Am dringendsten wurde unsere Arbeitskraft auf der Baustelle eines Volkseigenen Betriebes, des VEB OGEMA, gebraucht. Dieser Betrieb verarbeitete Obst, Gemüse und Speisekartoffeln zu Konserven wie »Junge Brechbohnen«, »Rote Beete« oder dem heiß begehrten Paprika-Tomatenmix »Letscho«. Am Eingangstor prangte in weißer Schrift auf rotem Grund »Mein Arbeitsplatz – Kampfplatz für den Frieden« sowie die Losung des sozialistischen Wettbewerbs: »Arbeite mit – plane mit – regiere mit!« Wir waren ziemlich beeindruckt und harrten der bedeutenden Aufgaben, die da kommen mochten. Der Leiter der Abteilung Technikkontrolle in Begleitung seines Vertreters, eines Jünglings mit Föhnfrisur, der so genannten »Locke 70«, nahm uns in Empfang. Aufgrund seines Bartwuchses tauften wir den Abteilungsleiter gleich »Genosse Zickenbart«. Er führte uns zu mehreren neuen Sperrholz-Baracken, die für die Belegschaft des Betriebes als Umkleideräume gedacht waren. Und verkündete uns dann die Planvorgabe: Wir sollten eine Woche lang die frisch gestrichenen Fenster dieser Baracken von Farbspritzern befreien, die auf den Glasscheiben klebten. Ein Sturm der Begeisterung brach über uns herein, das Ganze konnte man doch nur unter »Beschäftigungstherapie« abbuchen. Die Arbeit konnte theoretisch an zwei Tagen erledigt werden, und selbst dann musste man sich nicht überanstrengen. Also beschlossen wir, das Beste aus der Situation zu machen. Die letzten warmen Sommertage sollte man genießen, und die Rückseiten der Baracken zeigten zum Wald. Hier konnte uns kaum jemand sehen – es war der ideale Platz zum Sonnenbaden. Gleich morgens zogen wir Badesachen unter die Arbeitsanzüge. Es war herrlich – wir rauchten f6 und filterlose Caro – natürlich herrschte auf dem Betriebsgelände Rauchverbot –, schlugen uns den Bauch mit Othello-Keksen, Konsü-Waffeln und Fetzer-Schokoriegeln voll und lasen jede Menge Bücher. Bis auf Agnes. Sie hielt sich genau an die vorgeschriebenen Pausenzeiten, spachtelte einsam an ihrem Fenster herum. Wir konnten und wollten ihren Eifer nicht bremsen. Dabei stand sie unter großem inneren Druck: Was würde passieren, wenn »Genosse Zickenbart« oder jemand anders von der Betriebsleitung ihre Gruppe beim Blaumachen erwischte? Sie als FDJ-Sekretärin würde Rede und Antwort stehen müssen. Also ließ sich Agnes überzeugen, uns rechtzeitig bei Nahen der Obrigkeit zu warnen. Alles lief ausgezeichnet. Bis René an einem heißen Tag den fantastischen Einfall hatte, die Mittagspause in einem mit Strohsäcken gefüllten Schuppen zu verlängern. Dieser Schuppen war ziemlich weit von den Baracken entfernt, es wäre für Agnes unmöglich gewesen, uns rechtzeitig zu warnen. Nach langer Diskussion beugte sie sich der Übermacht und schlich uns in den Schuppen nach. Man konnte ihr die Überwindung ansehen. Während wir kreuz und quer, völlig entspannt – die Köpfe nach hinten, wie tote Hasen – auf dem Stroh lagen und langsam eindämmerten, saß sie kerzengerade auf einem Holzklotz und beobachtete uns verächtlich durch ihre Brille. Doch irgendwann tat die Mittagsglut ein Übriges und auch Agnes wurde vom Schlaf übermannt. »Ja, was ist denn hier los? Unglaublich! Das hat Konsequenzen!« Genosse Zickenbart stand plötzlich vor uns, die Hände auf die Hüften gestützt, hochrot im Gesicht. Ich sah, wie sich sein blauer Dederonkittel unter den Armen und an der Brust vom Schweiß dunkel färbte. Verunsichert, fast Hilfe suchend blickte er in die aufgeschreckte Runde. Wir rappelten uns langsam auf, und man konnte Agnes ansehen, wie sie innerlich schon krampfhaft die Stellungnahme der Gruppe zu diesem Vorfall formulierte. Sie war ganz bleich, zupfte nervös an ihren dünnen, dauergewellten Haarsträhnen. Jetzt tat sie uns wirklich Leid.

René, der als Erster aufgesprungen war und schon an der Schuppentür stand, murmelte: »Auf die Idee sind die Mädchen gekommen.«

So war das also. Damit hatte er sich selbst disqualifiziert; für ihn würden Judith und ich unsere Freundschaft sicher nicht aufs Spiel setzen. Judith setzte ihren Unschuldsblick auf und flüsterte: »Also, wir dachten, es verstößt gegen die Arbeitsschutzbestimmungen, bei den Temperaturen in der prallen Mittagssonne zu stehen und herumzuspachteln. Da wollten wir lieber etwas später anfangen, sonst bricht womöglich noch jemand zusammen.« Bedeutungsvoller Seitenblick zur blassen Agnes. Alle nickten zustimmend.

Es schien zu funktionieren. »Gut, dieses eine Mal will ich noch darüber hinwegsehen. Aber in fünf Minuten wird der Spachtel geschwungen, was das Zeug hält, meine Herrschaften! Noch so ein Vorkommnis, und ihr könnt eure Prämie vergessen. Der Rest ist Schweigen.« Sprachs und verschwand. Prämienkürzung! Die Drohung traf uns empfindlich, denn finanziell wollte keiner etwas einbüßen. Dass wir den gewohnten Standard beibehalten wollten, war keine Frage. Nur die Taktik musste zwangsläufig geändert werden. Also beschlossen wir, unser Warnsystem zu vervollkommnen. Agnes als Alleinverantwortliche wurde entlastet, ab jetzt war jeder mal an der Reihe, den Ausguck zu übernehmen. Und es funktionierte prächtig: die optimale Balance zwischen Arbeit und Erholung führte zu Planerfüllung, Prämie, gesunder Hautfarbe und einem überaus gefestigten Klassenkollektiv.

MARKO MARTIN

DIE JAHRE DAVOR

EIN VERSUCH

I can't forget, I can't forget but I don't remember what.
Leonard Cohen

Ich erinnere mich, und ich erinnere mich sehr gut. Zu gut, um nicht der Versuchung nachzugeben, ausgerechnet in der rauchigen Coolness einer Liedzeile Zuflucht zu suchen. Zu gut, als dass ich darüber schreiben möchte. Weder einen Roman noch eine Erzählung. Episoden, Puzzlestücke, Splitter – das vielleicht. Als wüsste ich, dass sie niemals ein Bild ergeben. Als fürchtete ich, dass sie jemals ein Bild ergeben. Als müsste ich mich vor etwas schützen, noch immer.

Ich erinnere mich an den Vondel-Park in Amsterdam. Ich laufe die Parkwege entlang, vorbei an Familien, Liebespaaren, Kiffern, Schwulen, Touristen und riesigen, friedlichen Hunden; zehn Minuten zuvor hatte ich mit meinen Eltern telefoniert. In Deutschland, sagte Mutter, sei eben ein Buch erschienen, dick und sauteuer, weil von irgendeinem wissenschaftlichen Fachverlag herausgebracht, das zeige auf Seite 775 meinen Vater. Mein Vater in der Häftlingsuniform des Kriegsdienstverweigerers, heimlich mit einem Teleobjektiv aufgenommen; Frühling 1971. Damals war er vierundzwanzig, sieben Jahre jünger als ich in diesem Sommer 2001 im Vondel-Park in Amsterdam.
»Wollt ihr euch das Buch kaufen?«, fragte ich.

Ich erinnere mich an Postminister Gscheidle, an den beruhigenden Klang seines Namens, an die Stimme des Nachrichtensprechers von Radio Bayern 1, des Senders, der in der kleinen Polsterwerkstatt meines Großvaters die ganze Zeit lief. Nur wenn meinen Vater die deutschen Schlager zu langweilen begannen, schaltete er um auf Bayern 3, da gab es Boney M. statt Andrea Jürgens, aber der Nachrichtensprecher hatte die gleiche Stimme, und auch der Name von Familienministerin Anke Huber wirkte nicht bedrohlich; ich erinnere mich genau. Fiel jedoch der Name Aldo Moro, hörte sogar H., der Geselle – der gleichmütige Mann mit dem ewig zerknitterten Gesicht, der mich später, als ich größer wurde und zu nerven begann, einmal im *alten Zupfraum*, wo man vor der Erfindung des Schaumstoffs in einem Maschinenungetüm Palmfaserzöpfe zerkleinert hatte, einsperrte, der dann ein Jahrzehnt später zu den ersten freien Volkskammerwahlen im März 1990 die Deutschlandfahne aus dem Fenster seiner Wohnung in Limbach-Oberfrohna/Sachsen heraushängen ließ und nur wenige Monate nach der Wiedervereinigung an Krebs starb, zu einem Zeitpunkt, als mein Großvater sein Geschäft schon längst aufgelöst hatte und Rentner geworden war – dieser Geselle also (weshalb nenne ich ihn H., er hieß doch Heinz, Heinz Seidel) hörte auf, mit dem Hammer oder an der Kreissäge oder der Nähmaschine zu arbeiten, denn noch immer war von Aldo Moro keine Spur gefunden worden; die italienische Regierung, so hieß es, rechne mit dem Schlimmsten. Ich erinnere mich an die Nachricht seiner Ermordung; vielleicht entdeckte in diesem Moment das Kind in den Mienen der Erwachsenen, dass es jenseits der Werkstatt, des Hauses mit dem großen Garten, noch eine weitere Welt geben musste, deren Regeln andere waren. Gut, dass wenigstens Frau Huber und der Herr Gscheidle so nah waren, man musste, um ihre freundlichen Namen zu hören, nur auf den Knopf des schwarzen Stern-Kassettenradios drücken, das neben dem Zuschneidetisch stand.

Ich erinnere mich an Tino, den Sohn eines Nachbarn, der Malermeister war und von allen Ebbi genannt wurde. (Das war zu der Zeit, als ich noch glaubte, dass *alle* Bewohner unserer Stadt private Handwerker mit kleinen, nach Holz und Leim und Farbe riechenden Werkstätten seien; als die anderen, *die Leute aus der Fabrik* in der Nachbarstraße, nichts als die Summe ihrer nachmittags um halb fünf angeworfenen Mopeds – Sperber, Simson, Schwalbe – waren, mit denen sie nach Hause fuhren, die Zeit, als ich mit meiner Mutter in die Helenenstraße, die seit Ewigkeiten so hieß und die keiner umbenannt hatte, einkaufen ging und die Transparente, die von Proletariat und Partei sprachen, weder sah noch verstand.)

Tino war doppelt so alt wie ich, vierzehn oder fünfzehn. Er hatte eine Elektrogitarre und eine kleine Lichtorgel, ein Gehäuse aus Sperrholz, das auf der Kommode seines Zimmers stand, welches seine Eltern noch immer Kinderzimmer nannten. *Geh ruhig rüber ins Kinderzimmer, er spielt dir was vor.*

Trotz seines Alters hatte ich keine Angst vor ihm, trotz meines Alters war ich willkommen.

»Was willst du hören?« Tino machte sich an den Kabeln zu schaffen und ließ einen ersten Akkord hören.

»Schlager«, sagte ich, »bitte.«

»West-Schlager?«, fragte er.

Was waren *West-Schlager*?

»Na die, die auf Bayern 3 kommen, freitags zehn nach sechs. du kennst doch ›Die Schlager der Woche‹ mit Thomas Brennecke?«

Und ob ich sie kannte. Das Problem war nur: Ich kannte gar keine anderen. Bis jetzt hatte ich nicht gewusst, dass Schlager nicht einfach Schlager waren, dass es *West-Schlager* gab und folglich auch ... Aber das interessierte mich nicht.

»Schlager«, wiederholte ich schüchtern, und Tino grinste mich an, als hätte ich etwas Verbotenes getan.

Ich erinnere mich an einen der Sommer im großen Garten, dessen Sträucher und Holunderbüsche die Straße verbargen,

an den Holzschemel, auf dem mein Urgroßvater saß und mit mir Johannisbeeren pflückte. Und dabei ununterbrochen erzählte. Über die Kaiserlichen, mit denen er sich, zurückgekehrt aus dem ersten großen Krieg, angelegt hatte, über die Kommunisten, denen er das Mitgliedsbuch hinschmiss, als er von ihrem Zwang genug hatte, über die Syndikalisten, für deren Blättchen er Artikel schrieb, zusammen mit meiner Urgroßmutter (als sie noch nicht meine Urgroßmutter war, noch nicht die Frau, die jetzt mit drei ineinander steckenden Gläsern und einer Emaillekanne frischen Waldmeistersafts aus dem Haus kommt und misstrauisch die Reden ihres Mannes verfolgt), über die Nazis, die ihn im Frühjahr 1933 einsperrten, aber aus Mangel an Beweisen bald wieder freiließen, über seine Syndikalistenfreunde, die aus Deutschland flohen und in Stalins Sowjetunion umgebracht wurden, über ...
»Karl, lass endlich den Jungen zufrieden. Wer soll sich denn das anhören, bei dieser Hitze?«
Urgroßmutters gütiges Lächeln, das Glas Waldmeistersaft, das sie mir eingießt, die unter Grummeln zurückgestrichenen schneeweißen Haare meines Urgroßvaters, der Garten meiner Kindheit (der gleiche, der, als ich ihn 1999 wieder sah, so geschrumpft schien, noch immer grün, doch irgendwie verwaist und ohne Holunderbüsche; aber vielleicht war es nur deshalb, weil meine Großeltern jetzt im Alter ihrer Eltern waren und die Vergänglichkeit von allem auf ernüchternde Weise offensichtlich wurde) – doch ich habe nichts vergessen.

Ich erinnere mich an die drei Versuche. Der erste hieß Robinson Crusoe. Samstagmorgen, Deutschunterricht, erste oder zweite Schulklasse. *Bringe dein Lieblingsbuch mit in den Unterricht und berichte dem Klassenkollektiv, was dich so beeindruckt hat.*
»Vielleicht haben wir uns missverstanden. Robinson Crusoe ist doch ein Jugendbuch, kein Kinderbuch. Überleg dir bitte etwas anderes für die nächste Woche.«

Die Lehrerin war nicht böse, nicht erzürnt, sie ließ mich einfach wieder auf meinen Platz gehen. Als ich ihr sagte, dass ich das Buch ja doch schon gelesen hätte, wieder und wieder, weil es mir so gefiel, lächelte sie sogar und wiederholte: »Aber es ist ein Jugendbuch.«
Der zweite Versuch hieß »Salvi Fünf oder Der zerissene Faden«. Thema: Die Ausbeutung sizilianischer Fischer und ihrer Kinder. Autor: Willi Meinck. Erscheinungsort: Kinderbuchverlag, Berlin /Hauptstadt der DDR. Kleine Notiz auf der hinteren Umschlagseite: ab zehn Jahren. Das Auge der Lehrerin entdeckte das sofort, ihr auf und ab tippender Zeigefinger auf der Altersbegrenzung. »Du weißt doch, dass du erst acht bist. Warum bringst du dann nicht solche Bücher mit, wie sie deine Klassenkameraden vorstellen?« Diesmal hatte ich noch nicht einmal meine Schulbank verlassen, auch klang ihre Stimme jetzt besorgt. Der plötzliche Hass, schnell aufflackernd und ebenso schnell verlöschend, auf meine Eltern. Weshalb schenkten sie mir Bücher, die ich gerne las, aber noch gar nicht lesen durfte?
Die Tränen der Wut kamen erst zu Hause, die dazugehörigen Worte fielen mir nicht ein. Am nächsten Freitagabend hörte niemand »Die Schlager der Woche«. Wir suchten verzweifelt nach dem dritten Buch. Irgendwann fanden wir eins, ich stellte es am nächsten Morgen dem Klassenkollektiv vor, die Lehrerin sprach ein Lob aus. Den Namen des dritten Buches habe ich vergessen.

Ich könnte mich weiter an diese andere Welt erinnern, in der es nach Tafelkreide, feuchten Schwämmen, gebohnerten Fußböden und Schülerschweiß roch, wo es Fahnenappelle und Gruppenratsvorsitzende und Stundenplanverantwortliche gab und auch Manöver, ab der neunten Klasse dann Wehrkundeunterricht, jeden Mittwoch von zwei bis vier, wo wir lernten, zur Begrüßung des in die Schule versetzten (zwangsversetzten, sagte ein Gerücht) Ex-Feldwebels die geballten Fäuste – »*Locker* ballen, habe ich gesagt, und den

Daumen *über* den gekrümmten Zeigefinger legen, ist das so schwer zu begreifen« – an die Hosennaht zu pressen, lernten, in unsere karierten, von kleinen braunen Holzfasern durchzogenen, in einem Papphefter versammelten Seiten die Worte Nato, Krieg, Warschauer Vertragsstaaten und Friedenskampf einzutragen; an all das könnte ich mich zwingen, mich zu erinnern, und kein Ende wäre absehbar. Die amorphe, beunruhigende Landschaft der Kindheit parzelliert in solche Episoden, und jeder Schmerz auf diese Weise neutralisiert.

Ich zwinge mich zur Erinnerung an den weißen Zettel, den mir mein Vater mitgab, als der Reitunterricht, das heißt, die *fakultative AG Reiten*, eine unserer außerschulischen Pflichtbeschäftigungen, politisch zu werden drohte. (Als ich die *Hoffnung* hatte, sie werde politisch, um mir endlich einen Vorwand zu geben, aufhören zu können, um nicht mehr zweimal pro Woche in meiner Jungen-Furcht leben zu müssen, nicht mehr riesige und unvorhersehbar reagierende Tiere striegeln zu müssen, ihre Hufe auszukratzen und dabei den Spott der anderen, Sportlicheren und Robusteren, zu ertragen, vor denen die Pferde kuschten, die nichts dabei fanden, sich auf das Zaumzeug zu setzen, das doch eben erst gewienert – *gewienert* war das altertümliche Wort, das Zaumzeug gewienert und die Reitstiefel gewichst – worden war, und dabei ihre ersten Zigaretten zu rauchen; als ich hoffte, jener andere Konflikt, dessen Linien ich so gut kannte und der mir *nie* Angst machte, käme auch hierher, in das Gestüt des Herrn Naumann im Nachbardorf, zu dem ich mich jeden Donnerstag und jeden Samstag auf dem Fahrrad hinquälte.) Bevor er sich ein neues Zigarillo anzündete, hatte Herr Naumann genuschelt, jetzt müsst ihr in den DTSB, ich kann's auch nicht ändern. Vater dagegen sagte: Deutscher Turn- und Sportbund, in der Volkskammer vertreten, nichts als ein Zustimmungs- und Abnick-Verein. Sagte es ohne Eifer, ohne Zorn, sprach mit mir, machte aber keinerlei Versuche, mich zu überreden und wirkte dann, als ich so unerwartet schnell zustimmte, fast überrascht. Zu zweit arbeiteten wir den Brief an den zigarilloqualmenden Reitlehrer aus, den gutmütigen, poltrigen Reitlehrer, der mich immer *General* nannte wegen meines zu steifen Kreuzes, wenn ich mit den anderen ausritt und wie eine Holzfigur auf einer neurotischen Stute namens Krone saß.

»General – die Zügel lockrer!« General, General – ein paar Monate vorher hatte Jaruzelski in Polen das Kriegsrecht ausgerufen, und nun hatte Herr Naumann einen Namen für mich, einen Witz. Jetzt aber stand ich neben dem Schreibtisch meines Vaters, sah, wie er in die Tasten seiner alten Erika-Schreibmaschine griff und aus dem weißen Blatt Papier eine Epistel wurde, die in kluger Taktik politische Neutralität behauptete und mit konsequenter Freundlichkeit darum bat, mir den Eintritt in den DTSB zu ersparen.
»Unsrer General, guck an. Will sich um den Mitgliedsbeitrag drücken!« Herr Naumanns Lachen, die ausgespuckte Zigarillo-Kippe, die lauernden Blicke der anderen Reitschüler. Und da, in diesem Moment, schien alles möglich: Ewige Verachtung für den Außenseiter, den Sonderling, der doch tatsächlich – und das hier auf dem Hof, wo sich die Strohballen für die Ställe stapelten, Pferdescheiße gleich neben der Tränke lag, die Blecheimer für die Saufütterung herumstanden – mit einem *Brief* auftauchte, mit Klugscheißer-Worten in Maschinenschrift, die etwas Lehrerhaftes hatten, an die Schule und womöglich sogar an den stillschweigend verachteten Staat erinnerten. Denn nur zwei Sorten Menschen gab es: Die, die sich fürchten, Pferdehufe in die Fresse zu kriegen, und die, die den Biestern gleich vorher eins mit der Gerte über die Kruppe gaben, damit sie Respekt lernten. Wozu also *Briefe*? Längst ging es nicht mehr um das lächerliche Abkürzel einer Organisation, die ohnehin keiner für voll nahm, um Dorfmensch gegen Stadtmensch ging es, und das war ein alter Kampf, der ohne Papier auskam. Herr Naumann aber spielte den Retter.

»Alle Achtung, General.« Nur diese drei Worte, dann der zusammengeknüllte Brief zwischen seinen nikotinverfärbten Fingern, sein ironisches Salutieren vor mir, dem ängstlichsten und untalentiertesten seiner Schüler. Ab da spottete keiner mehr, vorerst. Für ein paar Wochen hielt die Verblüffung über das Auftauchen eines Briefes alle hämischen Spielchen, an die ich mich nicht erinnern will, weit weg von mir. Als sie wieder einsetzten, begann ich nach anderen Gründen zu suchen, die fakultative Freizeitpflicht abzuschütteln. Gerade *das* aber wurde übel genommen, und Herr Naumann, hinter dem Gestüt die Forke in einen Misthaufen stechend, schwieg verbissen. Ich sah ihn erst wieder, als ich, viele Jahre später, die Ausreisegenehmigung in den Händen hielt und auf Abmelde-Tour bei allen möglichen Ämtern vorsprechen musste.

»Der General hat den Laufzettel bekommen?«

Der Reitlehrer stand in Filzstiefeln und grauem Arbeitskittel auf dem Bürgersteig der Kreisstadt, hielt den Kopf schief und blinzelte mir zu. General, General – aber inzwischen war es schon Mai 1989, und Jaruzelski hatte der ersten nichtkommunistischen Regierung im Ostblock zustimmen müssen. Ich spürte, wie ich schnell, immer schneller einer Geschichte zu entgleiten begann, die ich nie als die meine gewollt hatte.

Ich erinnere mich an das Päckchen von Christa Wolf, an die Widmung in der ungekürzten »Kassandra«-Ausgabe des Luchterhand Verlages. Ich erinnere mich an die Wochen zuvor, an die letzten Sommerferien, ehe aus dem Schüler ein Lehrling gemacht wurde. Ich erinnere mich an die DDR-Ausgabe des Buches, kaum noch an die Reflexionen über Thesen von Karl Kerényi und den »Fall Franza«, wohl aber an die Griechenland-Fotos von Gerhard Wolf, die dem Buch beigefügt waren. Ich erinnere mich an die schönen Schwarzweiß-Bilder von Straßen in Athen, jungen Touristen – warum waren die so jung und schon dort, fragte ich mich –

auf der Akropolis, Männern und Frauen vor Kafenions, Tempelruinen und Pinienhainen, die bestimmt ganz einfach vor sich hin dufteten und nichts wussten von Zivilisationskritik, Seh-Rastern und subjektiver Mehrdeutigkeit. Ich erinnere mich an mein Misstrauen, als ich am Ende des dritten Kapitels, des in Mecklenburg geschriebenen Arbeitstagebuchs, in Klammern die verräterische Notiz *gekürzte Fassung* las. Ich erinnere mich an meinen euphorischen, um mehr, viel mehr Bücher bittenden Brief an Christa Wolf, deren Adresse ich im Berliner Telefonbuch, das im Postamt der sächsischen Kreisstadt Rochlitz auslag, gefunden hatte, erinnere mich an das Buch, an die Bücher, die sie mir kommentarlos, aber mit Widmung schickte. Was für eine andere Welt im Inneren des kleinen, bösartigen, erstarrten Landes: eine Welt mit schönen, nachdenklichen, stillen Sätzen über Arbeitszimmer und Büchersäcke, mit internationalen Korrespondenzen, Korbmöbeln auf abendlichen Wiesen, Weißwein und frischem Brot. (Ich erinnere mich an meine Enttäuschung, die fast schon wieder als Energiespender funktionierte, als ich Jahre später entdeckte, dass dieses dunkle Landbrot ebenfalls nur ein Symbol war für eine mit der Scholle symbiotisch verbundene Existenz, für Verzicht, Dableiben und zielloses Grübeln; ich erinnere mich, wie ich durch Paris ging, schneidende Kolumnen-Sätze entwerfend, um den Kokon über Mecklenburger Künstlerhäusern endgültig zu zerstören, um diese verfluchte Ostgestimmtheit loszuwerden, den verhangenen Blick wegzukriegen, um zu lernen, ohne Melancholie die Seine-Quais entlangzulaufen, mich in das Gewühl der großen Boulevards zu stürzen.) Ich erinnere mich an meine Ehrfurcht, das Tschernobyl-Buch »Störfall« in den Händen zu halten, erinnere mich an die Wut der Verfasserin über ein leider undefiniert bleibendes *Euch*, die sie auf Seite 55 schließlich dazu bringt, ein Salatbesteck aus Olivenholz in die Küchenecke zu schleudern. Ich erinnere mich an meine Verblüffung, dass im Land der Plaste und Elaste *Salatbestecke aus Olivenholz* existierten.

Ich erinnere mich an das Konzert von David Bowie vor dem Reichstag, an die Fernsehbilder seiner Fans auf der Straße Unter den Linden, wo plötzlich behelmte Polizisten und Stasimitarbeiter in grauen Anoraks auftauchten, die jungen Leute in Seitenstraßen abzudrängen versuchten und hören mussten, wie aus Bowie-Rufen Gorbatschow-Anrufungen wurden und auf einmal die Internationale erklang. *Die Internationale erkämpft das Menschenrecht;* Signal für die Büttel loszuprügeln, und ich erinnere mich, dass ich in diesem Moment an die Schriftsteller, die viel Gepriesenen, dachte. Ganz klar, jetzt mussten sie doch reagieren, eine Petition verfassen, Solidaritätserklärungen, die jungen Leute nicht allein lassen ... Aber das Salatbesteck aus Olivenholz war ja bereits geworfen, der Empörung in der Küche längst stattgegeben.

Ich erinnere mich an die Tagebücher meiner bald darauf beginnenden Lehrzeit, voll von Geschichten über Kantinen, Fahnenappelle, miese kleine Männlein mit und ohne Uniform, GST- und Gewerkschaftsbonzen, Direktoren, Lehrmeister, über die Angst von uns Lehrlingen, unseren hilflosen Spott, unser Lachen unter Vorbehalt, erinnere mich an den hilflos bombastischen Stil, in dem ich – jeden Abend, sobald ich aus der Berufsschule oder der Praxisausbildung zurückkam – Seite um Seite voll schrieb, als ob das, was ich da notierte, viel zu alltäglich, viel zu *normal* war, um auf rhetorische Ummantelung verzichten zu können: »Wie funktioniert Erinnerung? Sind wir fähig, uns zu erinnern? Ein ganzheitlicher Mensch freilich sollte dies können. Ganzheitlichkeit – ein Wort. Oder doch mehr? Sich erst einmal zu orientieren versuchen, ehe von Zukunft zu sprechen ist.« Ich erinnere mich an den Schwulst, an meine unzähligen Briefe an die weiterhin nobel schweigende Frau in Ostberlin. Und ich erinnere mich an den Tag, als die Zukunft auf einmal Gegenwart geworden war und ich in einem Bücherwühltisch in der Fußgängerzone der Rastatter Innenstadt – Rastatt im

Badischen, wo sich das Aufnahmelager befand, in dem ausgereiste DDRler mit den Deutschpolen und Russlandeutschen darin wetteiferten, die besten Deutschen sein – ein kleines Büchlein entdeckte, das Jahre zuvor in einem Verlag erschienen war, der sich ausgerechnet Rotbuch nannte. Kurt Bartsch: »Die Hölderlinie, deutsch-deutsche Parodien«, darunter »Nachundnachdenken. Nach Christa Wolf«. Ich erinnere mich an mein zuerst ungläubiges, dann unbändiges Lachen, als ich in meinen neuen Rot-Kreuz-Klamotten in der Rastatter Innenstadt stand und las: »Fast wäre mir eingefallen, worüber ich nachdenke. Ich hatte den Leichnam schon auf der Zunge, aber dann war es doch wieder so, dass ich nicht wusste, woran ich mich zu erinnern drohte.«
Ich erinnere mich an mein Lachen.

Ich erinnere mich, dass die Tagebücher – linierte Hefte mit grünem Papiereinband, die ich ab dem 1. September 1987 voll schrieb, der wie jedes Jahr *Weltfriedenstag* war, diesmal aber auch Beginn meiner Lehrlingsausbildung, ein verregneter Weltfriedenstag-Lehrausbildungsbeginn-Fahnenappell in der Berufsschule »Ernst Schneller« in Wittgensdorf/Sachsen – dass diese Tagebücher gleich im Zimmer nebenan liegen, im untersten Fach eines kleinen Schranks. Ich müsste jetzt, in genau diesem Moment, nur vom Computer aufstehen, und alles – *alles*, ich weiß es – wäre wieder präsent. Und wenn ich mich entscheide, meinen Platz nicht zu verlassen und die verfluchten Hefte nicht anzurühren?
Ich erinnere mich an Hannes, den Partei-Instrukteur Aurich vor der versammelten Klasse aufstehen ließ, damit er begründe, weshalb er nicht in der FDJ sei und einen Pullover (»Swäddschört heißen die Dinger, ich bin ja auch nicht von gestern«) trug, den irgendeine englische Aufschrift zierte. Ich erinnere mich an Niels, der den herausgestreckten Brustkorb und das Gebrüll des Genossen Lehrmeister Nebel so perfekt nachahmen konnte, dass wir manchmal sogar unsere Panik vergaßen, die Köpfe hoben und uns vorstellten,

der tobende Mann im blauen Kittel sei in Wirklichkeit Niels.

Ich erinnere mich an Thomas, der immer diese irren Sexgeschichten erzählte, die uns beunruhigend, da glaubhaft vorkamen, und der von J., einem der Lehrlinge, die sich schon jetzt als Unteroffiziersbewerber für den dreijährigen Armeedienst verpflichtet hatten, bei den Boxkämpfen im Sportunterricht beinahe zusammengeschlagen worden wäre, hätte er sich nicht so gut verleugnet, seinen Humor, sein ironisches Auftreten, hätte er sich nicht ebenfalls in ein verbissen keuchendes Kampftier verwandelt, das schließlich, an der linken Augenbraue blutend, sogar siegte, von manchem von uns verwunderten, zögernden Beifall erhielt und vom Genossen Sportlehrer ein kräftiges Schulterklopfen und den Rat, doch auch einmal über eine Armeekarriere nachzudenken. Ich erinnere mich an den Satz »Mit Kenntnis der Gaszustandsgleichung kommt man gut um die Welt«, den anscheinend keiner komisch fand in diesem mit messelektronischen Geräten voll gestopften Zimmer der Berufsschule, weshalb sollte man sich auch aufregen, unser Lehrer war keiner von den *Politischen* – ich erinnere mich, dass dieses Wort nie etwas anderes war als ein Synonym für Parteigläubigkeit – stattdessen einer, der uns überraschenderweise immer mit »Guten Morgen« begrüßte.
Ich erinnere mich an K., der eines Tages ins Direktorenzimmer geholt wurde, wo außer Genossen Baessler noch zwei andere Männer saßen, der über den Inhalt der Unterredung später jedoch nicht sprechen wollte und mich bei einem unserer samstäglichen Grillfeste – ohne Lehrmeister, ohne Überwachung, wie wir dachten – leise bat, ihm nichts mehr von meiner Familie, die bereits die Ausreise beantragt hatte, zu erzählen. *Es gibt Sachen, die muss ich nicht wissen*; ich erinnere mich an sein um Entschuldigung bittendes Lächeln.
Ich erinnere mich an den Lehrmeister Freddy Fuchs, über dessen Dummheit – »Im Bezirk Cottbus wurden vorgestern

vierzehn Hektar Waldbrand vernichtet – ein Aufruf zu besonderer Wachsamkeit« – wir heimlich lachten, bis sich im Januar 1988 dann auch Freddy Fuchs freuen konnte: »Nun zeigen wir mal, wie man mit Staatsfeinden umzugehen hat.« Ich erinnere mich an die besorgten Worte von Dirk Sager in »Kennzeichen D«, an die verstörten Gesichter von Freya Klier und Stephan Krawczyk vor den westlichen Kameras, an meine allmorgendliche Mopedfahrt in die Berufsschule in der Januarkälte 1988, als das Plastikschild des Sturzhelms von innen beschlug, weil ich, als könnte es Schutz bieten, immer wieder die Namen der Schriftsteller vor mich hinmurmelte, die gegen die Haft und Ausbürgerung der Regimekritiker protestiert hatten: Biermann-Fuchs-Kunert-Kunze-Loest. Ich erinnere mich an den Satz »Übermorgen ziehn wir eine Veranstaltung durch vom Wehrkreiskommando kommt ein Oberst und spricht über die Abrüstung ich geb euch dann die Fragen die ihr stellt alles abgeklärt ich bin leider nicht dabei muss kurz rüber in die Kreisleitung ich hoffe in eurem Interesse dass keine Klagen kommen«; das war die schrille Stimme des Partei-Instrukteurs Aurich. Ich erinnere mich an zu viel aus dieser Zeit, erinnere mich – ohne Scham, ohne Triumph – an das Luther-Wort, das ich damals irgendwo las. *Man schlage ihnen die Fressen mit Eisenhämmern ein.* Ich versuche, die grünen Hefte zu vergessen.

Ich erinnere mich an den Löwen Leopold, der hoch oben in einem Regal des S. Fischer-Standes auf der Leipziger Buchmesse wachte, an den Namen seines Erfinders, den die Besucher wie ein verbotenes Mantra murmelten: Reinerkunze-Reinerkunze.
Ich erinnere mich, dass ich einen Brief nach Frankfurt schrieb, in der Hoffnung, er werde an der Grenze nicht geöffnet und erreiche über den Verlag wohlbehalten den eigentlichen Empfänger. Ich erinnere mich an die Ansichtskarte, die ich kurz darauf erhielt, »es ist auf den weg gebracht«, Poststempel Bruxelles, an das Päckchen einen Mo-

nat später. Die Namen der Absender waren mir unbekannt, aber die Handschrift, kleine, manchmal verschwimmende Buchstaben, geschrieben mit einem offensichtlich dünnen schwarzen Stift, war die gleiche. Auf dem Gedichtband, den ich in den Händen hielt, stand der Name Reiner Kunze, kein Zollspitzel hatte es verhindern können.

Ich erinnere mich an Cheryll Youngblood. Ich erinnere mich an die junge Afroamerikanerin, die für einen Sommertag als Touristin nach Ostberlin gekommen war und von der Friedrichstraße in Richtung Palast der Republik abbog, wo sich ihr ein Siebzehnjähriger in den Weg stellte, seine Kamera, einen Spiegelreflex-Kasten, hochhob und in grauenhaftem Englisch irgendetwas von Fotos, Motiven, Gesichtern erzählte, so dass der schönen jungen Frau nichts anderes übrig blieb, als über diesen Kontaktversuch freundlich zu lächeln und ihr *Okay* zu murmeln – und dann erneut zu lächeln, als sie die großen Augen dieses ostdeutschen Jugendlichen sah, mit denen er sie betrachtete, ihr Gesicht, ihre Augen, ihre Haut, ihr Lachen und die weißen Zähne, die sie dabei zeigte. Ich erinnere mich, wie ich mit meinen USA-Kenntnissen protzte. Martin Luther King und Demokratie – ja, Ronald Reagan und SDI – nein. Sie hörte sich den Monolog verblüfft an, ließ ab und zu ein *well, well* hören, griff schließlich in ihren Rucksack, öffnete ein Notizbuch, das – ich erinnere mich – einen blauen Stoffumschlag besaß und bauchig war von den vielen Visitenkarten und der Wichtigkeit all ihrer Termine, die ja doch *Termine in Amerika* waren. Sie riss eine noch leere Seite heraus und schrieb mit einem Kugelschreiber, dessen Miene nichts verwischte, Namen und Adresse auf. Dann faltete sie die Seite, riss die untere Hälfte ab, hielt mir den Kugelschreiber hin und gab mir, als ich zögerte, einen Wangenkuss, der uns beide überraschte. Ein paar Wochen später kam der erste Brief, das erste Päckchen. (Wieder ein Päckchen, Päckchen als Visa in meinem Reisepass, den ich damals nicht besaß.) Michael

Jacksons Thriller als Kassette, eingewickelt in ein dunkles wuschliges Sweatshirt, das kein Partei-Instrukteur jemals *Swäddschört* nennen würde und auf dem in geschwungenen Lettern, für die ich mich nicht rechtfertigen müsste, *Michigan University* zu lesen stand. Ich erinnere mich, dass ihr Foto, das sie mir beigelegt hatte, lange in meiner Brieftasche steckte und ich nur lächelte, wenn ich gefragt wurde, wer denn die schöne Frau sei. Ich erinnere mich, dass ich ihre Adresse verloren haben musste, als ich endgültig die Koffer zu packen begann.

Ich erinnere mich an die Discothek *Queen* auf den Champs-Elysées, an die *Nuits rétros* Mitte der neunziger Jahre, jede Montagnacht. Ich erinnere mich an France Gall, John Travolta & Olivia Newton-John, die Bee Gees, an Gloria Gaynor, an Plastic Bertrand und Dalida. Ich erinnere mich, wie ich inmitten dieses friedlichen Flitterflatters aus den Seventies, inmitten der herzerwärmend kalten, verkoksten Reiche-Leute-Kids aus dem 16. Arrondissement die Erinnerung an die achtziger Jahre wegtanzen konnte, an einen Staat, der längst verschwunden war, dessen Landschaft aber noch in meinem Kopf spukte. Ab jetzt: Nie mehr. Und nie mehr der metallische Rhythmus der kreisenden Windmühlenflügel aus diesem Depeche-Mode-Video, das zwar – ebenfalls an einem Montag, das Gedächtnis hat es gespeichert – von Peter Illmann (oder war es Ingolf Lück oder Stefanie Tücking?) bei Formel 1 im Bayrischen Fernsehen gezeigt wurde, zusammen aber mit der geballten Faust von Billy Idol und den speerförmigen Spray-Frisuren von Limahl und C. C. Catch jedes Wochenende über die Grenze gelangte, in das Kulturhaus eines sächsisches Nestes, in dem einmal pro Jahr die Geflügelausstellung und jeden Samstag die Dorfdisco stattfand, und dort zu einem scheppernden Musikmix wurde, Hinterground-Sound für Schlägereien und Blutrinnsale an Fingerknöcheln und Nasenlöchern, für eilig herbeigerufene Provinz-Vopos, die bald wieder abzogen, für gereiztes Palaver über die Reißfestigkeit ostdeutscher Kondome, für die Pose von Stolz und Selbstverachtung bei denen, die schon in den nächsten Wochen zur *Fahne* mussten, Staunen und Kuschen bei den Zehnklässlern, die von den Lehrlingen aufgemischt wurden im Streit um ortsfremde oder ortsansässige Mädchen oder auch um nichts, um gar nichts. Ich erinnere mich an die sinnlos kreisenden Windmühlenflügel von Depeche Mode.

Ich erinnere mich an die Zeit als Parkarbeiter, an den letzten Tag vor der Ausreise. Ich erinnere mich an das Büro im Verwaltungstrakt, an die Genossin L., deren Vorname tatsächlich Johanna lautete. Ich sehe, wie sie Papiere ordnet und unterschreibt, plötzlich eine Akte öffnet, mit fahrigen Handbewegungen eine einzige Seite herausheftet, sie auf den Tisch legt, aufsteht und zum Fenster hinausschaut.
Sie werden begreifen, dass ich von Waffenverweigerern die Aushöhlung des soz. Wehrmotivs an unserer Berufsschule politisch nicht dulden kann, da an meiner Einrichtung eine Konzentration von militärischem Berufsnachwuchs und von Freiwillig Längerdienenden besteht.
Ich wusste es bereits vorher, aber nun sehe ich es vor mir, geschrieben auf gelbgrauem Büropapier mit dem Stempel *Träger des Ordens Banner der Arbeit* in der rechten oberen Ecke, die Begründung für den Rausschmiss aus meiner Lehrstelle, die Erklärung für eine Hilfsarbeiter-Existenz. Ich erinnere mich an die leise, gepresst klingende Stimme der Genossin L., deren Vornamen Johanna ist. *Ich habe nichts gesehen, aber nun nehmen Sie es schon, Sie werden es brauchen. Damit Sie in ein paar Jahren nicht denken, Sie hätten das alles nur geträumt.*
Ich erinnere mich, dass sie mit dem Rücken zu mir vor der Fenstergardine stehen bleibt, als ich ihr Zimmer verlasse, den Verwaltungstrakt, den Ort, das Land, diese Zeit. Ich erinnere mich nicht, ob ich, als ich mit meiner Familie und den nötigen Papieren endlich im Zug sitze, der in Richtung

Grenze fährt, an Anke Huber und Postminister Gscheidle denke. Möglich wäre es.

»Wollt ihr das Buch kaufen?«, frage ich.
»Vielleicht«, sagt meine Mutter. »Übrigens, hast du das mitgekriegt? Jorge Amado ist gestorben.«
Ich sage: »Wahrscheinlich hab ich mal was von ihm gelesen, früher. Ich weiß nicht mehr.«
»Aber ich weiß es.« Die Stimme meiner Mutter aus dem Telefonhörer in der Huygensstraat, inmitten des Lärms Hunderter Fahrradklingeln. »Ich erinnere mich genau, nur an den Titel nicht. Im Nachruf in der Zeitung haben sie etwas über *Gabriela wie Zimt und Nelken* geschrieben, das hätte es sein können. Jedenfalls war es zu der Zeit, als dein Vater und die anderen im Gefängnis waren, da brachten sie in der Freien Presse einen Roman von Amado als Vorabdruck. Mein Gott, Sex und Palmen – und das in der DDR!« Ich höre ihr Lachen. »Da kamen wir Frauen ein bisschen aus dem Jammer, dem Heulen raus: Hast du das gelesen, ja diese Stelle, ob sie das wohl auch unseren Männern geben, oder schneiden die das vorher raus? Tja, da hatten wir endlich mal ein anderes Thema. Und die Männer schickten dann schweinische Briefe aus dem Knast heraus, ohne dass die Wärter etwas dagegen tun konnten – Zitate aus der Freien Presse, was wollt ihr denn.«
Ich erinnere mich an die fröhliche Stimme meiner Mutter. Ich erinnere mich an den Vondel-Park, Amsterdam im Sommer 2001.

in memoriam Jürgen Fuchs

KATJA OSKAMP

NUDOSSI

Du stehst auf der Schwelle zur Balkontür, krallst dich am Rahmen fest. Bei jedem Ausatmen beschlägt die Scheibe neu. Darauf kannst du dich verlassen. Du drückst die Beine durch, die Fersen hängen in der Luft. Du musst auf Zehenspitzen stehen, ob du willst oder nicht. Jeden Tag presst du dich so an die Glastür, um hinauszusehen auf den Sportplatz und den Schulhof. Dein Schulweg dauert eine halbe Minute. Mutti und Vati sagen, dass du es nicht besser haben kannst. Du bist kein Hortkind. Du gehst um zwölf nach Hause, spätestens um eins. Die halbe Minute. Und musst jedes Mal pinkeln. Auch wenn du gar nichts getrunken und sogar Durst hast. Das hast du von Mutti geerbt. Pinkelnmüssen und Rotwerden. Mutti sagt, das mit dem Rotwerden gibt sich. Du siehst an ihr, dass es sich nicht gibt. Vielleicht wird es weniger, aber es geht nicht weg.

An der Haustür unten fängt es schon an. Du musst die Beine kreuzen und aneinanderpressen und mit Macht an etwas anderes denken, an den Schlüssel, das Schloss, den Türgriff, die Stufenzahl bis zur Wohnungstür, nur nicht an die volle Blase. Beim Treppensteigen bist du gezwungen, Pausen einzulegen. Ob Mutti das auch macht? Irgendwie schaffst du es immer, aber es ist sehr anstrengend.

Du verlässt die Schwelle, ohne die Gardine zuzuziehen. Es lohnt sich nicht. Vati hasst es, wenn du die Gardine offen lässt, aber der ist ja nicht da. In der Küche öffnest du eine Kolaflasche und trinkst. Die Kohlensäure beißt in der Nase. Du ärgerst dich, kein Glas genommen zu haben, aber das Schlimmste ist der Anfang, und der ist jetzt vorbei. Der Nudossi-Becher ist noch fast voll, du hast ihn erst heute Morgen zum Frühstück aufgemacht. Es ist noch nie vorgekommen, dass kein Nudossi im Haus war. Mutti kauft immer einen neuen Becher, bevor der alte ganz leer ist. Sie will nicht, dass du das Zeug so isst, ohne Brot. Aber sie sorgt für Nachschub. Du hebelst die feste, braune Masse mit einem Teelöffel heraus und leckst sie langsam ab. Mit dem Löffel in der Hand gehst du wieder zur Balkontür und steigst auf die Schwelle. Es schneit nicht. Du hörst das Pausenklingeln durch die geschlossene Tür und das Gebrüll von Sportlehrer Hasselbarth, der die Großen im Kniehebelauf über den gefrorenen Boden jagt. Du weißt, in welchen Klassenräumen noch Unterricht ist. Du siehst es daran, ob das gelbe Neonlicht brennt oder nicht. Du bist kein Hortkind. Aber du bist auch kein Schlüsselkind. Du trägst deinen Wohnungsschlüssel nicht um den Hals wie die anderen, die nach der Schule auch allein nach Hause gehen dürfen. Die haben ihre Schlüssel auf dicken Schlüpfergummi gefädelt und wie eine Kette um. Das Gummiband ist graubraun vom Anfassen und Schnipsen, nicht mehr weiß, wie es war, als die Muttis es zusammenknoteten und die überstehenden Enden mit der Schere abschnitten. Es sind zwei Schlüssel, die den Schlüsselkindern bis auf den Bauch hängen und die sie zum Spielen unter den Pullovern hervorziehen, wohin die Lehrerinnen sie wieder zurückstecken. Nur manchmal, wenn die Vatis ein Sicherheitsschloss haben einbauen lassen, sind es drei. Eures ist so hoch, dass du kaum herankommst, aber auf Zehenspitzen geht fast alles. Du hast eine richtige Schlüsseltasche, aus armeegrünem Kunstleder mit Reißverschluss, braunen Zierrändern und drei Schlüsseln darin. Du hättest gern noch viel mehr Schlüssel. Ein fettes Schlüsselbund, das schwer in der Hand liegt, wie das vom Hausmeister Meincke. Der hat schon mal damit geschmissen. In deine Schlüsseltasche würde noch jede Menge hineinpassen. Aber das ist Unsinn. Du fändest womöglich unter den vielen die drei echten nicht mehr. Das sagt Mutti auch. Außerdem würde beim Suchen an der Haustür dann garantiert was in die Hose gehen. Mutti und Vati haben dir zugetraut, ohne ein Halsband aus Schlüpfergummi auszukommen. Und sie haben Recht. Du hast deinen Schlüssel noch nie verloren. Noch nie.

Du steigst von der Schwelle, um einen neuen Löffel voll Nudossi zu holen. Die Kola lässt sich jetzt schon viel besser trinken. Muss keiner ein Glas abwaschen.

Wieder mit dem Löffel auf die Schwelle, dicht an die Scheibe. Frau Hönig geht nach Hause, die dicke Frau Hönig, die die Großen in Mathe und Physik unterrichtet. Frau Hönig ist immer mit zwei Taschen unterwegs, eine rechts und eine links. Mutti und Vati sagen, dass sie die Taschen für ihr Gleichgewicht braucht, weil sie so fett ist, dass sie sonst umfallen würde. Du würdest dich nicht trauen, so was Gemeines zu sagen. Du findest es auch nicht lustig. Du denkst, es stimmt.

Hinter der Schlafzimmertür stehen die zwei großen, schwarzen Kästen. Ganz eingestaubt sind die. In dem einen ist Muttis Akkordeon, im anderen die Schreibmaschine von Oma Martha. Du fasst den Griff an und schleppst die Schreibmaschine ins Wohnzimmer. Es gelingt nicht, den Kasten auf den Tisch zu stellen. Du setzt ihn zwischendurch auf dem Stuhl ab. Nimmst den Deckel ab, da wird es ein bisschen leichter. Schiebst die Unterarme unter die Maschine, hebst sie an und auf den Tisch. Die Maschine muss sehr alt sein. Die Tastatur steigt steil nach oben an, wie die Sitzreihen des Hörsaals in dem Film mit Heinz Rühmann. Könnte ja auf jedem Buchstaben ein Männchen sitzen. Du holst ein Blatt Papier aus Vatis Schreibtischschublade. Spannst es in die Maschine und setzt dich davor. Du siehst zur Balkontür. Du hast vergessen, die Gardine zuzuziehen. Vati meckert jeden Abend deswegen. Manchmal kriegst du einen Klaps auf den Hinterkopf. Halb aus Spaß. Die Gardine zieht er dann aber immer selber zu. Erst mit Schwung, das macht ein reißendes Geräusch. Dann mit Gefühl. Er zuppelt an den Stoffenden und legt sie mit Bedacht übereinander, damit kein Spalt offen bleibt. Du findest, der Gardinenstoff fasst sich eklig an, besonders mit frisch geschnittenen Fingernägeln. Deshalb fasst du ihn nur einmal am Tag an, nämlich beim Aufziehen.

Du stehst noch mal auf, um die Kolaflasche und den Nudossi-Becher aus der Küche zu holen. Setzt dich hin und fängst an. Elviera ist dein Lieblingsname. Wie leuchtendes Lila. Elviera klingt gut.

Die Schneeflocke Elviera

Es ist Winter. Viele Schneeflocken tanzen lustig vom Himmel. Unter den vielen ist auch eine namens Elviera. Sie sieht sehr schön aus und glitzert. Elviera fällt unglücklicherweise auf einen Schulhof. Sie weiß, wie es jetzt um sie steht. »Wenn es klingelt«, denkt sie, »laufen viele, viele Kinder auf den Hof und toben herum. Und dann zertreten sie mich und ich bin platt. Womöglich bekomme ich noch einen Apfelgriebsch oder ein Stückchen Apfelsienenschale auf den Kopf geworfen.«

Elviera ist so in Gedanken versunken, dass sie überhaupt nicht merkt, wie drei große Jungen mit Schneeschiebern aus der Tür kommen, vor der sie liegt. Sie erwacht erst wieder, als die Jungen anfangen zu schippen. Elviera traut ihren Augen nicht! Wenn sie auch unter den Schneeschieber gerät, dann darf sie noch einmal fliegen, denn Elviera fliegt wie alle Schneeflocken furchtbar gern. Die drei Jungen schippen anders als gewohnt. Sie schieben den Schnee voran, fahren mit dem Schieber unter das Schneehäufchen und werfen es in hohem Bogen auf einen großen Schneeberg. Und so kann Elviera noch einmal fliegen. Sie versucht sich vorzudrengeln, und um ein Haar wäre sie unter dem Schneeschieber gewesen. Beim zweiten Mal klappt es aber. Elviera fliegt und landet auf dem großen Haufen. Und dort liegt sie nun mit den freudigen Gedanken: »Ich bin zweimal durch die Luft geflogen.« Als es klingelt, bekommt Elviera noch einmal einen tüchtigen Schreck, aber sie hat großes Glück und wird nicht zertreten. So führt Elviera noch ein lustiges Schneeflockenleben, bis der Frühling kommt und Elviera zu Wasser wird.

Fertig. Als du auf die Schwelle steigst, drückt dein Bauch gegen die Scheibe. Er ist aufgebläht. Du hast den Nudossi-Becher vollkommen leer gegessen und die Kolaflasche ausgetrunken. Es ist fast dunkel geworden. In der Schule brennt kein Licht mehr. Wenn du unbedingt noch fetter werden willst, musst du eben alles auffressen!
Du möchtest, dass deine Haare fliegen wie bei den Hortkindern, denen, wenn sie im gelben Neonlicht toben, auch die Nasen laufen. Seit Mutti dir den Trick mit dem nassen Kamm gezeigt hat, möchtest du umso mehr, dass deine Haare wieder fliegen. Elektrisch aufgeladen nennt sich das. Man kann einen Schlag kriegen. Mutti sagt, dass es im Winter viel besser geht, aber sie weiß nicht, warum.
Du gehst zum Tisch und ziehst das Blatt aus der Schreibmaschine. Die Punkte sind ausgestanzte Löcher im Papier. Und dir tun die Zeigefinger weh vom Hämmern. Du fährst mit ihnen über die Rückseite. So muss sich Blindenschrift anfühlen. Das mit dem Nudossi gibt Ärger. Aber wenn du Mutti die Geschichte zeigst, sagt sie vielleicht wieder, dass du für dein Alter schon so weit bist. Sie sagt öfter zu Leuten, dass du sehr selbständig bist, und dass sie sich auf dich verlassen kann. Dabei streicht sie dir die Haare aus dem Gesicht und du guckst lieb. Einmal hat sie gesagt, dass du dir schon als Kindergartenkind ganz wichtig vorkamst und altklug vor dich hin geplappert hast. Du weißt nicht, was altklug bedeutet. Du hast überlegt, ob jungdumm besser wäre. Aber was bedeutet jungdumm? Du kennst niemanden, der so ist.
Es klackt an der Wohnungstür. Du hörst, wie Mutti durch den Korridor rennt und Mantel und Tasche auf den Boden fallen lässt. Die Badtür knallt zu, der Klodeckel knallt auf. Im Neubau hört man alles. Dann der Strahl. Du denkst an die Kühe im Erzgebirge. Wenn die lospinkeln, dann steckt

da ein riesiger Druck dahinter. Es dampft gelb und dauert ewig. Mutti kommt aus dem Bad. Sie zieht sich die Schuhe aus, hängt den Mantel auf den Bügel, lehnt die Tasche an die Wand.

»Hallo«, sagt sie zu dir und streichelt deine Wange. Sie geht an dir vorbei in die Küche.

»Kannst du deinen Mist nicht wegräumen«, sagt sie, »Vati kommt bald.«

»Mache ich gleich«, sagst du, »ich habe eine Geschichte geschrieben.« Du hältst ihr das Blatt mit den Punkt-Löchern hin.

»Oh«, sagt Mutti und setzt sich an den Tisch ins Wohnzimmer. Während sie liest, stehst du dicht hinter ihr auf einem Bein und stützt dich an der Stuhllehne ab.

»Schön«, sagt Mutti und streichelt dich wieder, »hast du schön geschrieben. Apfelsienenschale und Elviera schreibt man nur mit i und vordrengeln mit ä.«

Und dass du die Geschichte Frau Schulz zeigen sollst und in Deutsch vorlesen, sagt sie noch.

An so was hast du gar nicht gedacht. Das wäre was. Frau Schulz würde dich noch mehr mögen. Aber vorlesen willst du nicht. Wegen dem Rotwerden. Die anderen würden lachen über deinen glühenden Kopf und gar nicht zuhören. Es fängt ja jetzt schon an, wo du es dir bloß vorstellst. Etwas Heißes steigt in dir hoch und macht sich allmählich über dem ganzen Gesicht breit. Wenn es einmal anfängt, musst du bis zum Ende durchhalten. Es gibt keine Abkürzung, kein Vertuschen, kein Umkehren auf halbem Wege. Du kannst dich höchstens verstecken, bis es vorbei ist. Du versuchst ja erst, so zu tun, als ob du es selber nicht merkst. Aber eigentlich kannst du an nichts anderes mehr denken. Wenn du siehst, dass die anderen es sehen, ist es ganz aus. Du hältst keinem Blick mehr stand. Aushalten, warten, es über dich ergehen lassen. Du kannst nichts dagegen tun, gar nichts.

Mutti sieht dich nicht mit deinem roten Kopf und dem Blatt in der Hand. Sie klappert in der Küche herum. Du würdest

dich auf keinen Fall selber in solche Rotwerde-Situationen bringen. Vorlesen kommt nicht in Frage.
Mutti ruft, dass du den Tisch freimachen sollst. Du hebst die Schreibmaschine vom Tisch auf den Stuhl, da ist sie neben dir, hält stumm den leeren Nudossi-Becher in der Hand und sieht dir ins Gesicht.
Vati steht im Zimmer. Du hast gar nicht gehört, wie er hereingekommen ist. Mutti zeigt ihm den Nudossi-Becher. Sie geht und wirft ihn in den Mülleimer.
Vati sagt gar nichts. Aber du siehst den schmalen Mund und den kalten Blick. Du bist froh, nicht noch mehr Eltern zu haben. Die würden jetzt alle nacheinander nach Hause kommen und dich einzeln wegen dem Nudossi anmeckern. Du schließt den Deckel der Schreibmaschine und hebst sie an. Schleppst sie aus dem Wohnzimmer. Nimmst das Blatt vom Tisch und läufst damit zu deinem Zimmer. In deinem Rücken das reißende Geräusch. Es klingt, als würde die Gardine von der ganzen Fensterfront abgerissen und als Stoffhaufen auf der Erde liegen, wie ein gefallener Schleier. Als du aus deinem Zimmer zurückkommst, siehst du, dass Vati die Gardine zugezogen hat, ohne einen Spalt.
Beim Abendbrot sagt Mutti zu Vati, dass du eine Geschichte geschrieben hast, eine schöne Geschichte über eine Schneeflocke.
»Sie ist weit für ihr Alter«, sagt Mutti.
Du hast keinen Hunger, isst aber trotzdem zwei Wurststullen.

ANTJE R. STRUBEL

PROLOG

Wenn das Mädchen das rechte Bein etwas hochzieht, kann es unter sich die Furchen des Weges sehen. Der Boden ist gefroren und knirscht unter den Tritten des Tieres, der Esel schiebt Atemwolken vor sich her.
Das Mädchen weiß, dass man es nicht allein reiten lassen wird, obwohl der Waldweg zu beiden Seiten von Holzplanken abgesichert ist und der Esel diesen Weg öfter am Tag geht.
Die Türme der Wartburg sind schon von der Verleihstelle der Esel unten am Parkplatz aus zu sehen. Während des Ritts auf den Miet-Eseln jedoch bleibt die Burg verschwunden, und selbst im Winter, wenn alles Laub von den Bäumen gefallen ist, sieht man die Wartburg erst wieder, wenn man direkt davorsteht.
Die Eselswärter am Parkplatz tragen Wattejacken und sprechen wenig, als könnten sie die Kälte so aus sich heraushalten. Sie wissen genau, dass sie von den Tieren und den Leuten gebraucht werden, es gibt sonst keine Burg, die man mit einem Esel erreichen kann. Das gefällt ihnen. Sie kümmern sich vor allem um den Zustand der Tiere. Sie haben ihnen abgewetzte karierte Decken über die Rücken gelegt und sie in einer langen Reihe an den Holzzaun gebunden, wo sie Gras aus den Kiepen reißen. Die Köpfe der Tiere gehen dabei ruckartig zur Seite, und die Männer lassen ihnen beim Fressen Zeit. Ständig kommen Leute vom Parkplatz herüber. Sie haben schon eine lange frierende Schlange vor dem Kassenhäuschen gebildet, in der es keine Bewegung zu geben scheint, obwohl es aussieht, als würden die Tierwärter in regelmäßigen Abständen den vordersten Esel losbinden. Die Leute trampeln mit den Füßen den Boden, schlagen die

Hacken gegeneinander und haben die Köpfe in die Mantelkragen hineingezogen. Wenn es endlich so weit ist, gehen die Männer nur bis zum Rand des Gatters mit; den Weg zur Burg kennen die Tiere inzwischen besser als sie selbst.
Man muss sich ganz auf die Esel verlassen. Der Weg ist so gewunden, dass Christiane nicht sagen kann, nach welcher Biegung die Burg auftauchen wird, obwohl sie ihn schon dreimal geritten ist; im letzten Jahr und in den beiden Jahren davor. Nur manchmal kann sie ihre Eltern weit vorn zwischen den kahlen Herbststämmen ausmachen.
Es ist ein bisschen wie die andere Hälfte der Stadt, in der sie im Januar 1961 geboren wurde. Diese Hälfte kann man nur umfahren oder vom Flugzeug aus betrachten, obwohl sie sich von dort durch nichts von der eigenen Hälfte zu unterscheiden scheint. Christiane bemerkt diese Teilung erst viel später und auf einer Karte. In den ersten Jahren gibt es vor allem die blinden Stellen in ihrem Kopf, an die sie noch nicht herangewachsen ist. Auf der Karte liegt die andere Hälfte der Stadt in reinlichem Weiß da und ist von einer roten Linie umrahmt. An der südlichen Peripherie, ziemlich dicht an der roten Linie, arbeitet ihre Mutter. Sie fährt mit dem Fahrstuhl zu ihrer Fünf-Stunden-Schicht auf den Tower hoch, der weit draußen auf dem Rollfeld steht. Nach fünf Stunden beginnt die Konzentration nachzulassen, und sie überlässt ihren Platz einem Kollegen. Wenn ihre Mutter arbeitet, sieht sie weder das Rollfeld schräg unter sich noch die Flugzeuge vor ihr auf den Landebahnen. Sie setzt sich in den Drehstuhl und steckt den Kopf unter den schwarzen Bogen der Kopfhörer. Oben im Tower zählt nur der Blendbereich des Monitors. Unzählige weiße Punkte bewegen sich über die Radarkreise. Das sind die Flugzeuge in ihrem Frequenzbereich, Air India, Con-Air, Pan Am, Aeroflot, Interflug, die über Eisenach kommen, über Rostock vielleicht, gestartet in Prag oder in Helsinki, und wenn sie über der anderen Hälfte der Stadt sind, wird ihre Mutter von den Pilotenstimmen über Kopfhörer angerufen: Sie weiß die Flugbahnen schon, kurz

bevor der Monitor sie aufzeichnet, sie denkt den Bogen des weißen Punktes um Millimeter voraus, um ihn nicht mit anderen Punkten kollidieren zu lassen, und übersetzt das, was sie sieht, in eine unsichtbare Bewegung in der Luft. Es ist ein Ritual, das in einer Sprache abläuft, die sonst wieder in Namen von Flüssen, griechischen Buchstaben und Männern zerfällt. Ecco, Delta, Charlie. Für die Zeit vor dem Monitor und in Verschaltung mit den Stimmen in den Kopfhörern bilden die Namen feste Luftstraßen. Ihre Mutter denkt dabei nie an die Flugzeuge, sondern immer nur an die Punkte, die auf dem Bildschirm auftauchen.

Wenn das Flugzeug tatsächlich landet, ist der Punkt bereits vom Monitor verschwunden.

Christiane sieht lieber von der Plattform aus den Flugzeugen zu. Den langen Anläufen, bis sie die Abhebegeschwindigkeit erreichen, dem Zögern, mit dem sie aufsteigen, wie die Sonne auf dem Metall strahlt, wenn sie die Räder einziehen und sich seitlich legen, als seien sie jetzt mit allem einverstanden, was kommen würde.

Die Startbahnen sind in braunes Gras hingestreckt, und das Mädchen ist fasziniert von der Geradlinigkeit, mit der sie in das Feld hinausgebaut sind, um dort einfach zu enden. Es ist, als führten sie auf etwas hin, dabei ist es nichts als eine unsauber abgebrochene Kante, mit der der Asphalt belassen worden ist. Das ist anders als der Weg, der sich immer am Berg hält und seitlich zu ihm nach oben führt.

Herbst und der Ritt auf die Wartburg fallen für Christiane zusammen. Es gibt die Krähen im Geäst, ihr raues Geschrei, den Dampf, der aus dem Fell des Tieres aufsteigt, je höher sie kommen, den Geruch nach Sattelleder, und parfümierten Taschentüchern. Der Geruch nach den Taschentüchern geht von ihren Verwandten aus, die rechts und links neben dem Esel hergehen, ihr Onkel hat sich den Zügel über das Handgelenk gehängt. Das flügelleichte Parfüm ist in der Kälte besonders intensiv, so dass es bis zum Wiedersehen im nächsten Jahr nie vollständig aus Christianes Erinnerung verschwin-

det. Nur aus den Geschenkpapieren von Tante und Onkel zu Weihnachten riecht es noch mal so. Es ist ein seltener Geruch, und deshalb hält sie es aus, dass man sie nicht allein reiten lässt, obwohl sie schon groß ist.
In Eisenach wohnen sie in einem Hospiz, in dem jedes Zimmer den Namen einer anderen Stadt hat, und man kann von Zimmer zu Zimmer reisen. Ihr Onkel wohnt in Kabul, und wenn er sich auf den Weg zu ihr nach Paris macht, braucht er nicht mal Reiseverpflegung. Ihre Mutter steckt den Kopf aus Kairo heraus, das Handtuch als Schleier fest um den Kopf gewickelt. Christiane geht über die Flure und stellt sich den Ort, an dem ihre Verwandten leben, zuerst wie dieses Hotelzimmer vor. Mit einer abgeschliffenen und weiß lackierten Holztür, und wenn sie sie öffnet, ist auf der rechten Seite eine Duschkabine und geradeaus steht das ausladende Bett. Die Verwandten sind immer schon da, bevor sie mit ihren Eltern ankommt, und fahren nie gleichzeitig mit ihnen wieder ab. Sie besitzen ein Auto, aber man kann nicht sicher sagen, ob sie es überhaupt brauchen, die meiste Zeit steht es unbenutzt im Hinterhof des Hospizes. Christiane vermutet, sie lösen sich jedes Mal nach den drei Tagen auf wie die Atemwolken der Tiere.
»Wo wohnt ihr denn eigentlich?«
Vater senkt seine Kuchengabel langsam wie einen Kopf.
»Iss erst mal den Quark auf.«
Es gibt ein Café auf der Wartburg, das voll ist und laut, und sie müssen auf einen Tisch warten. Am Eingang ist ein großes Pappschild aufgestellt, vor dem die Leute stehen bleiben, die Schultern angezogen wie ihre Mutter zu Weihnachten vor dem Altar. In der Ferne gehen Kellner mit eckigen Kaffeekannen durch den Raum. Sie sieht ihren Vater auf die Uhr sehen und wie der Onkel abwinkt und laut lacht und ihr Vater nicht mitlacht.
Während sie Löffel auf Löffel in sich hineinschiebt, ist es still am Tisch. Als der Kellner den Kaffee bringt, nimmt die Mutter sie an die Hand. Hinter ihnen schließt sie die Toilettentür.

»Du bist doch jetzt schon richtig groß. Das ist nämlich schwierig zu verstehen. Es ist etwas, was man niemandem erzählen darf. Auch nicht der besten Freundin.« Ihre Mutter dreht den Wasserhahn auf. Sie wäscht sich die Hände. Christiane hat sie bis dahin immer erst danach die Hände waschen sehen. »Und warum nicht?«
»Ich hätte Probleme auf der Arbeit. Verstehst du? Es darf niemand außerhalb der Familie wissen.«
»Was denn?«
Nürnberg kommt unter den Zimmernamen nicht vor. Dahin geht man nicht über den Flur. Sie stellt sich neben ihre Mutter und fängt auch an, sich die Hände zu waschen. Sie waschen sich eine Weile einträchtig nebeneinander die Hände.
»Sie sind heimlich hier. Verstehst du das?«
Sie nickt. Es muss etwas Ungeheuerliches sein. Vielleicht gehört es zu den Stimmen aus der Luft, mit denen ihre Mutter spricht.
»Wir können da nicht hinfahren, und du darfst auch niemandem erzählen, dass wir uns hier getroffen haben. Das muss dein Geheimnis bleiben.«
Es ist ganz klar. Das erklärt auch diesen Duft. Er ist einzigartig, weil er mit nichts vermischt worden ist.
Ihre Mutter trocknet sich die Hände an der oberen Hälfte des Frotteehandtuchs ab. Christiane schüttelt ihre Hände aus und reibt sie an den Oberschenkeln trocken, weil das Handtuch unten schon nass ist. So ist das also, wenn man erwachsen ist. Man hat ein Geheimnis, von dem niemand sonst etwas wissen darf. Das ist viel besser, als allein reiten zu dürfen. Sie hofft nur, dass die Stimmen aus der Luft auch bald mit ihr sprechen werden, damit sie das Geheimnis besser versteht. Christiane schlendert ganz unauffällig unter dem Arm ihrer Mutter hindurch aus der Toilette hinaus.
Alle ihre Worte werden zukünftig immer erst durch dieses Geheimnis hindurchgehen müssen, ausgedünnt wie Haare unter der Bürste.

ROSWITHA HARING

TANZ IN DEN MAI

Sex ist schön. Sex ist warm und riecht gut. Sex ist höflich. Man kann sehen, ob jemand Sex hat. Sex braucht lockige Haare, schlanke Hände und enge Jeans. Wer ohne Anstrengung lächelt oder sich uninteressiert verhält, bekommt Sex von ganz allein und immer wieder. Am besten für Sex ist ein Zuhause, in das man zurückkehren und sich hinsetzen kann.

Es wird Frühling. Um halb fünf ist es hell und im Park singen die Vögel. Sie singen schrill und immer gleich. Als ob sie nachts in den Vorgärten und Parks an dünnen Zwirnen angebunden worden wären. Aus ihren Kehlen strömen Temperatur, Licht, Lachen und Gespräche. Sie singen jeden Morgen so schrill, damit niemand vergisst, sich kurze Kleider und ärmellose T-Shirts anzuziehen und damit am Sonntag spazieren zu gehen, langsamer und länger als im Winter. Wer ans Fenster tritt und die Vögel verscheuchen will, sieht nur untersetzte, hektische Wesen ins Gebüsch fliehen, feige wie sie alle sind.

Ende November flogen an einem frühen Abend fortwährend Kiesel an unsere Fensterscheibe. Ich stand auf und blickte auf die Bushaltestelle rechts vorm Haus. Erleuchtet wie eine Zirkusmanege, deren Artisten längst über die Fernverkehrsstraße verschwunden sind. Fräulein Pohlitz wartet hier jeden Tag nach der siebten Stunde auf den Bus, den sie ohne zu blinzeln erkennt. Manchmal steht Frau Eschenbach mit ihrem unehelichen fünfjährigen Sohn an der Hand neben ihr. Dann sind sie beide in eine Wolke aus Staub und ge-

trocknetem, zerfallenem Vogelkot gehüllt. Der Wind holt den Dreck unermüdlich aus dem Park herüber und bläst ihn an die Mauern des Häuserrondells.
Ich löschte das Neonlicht und sah nochmals hinaus. Da stand der Mann am Zaun, frontal zu unserem Haus, befingert von den schwächsten Strahlen des Lichtkegels. Er stand ganz nah an dem schritthohen Geländer und rieb etwas auf dem rostigen Metall. Er stieß seinen Körper unaufhörlich nach vorn. Ich ging in die Küche, setzte mich an den Tisch und kehrte kurz danach an das Fenster zurück. Der Bus bog langsam um die Ecke, der Mann saß kerzengerade auf dem hintersten Platz. Der leuchtende Quader nahm ihn mit fort, hinter schwarzen kahlen spitzen Zweigen entlang, die sein Tun die ganze Zeit wie ein Seismograph registriert hatten.

Morgens halb fünf gehe ich nicht durch den Park. Auch nicht im Frühling. Um fünf muss ich an der Maschine sitzen und, unterbrochen von zwei Pausen, bis halb drei dort bleiben. Ich muss fünfundneunzig Prozent schaffen. Das ist die Norm im zweiten Lehrjahr. Um halb fünf riecht man den Frühling schon, vor allem hört man ihn so nah am Park. Die Vögel versprühen ihr Geschrei wie aus einem Zerstäuber, ich halte mich nah an der gegenüberliegenden Häuserreihe, und in der Salomonstraße bleibe ich in der Mitte, genau zwischen den Vorgärten, Erkern und Balkonen. Die Vögel hetzen durch die Baumkronen und Sträucher, bemerken mich nur flüchtig, wenn sie mit ihren Flügeln an der Fassade entlangschleifen und sie zu Sand mahlen. Sand, der sich über die Stadt verteilt und müde macht vor jedem Aufstehen und Losgehen. Von den Häusern sind klapprige Gestelle übrig geblieben. Wände, Fenster und Simse zu Fratzen entstellt. Der Eckturm einer Villa hängt schief wie der Dutt einer Alten, ein Dach sackt nach innen als sei es die eingefallene Stirn eines Idioten, im verwitterten Fensterholz zittert das Spiegelbild, aus den Regenrinnen schießt Blut. Die Gullys sind verstopft, die Sträucher vertrocknen in festgetretener Erde.

Wo keine Vögel sind, ist Stille, verleimte Luft, wie im Landeskronenweg. Straßenbahnschienen gleiten ohne Halt und Zielangabe durch das blinde Spalier der Geschäfte. Ich biege in die Niskygasse, der Strom der Frauen schluckt mich und schiebt mich zum Betriebstor. Sie ziehen den Geruch von Bratensoße und Schnitzel hinter sich her. Parfüm verklebt ihre Poren, bis ihr Atem nach Stockflecken riecht. Der Pulk schlittert über öliges Kopfsteinpflaster, drei Etagen hinauf, vorbei an der braunen Soße auf den Schwimmbadkacheln im Treppenhaus, hinein in den Geruch erkalteter Zigarettenasche im Umkleideraum. Die Frauen hüllen sich in ihre Schürzen und flüchten an das Band. Hundert Maschinen werden gestartet und zehnmal so viele Neonlampen an der Decke. Um fünf Uhr muss jede den ersten Stich nähen. Der Lärm übertrifft Vögel, Bilder, Gerüche, Erinnerungen und Stimmen. Wie Musik in der Disco, die ihren Rhythmus in die Körper impft, als ob sie Sauerstoff spende.

Wir zogen an einem Freitag in das Zimmer, Sandra, Evelyn, Lucie und ich. Ein Zimmer mit Küche zur Untermiete in einer Wohnung mit Korridor so lang wie ein unterirdischer Kellergang. Am Sonntag standen wir am Fenster und sahen auf den Park. Sandra sagte, los, wir legen uns in die Sonne. Wir gingen den Hügel hinauf und langsam senkte sich ein großer runder Fleck mit gelben und blauen Stiefmütterchen herab. Er lag da wie der verloren gegangene Schmuck einer alten Frau, schwer, muffig und angeschlagen. Nach einer knappen halben Stunde saß meine Hose wie eine Heizdecke auf meinen Beinen. Es wehte ein leiser, sich kräuselnder Wind. Die Bikinidreiecke der Mädchen dümpelten wie erschöpfte umgefallene Segel auf ihrer weißen Haut.
Ein Mann kam auf die Wiese zu und blieb neben dem Schild, für Hunde verboten, stehen. Er hatte die Statur des Räuchermännchens auf der Vitrine meiner Mutter und hielt wie dieses seinen Stock auf uns gerichtet. Das Räuchermännchen stand vom Weihnachtsmorgen an auf dem Möbel-

stück, starrte mit offenem Mund auf die gegenüberliegende Wand und zeigte mit dem Draht auf uns herab. In seiner Kehle schwelte erkalteter Räucherkerzenqualm. Meine Mutter bekam Kopfschmerzen von dem Geruch, und die Figur verschwand im Februar, ohne benutzt worden zu sein. Der Arm und der Stock des alten Mannes begannen zu zittern. Bald würden kleine alte Männer mit Stöckchen aus den Ärmeln und Hosenbeinen herausfallen, sich über den Park verteilen, an den Stiefmütterchen fressen und tot umfallen. Ich wollte warten und zusehen was geschieht, aber die Mädchen zogen sich an und verließen schimpfend die Wiese.

Sandra, Evelyn und Lucie gingen ins Schwimmbad. Ich wusch mich in der Küche mit Waschlappen, Seife und kaltem Wasser. So sehr ich rieb, mein Körper gab den Schweiß nicht her. Der Geruch sickerte zäh durch eine Gaze, quetschte sich aus dem Fleisch und den Falten. Ich legte mich aufs Bett und las. Noch zweiundfünfzig Seiten bis zum Ende des Buches. Sandra, Evelyn und Lucie lagen auf der Wiese am Wasser. Ihr Körper produzierte einen dünnen warmen Film, der in winzigen Tropfen an ihrer Haut abperlte. Sie rochen nach Sonne, kleinen Mühen, Fröhlichkeit und Ruhe. Wenn Mädchen wie Sandra, Evelyn und Lucie nur ein bisschen schwitzen, waschen sie sich, sorgfältig, ihre Haut nimmt den Duft der Seife auf und behält ihn bis in die Nacht hinein. Jungs, die sie nach der Disco nach Hause bringen, sagen, du riechst gut, und sie küssen sich an der Haustür. Die Jungs kommen am nächsten Tag wieder und riechen wieder die frische Haut und das weiche Haar.

Um halb neun standen alle drei lachend in der Tür und sagten, dass sie seit zwei Stunden bei Uwe und Ralf im Souterrain wären. Sie kicherten, hechelten und fragten, ob ich mit hinunterkäme. Ich lag auf dem Bett und hatte nur noch achtzehn Seiten zu lesen. Obwohl sie betrunken waren, mussten sie den Schweiß riechen und sich erinnern, wie dick ich war, und Jungs sich für Kilo nicht interessierten. Sie wollten einfach nur sehen, wie jemand den Sonntag lesend auf dem Bett verbringt.

Im Winter roch es manchmal säuerlich im Wohnzimmer meiner Eltern. Mein Vater lag schnarchend auf dem Sofa, sein Bauch hob und senkte sich. Grau gemusterte, schräg aneinander lehnende Füße staken in die Luft. Ich wollte das Fenster öffnen, schleuderte mit dem Stab die Gardine zurück und drehte den Fensterknauf. Mein Vater schimpfte laut, es würde zu kalt, wofür er die Kohlen heraufhole, und meine Mutter rief aus der Küche, sie habe am Morgen bereits gelüftet. Ich ging in mein Zimmer und legte mich aufs Bett. Wenn die Wohnung meiner Eltern eine Badewanne gehabt hätte, wären die Sonntage bei uns anders gewesen. Jeder Tag wäre es gewesen. Mein Vater hätte unter der Dusche gesungen, meine Mutter hätte weiße Fliesen an den Wänden gehabt, und wir hätten vielleicht ab und zu zusammen Abendbrot gegessen. Aber in unserem Viertel gab es nirgends Wohnungen mit Bad oder Dusche. Die Leute blieben sonntags zu Hause und öffneten im Sommer ihre Fenster. Man hörte den Fernseher, das röchelnde Husten der Großmutter und Deckel, die auf Töpfe krachten, wenn die Mütter mit den Söhnen und Töchtern schimpften, weil sie erst zum Mittagessen aufstanden.

Die Mädchen kamen spät nach Hause. Evelyn und Lucie kicherten. Kichernd zerlegten sie den Abend in wirre, abgebrochene Sätze. Sandra meinte, Uwe sei doch nett, woraufhin die beiden laut lachten und sich stritten, wer von den Jungs die bessere Figur habe. Am nächsten Tag, Sandra und ich kamen aus der Schule, trafen wir Uwe im Treppenhaus. Er stand da in Jeans, Jeansjacke und rotblau kariertem Hemd. Er hielt eine Hand auf dem Treppengeländer, strich sich mit der anderen die blonden Haare aus der Stirn und fragte Sandra, wie sie geschlafen habe. Gut, sagte sie, und du? Auch gut, sagte er und blieb ohne etwas Weiteres zu sagen neben dem Treppengeländer stehen. Ich muss jetzt Hausaufgaben machen, sagte Sandra, verabschiedete sich und ging vor mir die Stufen zum Hochparterre hinauf. Sie machte über eine Stunde Chemieaufgaben und ging dann einkaufen. Um fünf klingelte es. Kaum hatte ich die Tür geöffnet, fragte Uwe nach Sandra. Er blickte auf meine Schuhe, nuschelte, danke, und ging. Als Sandra gegen sechs Uhr zurückgekommen war, klingelte es wieder und sie ging zur Tür. Sie verabredeten sich für den Abend ins Kino, am Donnerstag wieder und am Samstag holte er sie zur Disco ab. Ich war an dem Abend allein in der Wohnung, am Sonntagmorgen war Sandras Bett unberührt. Sie kam gegen Mittag und sagte, dass die Jungs sich eine Dusche eingebaut hätten. Seit diesem Wochenende, seit einem halben Jahr, hat Sandra einen Freund und duscht jeden Samstag und Sonntag in seiner Wohnung.

Uwe sieht Sandra bestimmt zu, wenn sie sich duscht, aus- und anzieht. Sie streift die Kniestrümpfe oder den Schlüpfer ab und am Bauch und an den Waden bleiben keine rötlichen Streifen zurück. Auch bei Evelyn und Lucie nicht, nichts wird eingequetscht oder abgeschnürt. Ich fürchtete, schon Narben an diesen Stellen zu haben, aber jeden Morgen ist meine Haut wieder glatt, und außerdem könnte ich meiner Mutter nie erklären, dass ich Geld für neue Sachen brauche, weil die alten zu eng geworden sind. Ich weiß nicht, wie meine Frage lauten sollte, und mir fällt keine Antwort für meine Mutter ein. Sie müsste sagen, ach, hast du zugenommen, schmeckt das Essen so gut, aber tut mir Leid, wir haben kein Geld? Das klingt gestelzt, so spricht niemand bei uns. Die Sätze meiner Mutter sind eindeutige, kurze Nein, die, als sie sich durchsetzten, von ständigem Hinundherrennen auf dem Korridor begleitet wurden, von den Entbehrungsgeschichten ihrer Kindheit, von ihren Kniestrümpfen, Mittagessen und Geschenken, die nie neue Kniestrümpfe, nie genug Mittagessen und nie wirkliche Geschenke waren. Es war, als ob ein riesiges schweres Tuch über unseren Kor-

ridor und bis in die Zimmer hinein wehte. Der Wind blähte es so stark, dass es an Schläfen und Ohren schlug. Die heutigen Nein dagegen sind still und klar, wie Blitzlichter in dunkler Nacht.
Die Mädchen bekommen ab und zu neue Sachen. Manchmal ohne Grund, lange vor Weihnachten oder ihrem Geburtstag. Sie haben Geld von der Großmutter, weil die Hälfte der Lehrzeit vorbei ist, oder von einer Tante, weil sie bei ihr einen Nachmittag lang zu Besuch waren. Mit solchem Geld kaufte sich Sandra kürzlich eine neue Bluse. Jeden Tag dachte ich, heute zieht sie sie an, aber Sandra wartete, bis sie mit Uwe in die Disco ging. Auch Schokolade kann sie liegen lassen, ohne sie täglich in die Hand zu nehmen und dann doch nicht aufzureißen. Einmal öffnete ich eine Tafel Nougat, die sie vor über einer Woche in den Kühlschrank gelegt hatte. Als ich das Papier und die Alufolie vorsichtig löste, dachte ich an Lucie, die einmal Sandras frische Blutwurst angeschnitten hatte. Sandra sagte nur trocken zu ihr, frag mich vorher. Ihre Eltern schlachten jeden Herbst und wecken die Blut- und Leberwurst in Gläser ein. Die Masse sieht wie gerührte tote Mäuse aus, und nur weil ich weiß, wie diese Wurst schmeckt, kann ich das Bild vergessen. Wenn ich etwas Frisches oder Süßes habe, eine Packung Kekse zum Beispiel oder Kuchen, denke ich sofort an die Wärme in meinem Bauch, an die Schokolade, die Streusel, die Pflaumen und den Teig, wie sich alles zu einem süßen Brei vermengt und unaufhörlich in meinen Körper fließt. Die weiche Masse ist wie ein Bett, wie ein großes helles Sofa, und ich kaue vorsichtig, damit das Bild nicht zerstört wird. Erst wenn alles bitter nach Backpulver schmeckt, wenn ich trotz Milch kaum noch schlucken kann, denke ich an Aufhören. Aber dann ist die Packung Kekse bald leer und der Kuchen aufgegessen. Ich lecke die Krümel mit nassen Fingern vom Tisch, ich habe alles geschafft, ich habe nichts zurückgelassen. Die Süße hat sich in meinem ganzen Körper verteilt, und wenn sie schwindet, kaufe ich mir die nächste Süßigkeit. Ein

einziges Mal bekam ich Krämpfe. Mein Magen und mein Darm wurden ausgewrungen, wie der nasse Scheuerlappen in den nackten Händen meiner Mutter. Ich wollte nie wieder Süßes essen. Als ich am Abend aufstehen konnte, fragte meine Mutter, ob ich eine Schnitte zum Abendbrot möchte. Seitdem hatte ich nie wieder Krämpfe.

Vor einer Woche kaufte mir meine Schwester Jeans. Gestern Abend hatte ich sie zum ersten Mal an. Darüber trug ich das weite, gestreifte Hemd meines Vaters, das ich ganz hinten im Schrank meiner Eltern entdeckt hatte. Am Stoffbruch war es schon gelb geworden. Das Muster, gebündelte dünne hellblaue und hellbraune Streifen, ist so zart, als würde es bald freiwillig in das gedeckte Weiß des Hintergrundes übergehen. Ich würde das Hemd jeden Tag und jede Nacht tragen, wenn es nicht schon dreißig Jahre alt wäre und ich den Tag, an dem es kaputtgeht, so weit wie möglich hinauszögern möchte. Die Jeans hatte ich über zehn Zentimeter kürzen müssen und den Saum mit orangem Faden gesteppt. Sandras Jeans sind mit blauem Faden umgenäht, und wenn sie die Hose anzieht, ärgert sie sich über die Farbe. Es ist nicht mehr die Originalfarbe, schimpft sie, jeder würde das sehen. Ich habe sie gefragt, wieso sie blauen Faden verwendet hat. Sie hat mich angesehen und gesagt, sie sei aus der Schule gekommen und da habe die gekürzte Hose bereits auf Bruchfalte über der Stuhllehne gehangen. Wie immer. Ihre Mutter könne zwar nähen, hätte aber keine Ahnung von richtigen Jeans. Ich stellte mir vor, wie meine Mutter, nachdem ich die Tür schließe und in die Schule gehe, in die Küche zurückkehrt, vielleicht abwäscht und ihr einfällt, meine neuen Jeans zu kürzen. Ich komme nach Hause, wir essen, und die Hose hängt fertig auf dem Stuhl. Ich umarme meine Mutter und sie sagt, wenn du zu Ines gehst, kannst du sie gleich anziehen. Bei diesem Bild wurde meine Mutter eine andere Frau. Sie wurde jünger, schlanker, gesprächiger, bewegte sich leichter, tanzte manchmal sogar und trug eine helle

Schürze, die sie ablegte, wenn sie sich mit mir an den Tisch setzte. Ich zog die Jeans an, sie rutschte wie Seide über meine Beine, saß maßgeschneidert auf meinem Po. Die Frau wurde immer euphorischer über die gut sitzende Hose, sie wurde noch jünger, ihre Haare wuchsen, ihre Haut straffte sich und ihr Kleid schnürte sich um ihre Taille. Sie lachte. Sie trug das Geschirr in die Küche, rannte damit über den Korridor, lachte und musste innehalten, weil sie vor so viel Lachen kaum noch Luft bekam. Die Person war schon fast so alt wie ich, höchstens zwei, drei Jahre älter, lag auf der Erde und wand sich vor Lachkrämpfen.

Ich war weit von Zuhause fort. Ich besaß echte Jeans und unter dem weiten Hemd konnte niemand sehen, wie tief sie mir am Bund und vor allem im Schritt ins Fleisch schnitten. Möglich war, dass Mädchen, die schon mehrere Jeans besessen hatten, die Enge nicht mehr bemerkten, ihre Hände darum tief in den Taschen vergraben konnten und ganz locker damit liefen, ohne nach unten zu sehen oder auf Dreckspritzer zu achten. Lucie zum Beispiel wirft ihre Jeans abends auf den Stuhl, als könne sie das Ziel keinesfalls verfehlen. Nachts rutschen sie manchmal auf die Dielen, in eine unbequeme, dreckige Lage, als wollten sie Lucie an ein Vergehen, eine Unachtsamkeit erinnern. Wenn sie morgens aufsteht, bemerkt sie die Veränderung nicht einmal.

Wir kamen gestern Abend gegen sechs Uhr zum Turm und stellten uns in die Schlange auf der Treppe. Die Treppe fällt wie ein abgerutschtes Geschenkband von der Eingangstür in Höhe der ersten Etage zur Erde hinunter. Es begann zu nieseln. Das Mädchen vor mir spannte einen Schirm über ihren schwarzen Locken auf, die Tropfen rollten schwer wie Öl von dem gespannten Stoff und fielen auf meinen Kopf. Gegen halb acht bekamen wir unsere Karten und stiegen die enge Wendeltreppe hinauf. Wir kauften zwei Cola und setzten uns nebeneinander an einen Tisch. Wir rauchten. Sandra goss Cola in ihr Glas, die Flasche klebte an der Tischdecke,

zog sie wie ein Zirkuszelt hoch und hinterließ einen braunen Ring auf dem grün-gelben Muster. Hellgraue Aschekrümel segelten herab. Der Junge hinter dem Mischpult stellte die Musikanlage ein. Titel liefen viel zu schnell oder brachen nach den ersten Takten ab. Wir unterhielten uns über Evelyn und Lucie. Solange ich hinter einem Tisch saß, konnte niemand meine Jeans, sondern nur das Hemd meines Vaters sehen. Nach einer Stunde begannen wir zu tanzen. Fast alle Mädchen kamen auf die lichtflackernde Tanzfläche, auch ein Junge mit einer langhaarigen Brünetten. Er ruderte mit den Armen, sprang in die Luft, fasste das Mädchen um die Taille, küsste sie und drehte sie so energisch herum, dass ihr die Haare vom Kopf standen. Ich bekam einen Stoß in den Rücken und flog nach vorn, Sandra in die Arme. Als ich mein Gleichgewicht wieder hatte, drehte ich mich um und konnte gerade der nächsten Bewegung des Jungen ausweichen. Im Dämmerlicht des Korridors hatten mich auch die ersten Ohrfeigen meiner Mutter erwischt. Wie große platte Schaufeln waren sie an meine Wange geklatscht. Meine Mutter verbat mir zu heulen und der Knall vibrierte in meinem Körper. Später kannte ich ihre Methode, sie rennt durch die Wohnung, schimpft fortwährend und in einem unerwarteten Moment platziert sie die Ohrfeige. Ich japse nach Luft, will sprechen, fragen, zurück zu ihr, aber sie ist unerreichbar, unsichtbar.
Nach einer Stunde kam Sandras Freund. Er setzte sich mit einem Glas Bier an die Stirnseite. Seine Unterarme lagen auf dem Tisch, er sah nach vorn, hob das Glas und trank einen großen Schluck. Er sagte, den ganzen Nachmittag habe er für die Prüfung gelernt, und sah in Sandras Augen, als ob darin alle Lösungswege geschrieben stünden. Sandra sagte, er habe viel zu spät damit angefangen, so oft wie er geschwänzt habe, könne er die Lücken nie aufholen. Uwe schwieg und trank nach einer langen Pause weiter. Er tat mir Leid. Ich erinnerte mich an meine Prüfungsangst in der zehnten Klasse, ich saß stundenlang vor den Büchern und

Heftern, die Buchstaben verschwammen ineinander, die Seiten wurden immer schwerer und ließen sich kaum noch umblättern. Ich dachte, vielleicht platzt Sandras Freund der Kragen und er schreit, er habe genug um die Ohren, seine Kommilitonen verstünden ihn besser, wendet sich ab und blickt unverhofft zu mir. Er nimmt meine Hand, wir stehen auf und gehen hinunter. Auf dem Elisabethmarkt sagt er meinen Namen und weiß nicht mehr, weshalb er mich nicht schon früher angesprochen hat. Wir lachen und die Leute drehen sich nach uns um, Uwe nimmt mich in seine Arme und wir gehen lachend nach Hause, und dann gibt es eine Lücke. Eine lange, tiefe, stumme Lücke, nicht einmal schwarz, sondern einfach nur Nichts. Für den nächsten Morgen sind die Bilder wieder da. Ich wache in meinem Bett auf, ich will duschen, gehe mit dem Handtuch über dem Arm den langen Flur zur Wohnungstür, das Holz der Dielen knarzt, ich steige die Treppe hinab zu Uwes Wohnung. Dort begegnet mir ein Kommilitone. Er kichert in sein Handtuch und verschwindet im Zimmer. Sie kommt zum Duschen, sagt er, und alle im Zimmer lachen.
Sandras Freund hielt die Hand seiner Freundin und streichelte mit dem Daumen ihren Handrücken. Er ließ los und fragte, ob sie ein Bier wolle. Sandra sagte, ein kleines, und mir zugewandt fragte er, du auch? Ich schüttelte mit dem Kopf. Jetzt ist er enttäuscht, dachte ich, denn er ging, ohne mich zu überreden oder nach einem anderen Wunsch zu fragen, an die Theke. Mein Traum vom gemeinsamen Nachhauseweg löste sich wie in einer Zentrifuge auf. In kleinste Stücke aufgeteilt, schoss er in alle Richtungen und ließ mich schwerer lastend auf dem Boden des Turmes zurück. Sandra sagte, komm, wir tanzen. Nach zwei Titeln kam ihr Freund mit drei anderen von der Theke zurück. Sie trugen alle Jeans, Jeansjacke und ein kariertes Hemd. Sie lehnten sich mit einem Halbliterglas Bier an die Wand und sahen den Tanzenden zu. Ich tanzte mit dem Rücken zu ihnen. Meine Gelenke knickten ein und ich dachte an die Pirouetten, die ich

als Kind mit Rollschuhen gedreht hatte. Zu den schweren klobigen Schuhen trug ich ein kariertes Kleid, das unter den Armen löchrig war und dessen weiter, angeriehener Rock waagerecht um meine Taille stand, wenn ich einen Patzer mit einer schnellen Drehung auffing. Ich kann mich an keinen Sturz mit den Rollschuhen erinnern, jeden Fehler korrigierte ich auf diese Weise. Die Mädchen auf dem Hof blieben stehen und applaudierten, sie sagten, wie machst du das nur, und probierten es auch. Es gelang ihnen nie, und ich wusste, dass mich nur der schwingende Rock über die Fehler hinwegtrug. Ich versuchte diese Drehungen auch im normalen Lauf, aber sie wirkten gestelzt.

Ich tanzte. Das Schwingen meiner Hüften hielt mich im Gleichgewicht. Vorsichtig, in den Augenwinkeln, beobachtete ich für einen Moment die Jungs. Sie standen an der Wand. Sandra winkte ihren Freund auf die Tanzfläche, er hob erklärend sein Bierglas in die Höhe. Ich drehte mich einmal schnell um meine eigene Achse und sah, wie der rechts neben ihm stehende Junge sein Glas an die Lippen hob. Er reckte seinen Kopf nach hinten und musste mich unweigerlich sehen. Meine engen, neuen Jeans, mein gestreiftes Hemd, wie ich tanzte. Ich drehte mich nur halb und behielt ihn im Blick. Der Junge trank und sah direkt in meine Richtung. Ich lächelte Sandra an. Sie war so mit ihren Bewegungen beschäftigt, dass sie mich nicht beachtete. Ich drehte meinen Kopf beiläufig zu dem Jungen, nahm das Lächeln mit, aber ließ meine Augen ziellos, als irrten sie wie die Musik von Wand zu Wand. Der Junge würde neugierig werden. Ich hatte Lucie einmal beobachtet, wie sie getanzt hatte, gelächelt, mit Evelyn gesprochen, und dann kam ein Junge und wollte etwas abhaben von dem Lächeln. Sie wies ihn schroff zurück, wandte sich wieder Evelyn zu und regte sich über seine Zudringlichkeit auf. Vielleicht waren alle Jungs schon zu verwirrt von solchem Verhalten, ich musste ihm signalisieren, dass ich mich anders verhalten, ihn nicht vor den Kopf stoßen würde. Da brach die Musik ab, und Sandra zog mich zum Tisch. Willst du nicht zu Uwe gehen, fragte ich. Sie hole ihn nicht von seinen Kumpels weg, meinte sie, und wir setzten uns und nippten an unserer Cola. Wie hoch ist der Turm eigentlich, fragte ich, und Sandra sagte, keine Ahnung, ist doch egal, und sie nahm eine Zigarette aus der Schachtel und zündete sie an. Die Zigarette war zur Hälfte geraucht, als ihr Freund an den Tisch trat, sein Bier abstellte, sich wie ein Affe mit den Händen auf der Platte abstützte und, tief zu ihrem Gesicht gebeugt, sagte, tanzt du? Sandra stand auf und zog den Pulli über ihren Hüften straff. Ich ging aufs Klo und dachte, dass die beiden bestimmt zusammen tanzen würden, obwohl das Lied viel zu schnell dafür war. In dem kleinen Raum klang die Musik aufdringlich, als ob sie sich in das Mädchenklo verirrt hätte und durch ein Missgeschick immer wieder eingesperrt würde. Die Fenster waren vernagelt. Wenn ein Mädchen hereinkam, wurde noch ein Schub Musik hineingestoßen. Die Sprünge und unauslöschlichen Flecken an den Spiegeln, Fliesen und Becken waren sicherlich von der Musik verursacht. Die Musik aus der Jugendzeit meiner Eltern hätte niemals solchen Schaden anrichten können. Nur Geigenmelodien und fröhliche Duette, keine Schlagzeuge, keine Gitarrensoli und kreischende Stimmen, die Tänzer zwangen, auseinander zu tanzen. Wenn mein Vater und meine Mutter im bunten Kleid und schwarzen Anzug tanzen gingen, brachten sie niemals länger als nötig auf dem Klo, an der Theke oder der Garderobe zu. Sie unterhielten sich mit der Freundin oder einem Kollegen, forderten jemanden zum Tanzen auf oder wurden gebeten, und dann lernten sie sich kennen und verabredeten sich für den nächsten Sonntag und wieder für den nächsten und den übernächsten ebenfalls. Bis man in einer gemeinsamen Wohnung saß, die bald zu eng wurde, weil ein Kind mehr kam als geplant, und dann ging man schon lange nicht mehr tanzen, sondern brachte länger als nötig im Keller oder in der Küche zu und redete nicht mehr so viel miteinander, weil es ringsum viel zu laut war. Stimmen rasten umher,

Stimmen, die von anders vorgestellter Zukunft flüsterten. Die Flüsterstimme wurde mit den Jahren immer lauter, und man hörte die Geräusche der Gegenwart nicht mehr so genau und man sah auch nicht mehr so genau hin, weil sowieso alles lief, wie man es nicht gewünscht hatte. Dann schlug man die Tür hinter sich zu, und dabei rieselte der Putz mit der Zeit aus dem Rahmen und das Haus wurde langsam zu dem, was es am Anfang einmal war, eine Baustelle, an der inzwischen jedoch niemand mehr baute. Die Sand- und Mörtelberge wurden immer höher und begruben mit den Jahren die Bewohner des Hauses, und langsam wurde es wieder still in dem Haus, und die noch übrig waren, konnten ihren Träumen nachhängen.

Am Tisch saßen Sandra, ihr Freund und zwei von seinen Kumpels, mit denen er an der Wand gestanden hatte. Ich ging auf den Tisch zu und dachte an meine Jeans, die mich statt meiner Beine trugen. Ich setzte mich Sandra gegenüber, zwischen Uwe und den Jungen, der mir während des Tanzes zugesehen hatte. Sie sprachen über den Titel einer Schallplatte von Jethro Tull, stritten über das Erscheinungsjahr und dass sie am Montag Dietmar fragen würden, der die Schallplatte besitze. Sie sprachen immer weiter über Musik und sahen dabei weder Sandra noch mich an. Kann ich eine Zigarette von dir haben, fragte mich Sandra, und ich zog die Packung aus meiner Hosentasche. Hoffentlich fiel niemandem an der breit gequetschten Schachtel auf, wie eng die Hose saß. Ich bot die Zigaretten reihum an, der Junge neben mir nahm eine. Er zog ein Streichholz an, gab zuerst mir, dann Sandra und sich selbst Feuer. Danke, sagte ich deutlich. Sandra und ihr Freund hatten sich manchmal über den Jungen unterhalten, er habe noch nie eine Freundin gehabt, sei kein einziges Mal mit einem Mädchen gesehen worden. Im Schein des Streichholzes sah ich seine Narben, als ob ein Wagen mit scharfen Eisenrädern kreuz und quer über seine Wangen gefahren sei. Seine Haut an den Händen war dick wie Leder, er konnte die Zigarette zwischen den Fingern nicht spüren. Dasselbe Laster, sagte er zu mir und lächelte. Hinter seinen Lippen kamen große knochenfarbige Zähne zum Vorschein. Ja, sagte ich und fragte, wie viel er am Tag rauche. So ein bis eineinhalb Schachteln. Mann, so viel, das könnte ich nicht. Jemand am Tisch machte eine Bemerkung über die Musik, die Jungs lachten, wiederholten den Satz und lachten immer wieder darüber. Ich sah an Sandras Gesicht, dass sie ebenfalls nichts verstanden hatte. Sie zeigte auf den Jungen neben mir und sagte ihm, er solle mit mir tanzen, dann nahm sie ihren Freund am Arm und sagte, und du mit mir. Uwe simulierte Widerstand, ich blickte auf meine Jeans. Die Musik war schnell, wie die ersten Meter nach der Startlinie. Ich spürte meine eingeklemmten Oberschenkel, sah am Hemd meines Vaters herunter und dachte an lange Haare, die lockig über Schultern streichelten. Ich spreizte meine Hände, manchmal schnippte ich mit Daumen und Mittelfinger zur Musik. Ich wiegte meine Schultern wie Segel, ließ mich von einem Takt treiben oder stellte mich ihm plötzlich entgegen und wich ihm im nächsten Moment aus. Der karierte Rock drehte sich in der Horizontalen. Der nächste Titel war langsam. Sandra und ihr Freund umarmten sich sofort, der Junge kam zu mir, ohne mich dabei anzusehen und legte seine Hände auf meine Taille. Er schob mich durch die Melodie. Er drängte seinen Körper an meinen, ich spürte seine Oberschenkel, seine Hände, sein Becken. Das Deckenlicht wurde ausgeschaltet. Ob ich gleich nach Hause gehen müsse, fragte er. Ich musste nie gleich nach Hause, aber vielleicht fragte man das so, vielleicht war es ein Code. Antwortete ich etwas Falsches, würde ich alles verpatzen. Ich sagte, ich muss gar nichts, außerdem ist heute Samstag. Er legte seine Arme noch fester um meine Taille. Ich war froh, dass es fast dunkel war, Sandra konnte das nicht sehen. Als ich sie bei der nächsten Drehung suchte, ging sie mit ihrem Freund gerade die Treppe hinunter. Ich war allein mit dem Jungen auf der Tanzfläche. Er schob seinen Mund an mein Ohr und sagte, dass er die Schlüssel hätte, und er bewegte seine Hände zum Po hinab. Ich lockerte seinen Griff, und er sagte, he!, gefällt es dir nicht? Doch, sagte ich, obwohl ich mir nicht sicher war, ob alles richtig verlief, ob so etwas immer unerwartet käme, ohne den Namen des anderen zu wissen, ohne ein paar Worte miteinander gewechselt zu haben. Der Junge schob seine Zunge tief in meinen Mund hinein, bewegte sie in jeden Winkel. Ich habe schon geküsst, aber nicht so stark, nicht so drängend. Wenn der Junge sich allerdings schon lange gewünscht hatte, mit mir zu tanzen, und sich bisher nicht getraut hatte, war er froh, dass wir durch Sandras Aufforderung endlich zusammen sein konnten. Er sog mir fast die Luft aus dem Mund, meine Lippen schmerzten, er küsste meinen Hals und griff mit einer Hand unter mein Hemd, strich über meinen Bauch und über meine Brust. Ich dachte, jetzt streicht er über die Falten und Wölbungen und wird sofort innehalten und sagen, mein Gott, so viel Fett, aber er sagte nichts, sondern machte weiter. Ich wollte fragen, bin ich dir nicht zu dick?, aber damit hätte ich ihn vielleicht auf etwas aufmerksam gemacht, was er gar nicht bemerkte, und so streichelte er weiter und bog mich nach hinten, und ich dachte an die Sportübung, Brücke aus dem Stand, und ich dachte, wir könnten gemeinsam probieren, ob wir diese Übung noch können, und dabei feststellen, wie leicht man verlernt, was man in der Kindheit spielend beherrschte, doch der Junge wurde fahrig, wollte mein Unterhemd aus der Hose ziehen, aber die Hose saß zu fest, und ich sagte, wollen wir hier bleiben?, und er zog mich in eine Ecke, und ich hörte jemanden von der Tür aus rufen, Geerd, schließt du ab?, der Junge hieß Geerd, und er rief laut, ja, wie immer, und er zog mich auf seinen Schoß, zog den Reißverschluss meiner Hose auf und schob seine Hand unter mein Hemd und zum Busen hinauf. Er bewegte seine Hand im Kreis um meinen rechten Busen und küsste mich dabei. Ich schob ihn fort und sagte, ich habe einen solchen trockenen Mund, und er stand auf und sagte, wenn wir bis zur Theke gehen, können wir gleich ganz gehen. Jetzt hast du alles vermasselt, dachte ich. Man spricht nichts, man bekommt keinen Durst beim Küssen, und ich wusste nicht, ob ich mich anziehen sollte und wir nach Hause gingen oder nur, um eine Cola aus dem Kasten zu holen. Ich blieb stehen, Geerd ging an die Theke und rief, wir können noch ein Stück zusammen gehen, du wohnst doch an der Neiße. Ich stopfte mein Unterhemd in die Hose und dachte, er hat sich erkundigt. Er will sich mit mir verabreden, sagt es nur nicht deutlich, und überlegte, morgen Vormittag die Hausaufgaben schnell machen zu müssen, damit ich am Nachmittag Zeit hätte. Oder sollte ich sagen, morgen passt es schlecht, ich habe noch zu tun? Oder wäre es besser, sofort zuzustimmen und vorzuschlagen, zu der Eisdiele auf der Landeskrone zu fahren? Als ich an der Theke stand, machte Geerd eine Cola und für sich ein Bier auf. Er sagte, die fünfzig Pfennig musst du noch hinlegen, ich mache schon mal das Licht aus, und ich suchte nach einem Fünfzigpfennigstück. Ich hatte nur ein Zweimarkstück, zu viel für eine Cola, und Geerd meinte, okay, bezahle ich diesmal. Er hatte einen Schlüsselbund in der Hand, winkte damit und sagte, komm. Ich stellte die angetrunkene Flasche auf die Theke. Wir gingen über den Elisabethmarkt, schnell, wie kurz vor einem Gewitter. Sandra und ihr Freund schlenderten nach ihrem ersten Samstag in der Disco bestimmt Hand in Hand nach Hause. Aber für Geerd ist das alles vielleicht viel zu spät in der Nacht und er verabschiedet sich an der Jakob-Böhme-Straße oder er möchte bald wieder mit mir alleine sein und beeilt sich deshalb. Ich konnte kaum Schritt halten und sah mich allein im Zimmer sitzen und nach Luft ringen. An der Ecke Türmergasse, Jakob-Böhme-Straße ging Geerd ohne ein Wort zu sagen in meine Richtung. Als der Park zu sehen war, sagte er, du wohnst doch bei Uwe, und es war das erste Mal, dass ich einen Namen von ihm hörte, und ich sagte ja, obwohl ich nicht bei Uwe, sondern nur im selben Haus wohnte. Er muss nach mir gefragt haben, wenn er weiß, wo ich wohne, dachte ich, und

Geerd lief, seine Schritte klopften Morsezeichen knapp vor mir auf den Asphalt. Wenn er jetzt abbiegt, verschnaufe ich. Geerd sagte, ich bring dich, und warf seine Zigarette in einen Vorgarten. Sie prallte an eine Zaunlatte, fiel zu Boden und blieb glimmend liegen. Er lenkte mich in den Park hinein, umarmte meine Taille, und ich dachte, das ist der kürzere Weg, und er wird müde sein und bald ins Bett wollen, und zu zweit ist ein Park sicher wie eine Einkaufsstraße um vier Uhr. Als wir die große Wiese passierten und ich das Licht der Bushaltestelle sah, blieb er stehen, umfasste mich mit beiden Armen, küsste mich wieder wie im Turm, mit seinen Zähnen und seinen Lippen und der Zunge, und ich wollte keine Fehler mehr machen und öffnete meinen Mund ganz weit. Ich spürte Geerds Muskeln, er dirigierte mich rückwärts durch den Park und hielt mich fest, bis ich an einen Baum stieß und er seine Hand schnell unter das Hemd meines Vaters zum Busen hinauf führte. Geerd zog wieder mein Unterhemd heraus, presste seinen Körper eng an meinen, dass zwischen Busen und Brust gerade noch Platz für seine Hand war. Sein Becken drückte er so eng an meines, als ob er bedrängt würde und nur nach vorn flüchten könnte. Ich lehnte an dem Baumstamm und konnte nicht ausweichen. Ich wollte nicht ausweichen. Geerd verhielt sich nicht wie Sandras Freund, nicht zaghaft fragend, nicht mit den Augen nur nach unten blickend. Geerd war interessiert, er war bestimmt interessiert, denn er umarmte mich wie jemand, den man auf keinen Fall verlieren möchte, und ich küsste ihn, obwohl ich keinen Platz mehr in meinem Mund hatte und ich hob meinen Oberkörper noch etwas an, denn Geerd streichelte meine Brustwarzen, die faltig und rot seitlich von meinem Busen abstanden. Er drückte sein Becken so fest an meinen Körper, dass ich seinen Penis spürte und ich wollte fragen, was jetzt geschieht, aber reden war nicht mehr möglich, und ich hätte Sandra fragen sollen, wie es das erste Mal mit Uwe gewesen war, aber damals hatte ich keinen Grund, und vielleicht gab es stürmische und weniger stürmische Jungs. Geerd führte meine Hand an den Reißverschluss seiner Hose, und ich fühlte einen festen und langen Penis hinter dem dicken Jeansstoff und war überrascht, wie hart und endgültig sich ein Penis anfühlt. Ich war Geerds Körper so nah wie ich es niemals dem Körper meiner Mutter gewesen war, und ich dachte, jetzt habe ich einen Freund, er bringt mich nach Hause, wenn es dunkel ist, und ich werde ihm erzählen, dass ich dreimal in der Woche um vier Uhr dreißig am Park vorbei zur Frühschicht laufe, und Geerd zog den Reißverschluss seiner Hose auf und führte meine Hand hinein und da war seine Unterwäsche aus geripptem Stoff, und alles war warm. Er zog den Reißverschluss meiner Hose auf, er öffnete sich, ohne zu klemmen, und er fuhr mit der Hand sofort hinter den Gummi meines Schlüpfers, an meinem Körper hinab und berührte mich, wo ich mich selbst noch nie angefasst hatte. Er nahm seine Hand zurück und führte meine tiefer in seine Unterhose hinein. Ich fühlte stachlige Haare und warme Haut und seinen Penis, so dick und lang, dass ich Angst hatte, ihn mit meiner Hand zu umfassen. Doch Geerd packte meine Hand und führte mir die Bewegungen wie ein Sportlehrer am Reck vor, ich sollte sie sehr schnell, auf und ab, auf und ab, bewegen. Seine Haut reißt auf der Stelle, dachte ich, oder es bereitet ihm Schmerzen. Aber er mochte diese Bewegungen und ließ meine Hand los. Ich bemühte mich, ihn nicht zu enttäuschen, ich wollte den Penis noch fester greifen, aber unter der weichen, zarten Haut dehnte sich alles immer weiter aus, so fest ich auch rieb und drückte, und ich wusste nicht, was Geerd wirklich wollte, und ich lockerte den Griff etwas, aber Geerd riss seine linke Hand vom Baumstamm und packte über dem dicken Stoff wieder nach meiner und dirigierte sie wie zuvor. Er sank mit seinem Oberkörper noch mehr auf meinen, ich bekam kaum Luft und strengte mich an, den Penis so fest zu umfassen, als ob ich ihm wehtun wollte. Geerd stützte sich etwas mehr vom Baum ab und fuhr mit seiner rechten Hand in meinen

Schlüpfer und in meinen Körper hinein. Er steckte seinen Finger hinein, zog ihn heraus und steckte ihn wieder hinein, er bewegte seinen Finger, wie ich meine Hand bewegen sollte, nur nicht so schnell, vielleicht mochten Frauen ein langsameres Tempo oder ich gab ihm nicht die richtigen Signale, und ich dachte wieder, jemanden fragen zu müssen, aber wen sollte ich jetzt fragen. Geerd stieß mit seinem Becken rhythmisch an meinen Körper. Ich hatte kaum mehr Platz für meine Hand und vielleicht machte ich es doch nicht richtig, und nun steckte er mehrere Finger in mich hinein, ließ von mir ab, griff wieder meine Hand und bewegte sie ununterbrochen auf und ab. Die Geschwindigkeit war nicht mehr zu steigern, Geerd atmete asthmatisch, er schrie mir ins Ohr, stöhnte, er stöhnte sicher über meine Unfähigkeit, auf meiner Hand war etwas Warmes, Schleimiges, es war an allen Fingern und auf dem Handteller. Geerd zog seine Hand aus meinem Körper und meinem Schlüpfer. Er gibt auf, dachte ich. Er drückte sich vom Baum ab, sein Stöhnen ließ nach, ich verlangsamte mein Atmen wie er, zog wie er meine Hand aus seiner Unterhose und wischte das Nasse am Hemd meines Vaters ab. Geerd wischte sich mit der Hand übers Gesicht und sagte, ich sei ein nettes Mädchen, er zog seinen Reißverschluss zu und fragte, dort drüben wohnst du? Ich nickte, und er ging vor mir den Trampelpfad zwischen den Büschen zu unserem Haus hinunter. Er hielt die Zweige zur Seite, und an der Ecke, von der es noch ein paar Schritte bis zu unserer Haustür sind, sagte er, jetzt kannst du es ja nicht mehr verfehlen, lächelte dabei und gab mir einen Kuss auf die Wange. Ich überlegte schnell, was ich auf seine Frage, was wir morgen machen, antworten könnte, aber er fragte nichts. Er ging in Richtung Bushaltestelle, ich drehte mich um, stemmte die Haustür auf und betrat leise die Wohnung. Ich rannte über den Korridor in die Küche und betrachtete im Schein der Deckenleuchte meine rechte Hand. An den Innenseiten der Finger klebte der Rest einer schlierigen, milchigen Masse, die nach Joghurt roch und schwach und kränklich aussah. Auf meinem Hemd war ein nasser Fleck, und ich wunderte mich über die geringe Menge des Spermas, obwohl die heftigen Stöße und das lange Stöhnen viel mehr hatten vermuten lassen. Es sah bedeutungslos aus, vielleicht war es ein Ersatz und kein Sperma, was Geerd mit mir produziert hatte, weil ich ahnungslos und dick war. Unter kaltem Wasser wusch ich den Fleck aus, dabei fiel mir ein, dass Sandra bei Uwe war, in seinem Bett schlief und das Zeug im Körper hatte, das ich gerade aus meinem Hemd wusch. Würde man es fühlen können, wenn es in den Körper schoss und sich darin verteilte? Würde es mit der Zeit trocknen und als Pulver aus dem Körper rieseln oder sich mit dem eigenen Körper verbinden und darin aufgehen? Ich hängte das Hemd über die Stuhllehne, ging in unser Zimmer und setzte mich an den Tisch, an dem Sandra und ich Hausaufgaben machten. Wir hatten kein Buch über Sexuallehre. Sandra schlief neben ihrem Freund, und wenn sie morgen früh aufstand, würde sie duschen, heraufkommen und mich fragen, wie lange ich noch in der Disco geblieben sei. Ich machte das Licht aus und ging zum Fenster. An dem Geländer klebte das Sperma des Mannes vom letzten Winter. Ich öffnete das Fenster und sah zur Bushaltestelle. Es war drei Uhr und der erste Bus am Sonntag kommt acht Uhr siebenunddreißig. Ich hörte den Wind, wie er Blätter in den Ecken aufwühlte. Sonst war es still, und während ich mit Geerd am Baumstamm gelehnt hatte, waren auch die Vögel still geblieben. Morgen könnte ich es Sandra sagen, wäre ich nicht sicher, dass sich Sandra dafür nicht interessiert.

MATTHIAS SENKEL

»HIER EINE SCHÖNE JUGEND«

Das Problem ist, dass ich Onkel Klaus immer nur als Onkel Klaus kannte.
Er wohnte ein Stockwerk über uns, fuhr einen roten Lada Niva Sport, hatte diese Wäscheplatzhexe Irene zur Frau und nannte meine Sabine seine Tochter. Onkel Klaus brachte zu den Gartenfeiern des Wohnblocks jedes Mal eine Dose Ananas mit. Wie ein Scheunendrescher, Mensch Peter, dir nimmt doch keiner was weg, sagte er immer, wenn ich meine Portion Ananasscheiben aß. Besonders liebte ich es, den Saft direkt aus der Dose zu trinken – ich liebte den Geschmack von Ananaswasser und Blech.
Einmal habe ich mir dabei die Unterlippe am Blechrand aufgeschnitten und bin in unsere Wohnung hinaufgerannt, wo meine Mutter gerade den Kartoffelsalat für den Grillabend zubereitete. Sie hat sofort die Dose in meiner Hand erblickt und für schuldig und mülleimerreif befunden. Bevor Mutter die Dose im Mülleimer versenkte, blickte sie noch einmal auf das bunte, nun blutbeschmierte Etikett und sagte: Na, wenn die nicht aus'm Intershop ist.
Ich nickte, obwohl ich dachte, es müsse viel eher Indershop heißen. Indien lag damals auf unserem Globus im Schlafzimmer einen Fingerbreit neben der Sowjetunion, und da gibt es auch Ananasplantagen, wusste Sabine. Und in Kuba gibt es Bananenplantagen. Sabine hat mir ein Photo mit grinsenden Kubanern bei der Ernte gezeigt. Kuba war so winzig auf dem Globus, dass ich mir gar nicht vorstellen konnte, wie es all die rot gezeichneten Länder rund um die Sowjetunion mit den gebogenen Früchten versorgen soll. Meine Mutter schimpfte immer, dass sie für jeden in der Fa-

milie nur eine Banane im Konsum bekam – aber ich empfand das als durchaus gerecht. Kuba war doch so klein und die Sowjetunion mit ihren vielen roten Armen so groß. Ich versuchte mir das Land vorzustellen, in dem es nur Bananen und Orangen gibt, so wie bei uns im Gewächshaus nur Salat und Gurken wuchsen. Das war 1983, und ich ging in die dritte Klasse.
Besser gesagt waren gerade Ferien, und ich ging in gar keine Klasse, sondern würde in der nächsten Woche ins Ferienlager an die Müritz fahren, wo ich auch voriges Jahr schon gewesen war, und dort gab es Apfelbäume. Riesige Haine mit Apfelbäumen – so wie es in Kuba eben Bananenplantagen gab. Sabine fuhr nie mit mir ins Ferienlager, obwohl sie gern wollte, denn nachdem wir den Bauern bei der Apfelernte geholfen hatten, fuhren wir nach Berlin oder gingen in der Müritz baden. In Berlin fuhren wir auf den Fernsehturm und mussten nichts bezahlen: Das machen die Bauern von der LPG, erklärte uns der Lagerleiter. – Und auf der Müritz fuhren wir mit einem großen, weißen Dampfer und mussten wieder nichts bezahlen: Das macht der Volkseigene Betrieb, quäkte der Ferienlagerleiter. In ebendiesen Volkseigenen Baubetrieb ging mein Vater arbeiten, der Onkel Klaus aber nicht. Deshalb kam Sabine auch nie mit an die Müritz. Ich wusste nicht, in welchem Betrieb Onkel Klaus arbeitete, und meine Eltern sagten, sie wüssten es auch nicht. Auf jeden Fall hatte der kein Ferienlager an der Müritz, dafür aber ein Urlauberheim in Ungarn und eins in Sotschi am Schwarzen Meer. Da gibt es Orangenhaine wie auf Kuba und Granatäpfel, ja sogar Delphine, aber keinen Fernsehturm und auch nicht so viele Kinder, meckerte Sabine. Was Granatäpfel sind, konnte ich mir allerdings trotz meiner Apfelerfahrung nicht so richtig vorstellen, bis Onkel Klaus mir einen mitbrachte.
Die Sache mit dem Intershop und Indien sollte sich jedoch noch schneller klären. Alles begann damit, dass mein Vater einen Antennenmonteur bestellte, der nach Schichtende auf

unserem Balkon zusätzliche Ferritarme an unsere Antenne schraubte. Onkel Klaus hatte im Treppenhaus gestanden, als der blaubekittelte Fernsehtechniker eintraf, und mein Vater hatte ihm zugeraunt: Das verdammte Unwetter letzte Woche! Ich krieg' kein einziges Bild mehr rein. Vater schien, so sah es in diesem Moment aus, mit der Fernsehfunktechnik nicht auf sonderlich gutem Fuß zu stehen, denn ich hatte keine Probleme mit dem Empfang gehabt. Das Resultat der unnötigen Reparatur war, dass der Fernseher wirklich besser ging und wir nun, nach einigem professionellen Drehen und Richten, fünf statt vorher zwei Sender empfingen. Den sechs Druckknöpfen kam plötzlich eine ganz andere Bedeutung zu, wenn auch das Programm auf den letzten drei Knöpfen schwer vorhersehbar war, weil es nicht im Neuen Deutschland stand. Womöglich, dachte ich, ist mein Vater in solchen Sachen doch heller, als ich angenommen hatte.
Seltsam war, dass meine Eltern, wann immer jemand zu Besuch kam, nur auf den ersten beiden Knöpfen hin- und herschalteten und den Fernseher zumeist nach den Abendbrotnachrichten ausmachten. Waren meine Eltern nicht zu Hause, genoss ich mit Sabine die Freiheit, alle Knöpfe zu bedienen. Und auf meine Frage, wo man die Sachen aus dieser Werbung denn kaufen könne, meinte Sabine, das wäre doch ganz einfach.
So sind wir, nachdem wir die Sofabezüge glatt gestrichen hatten, mit der Straßenbahn zu einem kleinen Eckladen gefahren. Und da stand doch tatsächlich Intershop auf dem Schild über der Tür. Mit T. Dort roch alles nach Exquisit-Seife, und die ganzen Werbungssachen gab es auch.
Mit unserem Taschengeld könnten wir die Matchbox-Autos und die Gummimonster und die Computerspiele und die Taschenmesser und die Kassetten und die Aufkleber und die Legobausteine und die Kaugummis und die Überraschungseier und die Fernlenkautos und die Comics und überhaupt nichts nicht kaufen, wusste Sabine. Es wäre komisches Geld, mit dem man hier bezahlen müsse – und nur manchmal zu

Weihnachten dürfe man mit Papa herkommen, auf eine der Sachen hinter den Scheiben zeigen und hoffen, dass er nickt. Also nichts von wegen Einkaufen. Mir machte das in diesem Moment überhaupt nichts aus. Es reichte, glaube ich, dass es diesen Laden wirklich gab und all die Dinge – und das, obwohl Intien auf dem Globus mit einem D geschrieben wurde.

Auf diese rechtschreibliche Finesse wurde ich ein weiteres Mal von meinem Klassenlehrer Herrn Paul hingewiesen. Zusammen mit Sabine hatte ich bei der Parade zum 1. Mai ein riesiges Plakat getragen, auf das wir eine große, von Friedenstauben und Flaggen umschwebte Erdkugel gemalt hatten. Die Welt war so groß, dass wir die Namen aller wichtigen Staaten eintragen konnten und so auch Intien. – Was ein grober Fehler sei, das müsse ein Sechstklässler der Polytechnischen Oberschule erkennen, hatte Herr Paul geranzt und war mit seinem Spruchband: Zu den Wahlen am 8. Juni den Kandidaten der Nationalen Front unser Vertrauen, wie ein Armeegeneral davonstolziert. Mein Vater und Onkel Klaus trugen ein noch viel größeres Plakat des Aktivs für Ordnung und Sicherheit, auf dem es natürlich keine rechtschreiblichen Schwächen gab: Arbeite mit, Plane mit, Regiere mit. Dass sie gemeinsam dieses Plakat trugen, verstärkte meine Hoffnung, mit Sabine ins Ferienlager fahren zu können, denn seit diesem Frühjahr arbeiteten die beiden zusammen in der Bauaufsicht des Straßenbahn-Neubauprojektes in unserem Wohnabschnitt.

Nach den Sommerzeugnissen fuhren Sabine, Onkel Klaus und seine Wäscheplatzhexe Irene dann aber wie letztes Jahr an den Plattensee und ich an die Müritz. Ich war zwölf und alles war seltsam mit mir und der Welt: die Erdbeeren und die Strauchtomaten schmiss Mutter auf den Kompost, im Ferienlager gab es statt Milch nur Tee zum Frühstück und Pilze durften wir auch keine suchen, hatte mein Vater gesagt. Wegen der giftigen Wolke aus der Sowjetunion.

Zwei Jahre später, nach meiner Jugendweihe und der damit verbundenen großmütterlichen Mopedschenkung waren Sabine und ich fast jeden Tag unterwegs, und die Abende wurden immer länger. Onkel Klaus war mächtig sauer, seit seine Tochter blauen Nebel ausdünstete, wie er es nannte. Er speckerte, verteilte Arreste, sprach bei meinen Eltern und unseren Lehrern vor, bohrte ständig, welcher dekadente Einfluss anständige Schüler einer Polytechnischen Oberschule mit vierzehn Jahren zum Rauchen verleiten würde: ich solle nicht so ein Stockfisch sein und gefälligst mit der Sprache herausrücken – überhaupt seien meine Haare ungepflegt lang, da zeichneten sich Tendenzen und Marotten ab, und das bei einem Thälmannpionier, ob ich mich nicht schäme – meine Simson sei doch auch viel zu laut, das habe der Abschnittsbevollmächtigte ebenfalls bemängelt, und, so sei ihm zu Ohren gekommen, der Krümmer sei doch illegal, ich solle nicht versuchen, ihn zu verarschen, ja, er hätte mich gesehen, wie ich seine Tochter in Verkaufsstellen des Klassenfeindes geführt hätte, zum Rauchen habe ich sie verleitet und überhaupt, seine Tochter sei ein anständig erzogenes Mädchen, jawohl, das lasse er nicht mit sich machen, er würde schon alles rausbekommen und Schritte einleiten. Schritte einleiten! Und das sehr laut, ein paar Mal die Woche im Treppenhaus, im Vorgarten, an den Garagen.
Meine Eltern waren von da an nicht mehr sonderlich gut auf Onkel Klaus zu sprechen, der jetzt eigentlich nur noch Herr Dietmann hieß. Sie hielten mich vom Fernseher fern und bei den Gartenfeiern des Wohnblockes gab es keinen hausgemachten Kartoffelsalat und auch keine Ananasdosen mehr. Das Taschengeld wurde nicht nur mir, sondern auch Sabine gekappt, und so kam es, dass wir schließlich eine Belobigung des Freundschaftsrates erhielten, weil der Vorsteher der SERO-Station unsere immensen Leistungen beim Altstoffsammeln dem Pionierleiter berichtet hatte.
Im Großen und Ganzen machten die Dinge für mich keinen Sinn, der Onkel Klaus war wohl einfach nur doof, mein

Klassenlehrer auch und, seitdem wir Staatsbürgerkunde hatten, wendete sich mein Interesse endgültig den so genannten Auswüchsen des dekadenten imperialistischen Lebens zu – und meine Haare wuchsen weiter.

Auf der Klassenfahrt nach Moskau sollte es nun endlich, wie in den völlig zerlesenen, heimlich herumgereichten Bravos beschrien, aus sein mit unserer Jungfernschaft, so hatte es Sabine mit mir besprochen. Herr Dietmann hatte die Sache aber offensichtlich durchschaut oder über uns unbekannte Kanäle in Erfahrung gebracht und war das begleitende Elternteil, die rechte Hand des Klassenlehrers auf der Fahrt ins sozialistische Mutterland und somit gnadenlos an unser Bein geschweißt: das ultimative Verhinderungsmittel auf zwei Beinen.

Dass wir unsere Unschuld dennoch in einem Moskauer Hotelbett verloren, lag ganz sicher nicht an der unprofessionellen Unachtsamkeit des Herrn Dietmann, sondern an dem Umstand, dass die Hotelzimmerfernseher, Völker aller Länder vereinigt euch, den österreichischen Fernsehfunk empfingen.

Unser Herr Klassenlehrer Paul und Herr Dietmann, die sich in ein strategisch positioniertes Zimmer in der Mitte des Ganges einquartiert hatten, saßen, wie ein Blick durch das Schlüsselloch offenbarte, in jener Nacht mit Bier- und Wodkaflaschen vorm Fernseher, starrten rammdösig in die Röhre und rührten sich nicht. Es bleibt unklar und liebend gerne ungeklärt, ob die beiden etwas von der sich anbahnenden Vereinigung ahnten. Dass jener Abend noch viel weitreichendere Auswirkungen haben würde, erfuhren wir allerdings erst nach unserer Rückkehr. Herr Dietmann hatte am nächstfolgenden Morgen ein Telegramm mit der Botschaft, dass aus Gründen kritischer gesundheitlicher Verfassung eines Verwandten seine sofortige Anwesenheit im Kreise der Familie erforderlich sei, erhalten und war unverzüglich gen Arbeiterundbauernrepublik gereist.

Als wir eine Woche später an unserem heimatlichen Plattenbau eintrafen, fanden Sabine und ich unsere Väter auf dem Vorgartenrasen. Sie malten ein Plakat. Was schon deshalb ein seltsames Bild ergab, weil Herbst war und der 1. Mai nicht ferner hätte sein können. Die beiden giggelten: Natürlich müssen sie die Forderungen erfüllen. Ja, wenn nur die Russen ruhig bleiben, diesmal. Auf ihr überklebtes Mai-Plakat pinselten sie: SED-Politik stinkt – Neues Forum in den Staatsrat. Dann zogen sie sich GST-Gasmasken über den Kopf und folgten einer Gruppe Fahnenträger aus dem Nachbarblock.

Von nun an war es beinahe jeden Tag so verrückt wie im Sommer 1986. Das ARD lief ohne Unterbrechung. Selbst wenn Onkel Klaus und ein Haufen Unbekannter mit ihren Brillen- und Biergläsern am Stubentisch hockten und diskutierten. Es störte Herrn Dietmann plötzlich nicht mehr, wenn Sabine und ich erst spätabends nach Hause kamen, und es störte auch sonst niemanden, wenn wir die Kinderzimmertür hinter uns zuschlossen. Es störte unseren Klassenlehrer Paul nicht mehr, dass wir ihn bei den Demonstranten vor der Kirche sahen, nein, er winkte uns sogar zu.
Und es wurde immer lauter und lauter, und da meine Hormone gerade außer Kontrolle waren, empfand ich die Glücksgefühlswelle, die eruptiv durch die Stadt schoss, bevor Trabi über Trabi und ein Wartburg nach dem anderen und jeder einzelne Lada wie eine Evakuierungskolonne die Stadt gen Süden verließ, der entgegen der geographischen Definition in aller Munde Westen hieß, als etwas ganz Normales.
Nach endlosem Verkehrsstau, Grenzkontrollen und einer unendlich langen Warteschlage am Rathaus Hof erfuhr ich nun auch, wie dieses Geld heißt, mit dem man die Sachen aus der Werbung einkaufen konnte. Alle nannten es Begrüßungsgeld und warteten stundenlang darauf – sie warteten, und das war alles, was man tun musste, um es zu be-

kommen. Aber ich wollte nicht warten. Ich wollte zu Sabine und meinem Moped, und nicht mit meinen Eltern von einem Kaufhaus ins andere rennen. Sie glotzten und äugten und stierten, allesamt, auch meine Eltern. Als hätten sie noch nie Westfernsehen oder die Auslagen im Intershop gesehen.
Was ich schließlich überhaupt nicht verstand, war, dass ich die Wohnung Dietmann bei unserer Rückkehr leer vorfand. Nein, nicht richtig leer – aber verlassen, und all die Teppiche und Haushaltsgeräte und Schuhe fehlten. Wie als die Russen kamen, meinte die alte Frau Neubert von gegenüber, sei'n sie davongerast mit Hab und Gut auf dem Dachgepäckträger. Nur die Möbel waren zu schwer.

Das Problem war, dass ich Onkel Klaus immer nur als Onkel Klaus kannte und nicht als MfS-Onkel. Meine Eltern haben das später herausgefunden. Ich glaube, das war Juli 1993, als sie Einsicht in ihre Akte nahmen und mit roten Augen wieder nach Hause kamen. Meine Augen waren auch eine Zeit lang rot gewesen, aber dann kam Sabines erster Brief aus Düsseldorf. Dann kam ihr zweiter und später noch einmal eine Karte aus Thailand. Und dann kam Claudia.

PAULA SCHNEIDER

GROSSES GROSSES AREAL

Die Mädchen aus der Gegend sagen: Da in der alten Fabrik ist er drin, der Kindermörder. Sogar ich hab das früher gesagt, wenn ich bei Micha zu Besuch war. Das ganze Gebiet war verseucht von dem Gerücht, alles zwischen Proskauer, Rigaer und Liebigstraße, auch die verlassenen Garagen, aber am meisten die Fabrik. Nachgefragt hat man nicht, es war eben so. Acht oder zehn Jahre ist das her bei mir.

Ich wär viel lieber in den Westen gegangen mit Micha, wir hatten's uns so schön ausgedacht. Aber als er geschnappt wurde, hatte ich auch keine Courage mehr. Vier Tage bin ich rumgerannt, nachdem sie ihn hopphatten, ich wusste ja nicht, ob sie mich suchen. In meine Bude hab ich mich nicht mehr getraut. Dann bin ich hier in dem Areal stecken geblieben. Das war die beste Idee, die ich je hatte, und ich hab noch nicht mal 'n Abzeichen dafür gekriegt.

Ein richtiges Abenteuer ist das. Ich bin alleine wie ein Held, Micha ist eh weg, und Frauen hole ich mir, wenn ich mit Vollbart wieder rausmarschiere. Von der Sonne auf dem flachen Dach, das mein Schönwetterwohnzimmer ist, bin ich jetzt schon ganz braun. Das wird den Weibern gefallen.

Erwachsene interessiert mein Versteckgebiet nicht, höchstens so Mütter, wenn sie beim Petersiliegießen aus dem Küchenfenster seufzen und denken: was für romantische Ruinen. Und für die Kinder, für die Mädchen mach ich den Geist. Ne bessre Rolle kann ich nie mehr haben.

Wenn es regnet, muss ich vom Wohnzimmer an der freien Luft in ein anderes. Ins Schlafzimmer geh ich aber erst nachts. Das ist im zweithöchsten Gebäude der Fabrik, wo

oben noch 'ne Maschine steht. Ich weiß nicht, was sie hier früher gemacht haben. Seit dem Krieg wahrscheinlich kaum noch was. Bis auf den Teil der Höfe Richtung Platte, wo die Futzel-Autowerkstätten sind, ist alles ungenutzt. Sie hätten genug Zeit gehabt, das abzureißen, 40 Jahre, aber Platz haben sie anscheinend auch genug. So steht es eben. In dem Haus mit meinem Schlafzimmer fehlt das Geländer an der Treppe. Trotzdem, ich wollte so weit oben wie möglich schlafen, sicher ist sicher. Zuerst hab ich beim Hochsteigen ganz schön gezittert. Jetzt springe ich da hoch, und es ist wie fliegen, am besten im Dunkeln. Ich kann am Geruch erkennen, an welcher Stelle ich gerade bin, an der Art des Staubs und wo's feucht ist oder Müll liegt. Ich bin eine Katze geworden, seit ich mich hier verstecke.
Manchmal gehe ich draußen spazieren, aber nicht in der Nacht, da habe ich Angst, dass die Streife scharf ist. Womöglich noch einer wie der Vater von Moni, die in der 28 gewohnt hat. Ein Bulle, ein ABV mit 'ner absoluten Macke. Hat auf dem Kindergeburtstag seinen Latsch nach ihr geworfen, weil sie irgendwas vom Westfernsehen erzählen wollte.

Heute ist was passiert, womit ich nie im Leben gerechnet hätte. Drei kleine Mädchen, gerade solche, haben mich hier oben fast entdeckt. Sie sind einfach so mit Spangen und Zöpfchen in mein Terrain gerückt. Über die schmale Mauer sind sie gekommen, die von den Garagen rüberführt. Die kleinen süßen Hintern hochgestreckt, auf allen vieren wie junge Hunde. Sie haben völlig vergessen, was für ein Monstrum bekanntlich in der Fabrik haust. Gut, ihre Konzentration brauchten sie, weil es auf der anderen Seite der Mauer wirklich tief runtergeht. Und ich war nackt, hab wie bescheuert meine Sachen zusammengerafft und bin hinter den Schornstein. Ich glaube nicht, dass sie mich gesehen haben. Mein Gott, als Mädchen über so 'ne Mauer zu balancieren, das finde ich enorm.

An sich bin ich ein glücklicher Mensch. Aber jetzt hab ich genug. Ich fühl mich beschissen. Ich kann nicht mehr einschlafen, komme mir eingeklemmt vor. Geträumt hab ich. Ich würde gern rumrennen und alles kaputtschlagen, diese Fenster, die mich immer anglotzen, und den ganzen Dreck, und die Autos. Müde bin ich. Die Höfe und Garagen sehen wie ein Muster aus, alle schwarz und in der Mitte immer ein Lichtfleck. Wie Kekse mit Marmeladenklecks. Ziemlich weit oben bin ich hier. Und Hunger. Hab ich wirklich. Wie mir früher die Spucke zusammengelaufen ist, bei der Lesebuchgeschichte, wo Kinder im KZ waren, und zu Weihnachten kriegten sie ausnahmsweise ein Stück Brot mit Marmeladenstups. Da war es bestimmt dunkel wie jetzt auch, aber ich stelle mir das immer noch unglaublich lecker vor.

Die Mädels haben anscheinend vor, öfter zu kommen. Ein paarmal hab ich sie erschreckt, um sie loszuwerden, am besten ging das in der Tropfsteinhöhle, der Tiefgarage. Da gibt es kein Licht. Sie standen unten an der Wendeltreppe und haben versucht, das Ende der Höhle zu erkennen, und sie haben gezittert, weil man dort die Tropfen metallisch wie aus dem Totenreich von der Decke auf den Boden schlagen hört. Ich hab in einer der Parknischen gestanden und »Guten Morgen« gesagt, mir ist nichts anderes eingefallen. In der Garage hallt es fies wie nur irgendwo. Sie gehen jetzt nicht mehr da runter. Der Gefahr, in der sie schweben könnten, wenn ich wirklich der Kindermörder wär', sind sie sich trotzdem nicht bewusst.
Sie haben Krempel zusammengesucht von den Höfen. Alte Lampenschirme, Töpfe, einen Stuhl. Tücher und Decken bringen sie immer mit. Sie binden sich das Zeug an die Hüften und schleichen übers Dach. Ich mag sie gern, wenn sie das tun. Sie haben noch nicht mal Puppen dabei. Wenn sich zwei von ihnen treffen, umarmen sie sich mit würdevollen Gesichtern, und die dritte kratzt Moos von der Dachpappe. Sie kichern nur, wenn sie erhitzt sind vom vielen Rennen und

wenn sie bald nach Hause müssen. Sie sind unglaublich. Eine ist die Anführerin. Sie verlangt den Ernst, sie ist sehr streng. Aus Wortfetzen habe ich gehört, dass das Indianer bedeutet, was sie spielen.

Ich hatte Sehnsucht nach meiner Mutter, ganz plötzlich. Das ist komisch, das letzte Mal hatten wir einen schönen Tag zusammen, da war ich vielleicht elf. Ich kann mich kaum noch an sie erinnern. Ich will's auch gar nicht. Ich könnte ihr noch nicht mal schreiben. Lieber wichs ich mich hier tot oder zähle Staubkörner, als sentimental zu sein. Ich muss schließlich mein Leben in der Hand haben, ich bin ganz allein und verdammt erwachsen. Mein Gefängnis hat keine Tore und keine Besuchszeiten. Klar will ich manchmal alles anzünden, weil's mir zu viel wird, ich lauf dann rum auf meinem Areal und gucke, was brennen würde. Viel ist das kaum.
Die Offiziellen glauben bestimmt, dass ich drüben bin, dass ich's geschafft habe und Micha nicht. Ich existiere nicht mehr für die. Ich bin ein Phantom, wer kann das schon von sich sagen. Ich muss eben weitermachen.

Ich fass es nicht, sie hat mich schon die ganze Zeit gesehen. Sabine heißt sie, verabschiedet sich einfach an der Rigaer Straße von den andern zwei Mädchen, kommt zurück und sagt's mir ins Gesicht. Es ist die Strenge. Sie grinst noch nicht mal.
»Und deine beiden Anhängerinnen, wissen die auch von mir? Die petzens wohl gerade ihren Eltern, was?« Meine Stimme ist verrostet, weil ich so lange nicht geredet habe.
Sabine geht ein Stück zurück, um meinem Kinn auszuweichen, das ich ihr entgegenstrecke in meiner Wut.
»Nö«, sagt sie, »ich hab nichts gesagt. Die sind doch zu blöd für so was.«
»Du spinnst wohl. Sind das nicht deine Freundinnen?«
»Doch, aber sie sind eben Mädchen.«
»Und du?« Sie antwortet nichts und sieht mich nur mit ge-

schlossenem Mund an. Ihr Gesicht ist wie ein Totempfahl, sie macht sich ganz gut als Indianerhäuptling. An den kalten Augen muss es liegen, dass ich sie nicht gleich umgeprügelt habe.
»Und jetzt«, frage ich.
»Warum bist du so heiser«, fragt sie.
»Also du hast doch ’ne Macke.«
»Ich bring dir Hustenbonbons mit beim nächsten Mal.« Sie nimmt einfach ihre hölzernen Augen von mir weg und geht unter den weißen Farbsplittern des Garagentors durch auf die Straße. Sie kann höchstens elf sein, oder zehn, was weiß ich bei so kleinen Mädchen. In Panik klettere ich durch die Keller und gehe zum Frankfurter Tor. Mein Eindruck ist, ich muss jetzt losgehen und ganz woanders hin. Was Schlimmeres, als entdeckt zu sein, kann ich mir nicht denken. Bloß wohin. Lieber die Nebenstraßen. Immer weiter, und vorne kommt die Grenze. Da ist Kreuzberg, glaube ich, da hab ich ’nen Scheiß von. Noch mal über die Mauer, das kann ich doch nicht versuchen, dazu habe ich keinen Mut. Ich geh in eine Kaufhalle. Schnaps brauche ich. Sie hat gesagt, sie bringt mir Hustenbonbons mit, ich könnte anfangen zu heulen. Ich klaue diese Bonbons selber, und den Schnaps und Wurst. Monatelang hat mich niemand so angeguckt, als wäre ich ein Mensch wie alle anderen, einer, dem man was mitbringen will. Oder nie, früher die Mama vielleicht, ich hab doch keine Ahnung. Michas letzter Blick, bevor er vorgegangen ist zur Grenze laut unserem Plan, war auch eher nach dem Motto: »Ich mach den Stürmer und du ziehst dann nach, Süßer.«

Ich bin wieder zurück in der Fabrik. Sonst kann ich nirgends hin. Ich passe auf wie eine wilde Katze.
Nachmittags steht Sabine auf dem Dach und sieht sich um, die anderen Mädchen hat sie weggelassen. Ich möchte wissen, was sie im Schilde führt, ich geh nicht hin. Sie steht einfach da und macht auf Indianerhäuptling. Das nervt mich jetzt schon. Es ist, als hätte sie so wenig zu tun wie ich. Ich

hab immerhin was zu lesen, ich bin ja hier zu Hause. Ich lehne mich an die Wand und versuche mich auf »Die Jagd nach dem Stiefel« zu konzentrieren, ein Kinderbuch, ich hab es gefunden. Kommunisten jagen die Bösen, aber sie verstecken sich auch und so weiter. Es passt zu mir.

Oben bezieht es sich. Sabine steht noch da. Was mache ich mit ihr, wenn es zu regnen anfängt? Ich gucke immer wieder zum Himmel nach Tropfen, ich kann nicht mehr lesen.

»Hallo, was willst du«, sage ich, als ich mich gezeigt habe, und sie zu mir kommt. Sie geht ziemlich langsam, aber es sieht nicht schwerfällig aus.

»Hallo«, sagt sie. Diesmal wirkt sie fast aufgeregt unter ihrem Holzgesicht.

Es regnet los. Stumm kramt sie in ihrer Schulmappe, streckt den Arm aus und gibt mir eine zerknitterte grüne Tüte.

»Ich hab statt Hustenbonbons lieber Pfeffis genommen, die finde ich leckerer«, sagt sie. Zum ersten Mal sehe ich sie lächeln. Sie sieht dabei weniger schön aus, als wenn sie ernst ist, vielleicht auch, weil das nur ein knappes Lächeln ist. Ihr Totemgesicht wirkt wie ein Spielzeug.

Wir gehen in die Fabrik, um uns unterzustellen. Ich merke, wie ich mich freue, dass ich sie angucken kann. Ich habe zu wenig die Chance zum Angucken von Leuten, draußen fürchte ich immer, dass alles Stasi ist; gerade die Weiber.

»Heute Nacht hab ich 'ne Blutpfütze im Hausflur entdeckt«, sagt sie, als wir die Treppe ohne Geländer hoch sind, »bestimmt zwei Meter groß, lauter so Spritzer.« Sie ist wieder kühl. Ich könnte sie mir gut mit Zigarette vorstellen.

»Nicht weiter schlimm«, sagt sie, weil sie denkt, dass ich besorgt gucke, »meine Mutter meint, es war der Assi, der über uns wohnt. Is besoffen hingefallen, was weiß ich«.

»Hast du vor nix Angst?«, frage ich.

»Nö«, sagt sie.

»Und vor mir? Vielleicht bin ich ja der Kindermörder?«

Sie sieht ein bisschen durchsichtig aus. Sie sagt: »Ich weiß, dass du's bist, wer läuft sonst hier rum. Aber ich lebe ja

noch, oder?« Sie hat die kalten Holzaugen und blickt mich herausfordernd an.
»Im Ernst«, sage ich, »ich bin nicht schlimm, aber wenn du mich verrätst, muss ich dich umbringen.« Ich muss lachen über meinen Satz.
»Ist gut«, sagt sie.

Drei Tage bin ich unsicher, ob sie wiederkommt oder nicht, das macht mich fertig. Ich lebe auf engstem Raum in meinem Schlafzimmer, laufe nur geduckt an den Fenstern vorbei und stelle mir vor, ich schwämme in einem Fluss und wäre tot. Ich war nur selten im Grünen an einem Fluss. Fast nie aus Berlin raus. An der Ostsee im Urlaub, und ein paarmal Ferienlager, aber da war'n zu viele Kinder, mit denen ich mich kloppen musste. Von Natur hab ich nie viel gemerkt. Zu trinken habe ich auch nichts mehr, das würde mich ruhiger stellen. Ich trau mich noch nicht mal für was Essbares an die Speckitonnen.
O Gott, dann hockt sie plötzlich auf dem Stuhl, den sie aufs Dach geschleppt hatten. Ich erschrecke mich, als ich sie sehe. Ich werde langsam bescheuert.
»Wo warst du denn?«, schrei ich sie an.
Sie glotzt mit ihrem blonden Indianergesicht. An ihre Füße gelehnt stehen zwei pralle Netze. Alles Lebensmittel; H-Milch, Käse, Salamischeiben. Die Sachen in einem der Einkaufsnetze sacken in sich zusammen. Sie beugt sich runter und zieht ihre Schultasche ran, es plingt, als sie die Schnallen aufschnappen lässt. Drin sind Kerzen und eine Taschenlampe. Wir sagen nichts.
»Was macht der Assi«, frage ich dann wie zur Versöhnung, »der mit der Blutlache.«
»Ach so.« Sie schüttelt die Haare und hält eine der hellen Strähnen zwischen ihren Fingern fest. »Der ist wieder ruhiger, bloß wenn meine große Schwester kommt und Klavier spielt, rastet er aus. Meine Mutti sagt, das ist, weil ihm seine Mutter gestorben ist, die war alles, was er hatte.«

»Und deine Eltern?«, frage ich.
»Die arbeiten eh. Ich kann dir wirklich helfen. Ich habe viele Abenteuerbücher gelesen. Nur mit Yvonne und Anne muss ich manchmal was machen, sonst sind sie eifersüchtig.«
Sie kratzt mit ihren kurzen Fingernägeln geringschätzig am Leder der Schulmappe. Ich halte ihr eine der Dreieckstüten aus dem Einkaufsnetz hin.
»Oh, danke«, sagt sie, »aus der Schule, H-Schoko, die Lieblingssorte von allen, weißt du.« Sie knickt eine Ecke um.
»Aber im Winter sind Eisstückchen drin«, sage ich.
»Ja.«
»Und kennst du noch mehr Assis?«
»Na klar, die Sippe mit dem Spitz, die weiter oben wohnt. O je, und im letzten Jahr musste ich neben Mirko sitzen, nur weil ich einmal im Unterricht gequatscht habe. Von dem kommen die Läuse und alles.«
»Klau nicht für mich, mach nix Auffälliges«, sage ich.
Sie dreht die Milchtütenecke zwischen den Zähnen.

Das Lied, das mir Sabine am Mittwoch vorsingt, hat den Text »Und dann stehst du im Regen, und niemand hält dir den Schirm«. Sie hat keine gute Stimme, sie singt es einfach, die Beine im Geländer beim Dachausgang verhakt, damit sie nicht runterfällt. Es hört sich an, als ob ihr Gesang von mehreren Seiten käme.
»Fast jeden Tag hör ich das«, sagt sie dann, »mindestens dreimal die Woche, wenn sie in der Turnhalle drüben bei offnen Fenstern boxen.« Sie singt noch einmal den Anfang gegen den Schornstein.
»Ich denk, bei dir gegenüber ist die Musikschule«, sage ich.
»Ja, und unten drin die Turnhalle. Kannst du dir das vorstellen: von oben Gefidel, und von unten dieses Stöhnen.« Sie kichert wie Häuptling Pinocchio.
»Das klingt doch lustig«, sage ich.
»So lustig ist das nicht.« Sie hat sich verschluckt und weiß plötzlich nicht, ob sie lachen oder streiken soll.

»Wenn du Boxer gegenüber hast, das ist doch gut, da bist du doch beschützt.«
Sie sieht mich nachdenklich an, hustet noch kurz. Ihre Finger malen über ihre Hüfte.
»Du bist mir nicht böse, Indianermädchen?!«
»Mein Vater sagt immer: Böse ist für die Lumpen.«
»Da hat er Recht.«
Sie singt wieder gegen den Schornstein, der orange ist, weil die Sonne bald weggehen wird.
»Ich hab eine Idee, was dir als Letztes fehlt«, sagt sie, »ich kann dir ja nicht immer vorsingen.« Sie macht ein Gesicht wie Winnetou auf dem Berg.
»Ein Radio«, sagt sie.

Ich hab genug Essen oder Trinken, ich krieg ein Radio, und ich habe eine kleine Freundin, die mir Geschichten von Indianern erzählt. Sie macht mich mutig. Von mir aus muss sich nichts ändern. Sabine ist fetzig, die bringt mir auch noch einen Ofen, sobald es kälter wird. Da bin ich sicher.
Wenn die Kleine weg ist, geh ich Streife um meine Festung, nicht jeden Tag, damit ich niemandem auffalle, und erst in der Dunkelheit. Das ist mein soldatischer Teil im Paradies. An der Proskauer unten tigert eine Katze mit einem hängenden Augenlid, mit der versteh ich mich auch. Beim Sonnenuntergang liege ich auf dem Dach und bumse alle Frauen, denen ich in meinem Leben begegnet bin. Mir fehlt nichts, verdammt, ich würde auch meine Mutter wieder gern umarmen. Und mit Micha alles bereden, an den hab ich lange nicht gedacht.

»Ich mach's sofort an, wenn ich aufgewacht bin, was glaubst du denn«, sage ich. Sabine ist schon mittags gekommen, sie hat eine Ausfallstunde. Zur Feier des Tages darf sie vom Bier kosten, immerhin hat sie mir einen Flaschenöffner geschenkt. Das Radio thront auf dem Schornstein.
»Wo hast du's her, sag schon.«

Sie sitzt in der Sonne und hat die Augen fast zu. Das Bier tut ihr gut. Einmal sieht sie nicht kriegermäßig aus, sondern wie eine Kirchenfigur, wie eine Madonna.
Die Madonna macht den Mund auf: »Von zu Hause, das braucht niemand. Mein Papa hat es nur noch beim Malern genommen«.
Ich streichle kurz ihre Hand. Sie grinst mich milde an.
»Bist du in der Christenlehre?«, frage ich.
»Nö. Mein Papa kann die ganze Kirche nicht leiden. Aber das ist mir egal, wenn ich Lust habe, geh ich sowieso hin.«
Sie macht klare wichtige Augen und sagt, dass wir Blutsbrüder sein sollen. Ich küsse sie auf den strengen Mund, weil sie so guckt. Wir trinken das Bier aus. Dann schneiden wir uns mit einer Flaschenscherbe in die Handballen.
»Ich find's gut«, sagt sie. Sie hält wie ich die Hand nach oben, damit das Bluten aufhört.
»Mit Anne oder Yvonne kann ich so was nicht machen. Wir spielen zwar auch manchmal Indianer, Detektive oder irgendwas, aber meist wollen sie doch lieber Puppenhaus. Und mit Yvonne spiel ich Puff. Man steckt sich Flummis in den Gymnastikanzug, und dann legt man sich aufs Bett, und stellt sich vor, wie Männer kommen.«
Sie legt ihren Kopf so schief, dass die blonden Fransen alle an der Wand hängen. Ein kleines Indianermädchen ist sie, das verraten hat, wo der Schatz liegt. Es ist ihr peinlich. Ich hab einen Ständer. Ich werde Yvonne und Sabine heute Abend bumsen und sich gegenseitig lecken lassen, wenn ich nach Sonnenuntergang auf dem Dach allein bin.

Wir müssen eingeschlafen sein, weil die Sonne noch so schön war. Das wird bald ein Ende haben, es ist schon Oktober, glaub ich. Sabine hat was von Herbstferien erzählt. Sie weckt mich mit Blick auf ihre West-Armbanduhr, wo zwei Frösche mit Wackelaugen drauf sind, und sagt müde, dass sie los muss. Ich darf ihr kein Bier mehr geben, sie ist zu klein. Unsre Handballen sind verkrustet.

»Mach das lieber sauber«, sage ich, und reibe wie ein Vorbild mit Spucke an meiner Hand herum. Aus dem Augenwinkel beobachte ich Sabine. Ich habe Angst, dass sie meine Träume mitbekommen hat. Sie sitzt normal da und kneift die Augen zusammen.
»Also danke für das Radio«, sage ich, »ich mein so in Gedanken. Wie muss ich mir deinen Vater vorstellen, wenn ich ihm danken will?«
»Moni würde sagen: als Bulle.« Sie polkt an der Wunde. Mir ist nicht gut.
»Wer ist Moni?«
»Meine große Schwester«.
»Und dein Vater ist was?«
»Na ja, Polizist.«
Ich will so schnell ich kann aufstehen. Ich zittere, glaub ich. Meine Hand stößt an eine der Bierflaschen von vorhin, ich kick sie weg, aber sie rollt nur einen halben Meter. Wütend hole ich sie zurück und werf sie in den Hof. Es klirrt, und ich hänge mich über den Dachrand. Ich will gucken, ob ich die Scherben unten sehe. Mir piekt's im Bauch und an den Ellenbogen. Einmal zu Silvester habe ich vom Dach gekotzt. Ich kann auf dem Hof nix Genaues erkennen, ich bin zu weit oben. Ich wünschte, ich könnte die Flasche sehen.
»Ich bin kein bisschen besser als deine Assis«, sage ich und drehe mich zu Sabine um, »ich hab doch keinen Ausweis mehr und überhaupt, die buchten mich glatt weg.«
Sie guckt wieder so, steht da wie aus Holz. Sie tut, als wäre sie Winnetou, immer glaubt sie, dass das die Rettung für alles wär. Aber ich bin doch Phantom und unfähig, ich kann das nicht, der Old Shatterhand sein für sie.

JÖRG SCHIEKE

DIE GESCHICHTE EINES BEFREIERS

1. Was ich gut finde an den Besatzern? Sie haben, per Erlass, bestimmte Radiosender verboten. Ich muss keine Schnulzen mehr hören, keine von jenen zwei oder drei Melodien, für die manche Leute auch heimatlos sterben und wieder aufstehen würden.
Der Besatzer, den ich am meisten bewundre, ist Leutnant W., ein launischer Kompanieadeliger. Er zieht morgens auf Wache und hält durch bis in die Nacht, ohne zu schlafen und ohne zu essen; es heißt, er hat ein Herz so groß wie eine Pferdelunge. Wenn die anderen Posten abgelöst werden, wechselt der Leutnant höchstens das Hemd, er ist seine eigene Ablösung.
Allerdings gehört Leutnant W. auch zu denen, die sich, um den Frauen von hinten die Haarspangen aus dem Haar zu ziehen, in ihrer dienstfreien Zeit in unsere Gärten und Hausflure schleichen. Sie kommen dann in Zivil, zu vorgerückter Stunde. Erst gestern, ich wollte eigentlich noch für die Schule lernen, hab ich den Leutnant Wange an Wange mit meiner schluchzenden Schwester entdeckt. Die Finger gespreizt wie zum Victory-Zeichen, bin ich ihn sofort angegangen. Und, als hätte ich es vorher gewusst, der Abstand zwischen meinem Zeige- und Mittelfinger war dabei genauso groß wie der zwischen W.s linkem und rechtem Auge.

2. Zur Strafe haben mich die Besatzer in einen Schuppen am Ortsausgang Bartmannshagen gesperrt. Kein Fernsehen, kein Radio, geschweige denn Telefon. Nachts kommt Leutnant W. und wirft Steine aufs Dach, damit ich denke, es wären Schritte über mir. Dass ich nicht lache. Eines Tages

wird der Himmel über unserem Dorf von Fallschirmen übersät sein, und an jedem Fallschirm hängt ein Besatzer; die Seile aber um den Hals, nicht um die Schultern geschlungen. Ein Galgen neben dem andern schwebt langsam zur Erde hinunter. Wenn der letzte Fallschirm mit dem letzten toten Besatzer gelandet ist, komme ich mit erhobener Faust aus dem Schuppen und betrete ein Meer aus Jubelrufen und Blumen. Meine Mutter wird weinen, wie sie immer geweint hat: leise, aber irgendwie auch melodisch. Bis dahin, bis zum Tag der Befreiung, vertreibe ich mir die Zeit mit kleinen, aus dem Stegreif entworfenen Liedern. Leutnant W. kann Steine aufs Dach werfen, sooft und so viele er will, mich schüchtert er nicht ein.
Das Einzige, was ich in der Gefangenschaft wirklich vermisse, sind zum Frühstück ein paar aufgebackene Brötchen. Dabei sehne ich mich nicht nach der Wärme des Teigs, sondern nur nach dem Geschmack von geschmolzener Butter im Mund.

3. Die Besatzungszeit dauert und dauert. Ich bin ein Heranwachsender und träume nun immer öfter von einem folkloristischen Fick im Park mit einer der jungen Gymnasiastinnen. Die jungen Gymnasiastinnen haben alle ein Flatterhirn. Sie promenieren über den Dorfplatz, ekeln sich angestrengt vor dem Wind und täuschen schließlich ein Straucheln vor. Sie wollen ja nur, dass ein Besatzungssoldat aufspringt und zu ihnen herbeieilt. Dann lassen sie sich in ein Gespräch, später in einen Kuss verwickeln.
Selbst Leutnant W., mein Gegenspieler, gilt inzwischen als Held und muss den ganzen Tag lang sexuell abartige Autogrammwünsche erfüllen. Jede dieser Gymnasiastinnen möchte wenigstens einmal seine Erkennungsmelodie in ihrem Bauch haben.

4. Als wäre er so etwas wie mein Gönner, hat Leutnant W. mir ein Buch zugesteckt. Es ist die Geschichte eines Solda-

ten, aus der Sicht seiner Freundin erzählt. Obwohl der Soldat nur zweimal im Jahr und mit provisorischem Gesichtsausdruck nach Haus kam – die Küsse der Freundin waren immer auf dem neuesten Stand. Sie sprach ihm Mut zu, strich ihm über die Stirn, legte ihre Hand in die seine. Einmal, da war gerade Sommer, löste sich über dem geröteten Auge des Mädchens eine Wimper, segelte durch die Luft und landete genau auf einem vierblättrigen Kleeblatt. So eine Freundin werde ich auch einmal finden; wir beide, zwei Verrückte, laufen dann mit nassen Haaren durch das Dorf.
Leider komme ich mit dem Soldatenroman niemals zu Ende. Immer, wenn ich beinahe durch bin, schleicht Leutnant W. in mein Kabuff und zieht mir das Lesezeichen heraus. Was denn, lacht er mich an, deine Gefangenschaft geht doch noch lange, du kannst das Buch nicht oft genug anfangen.

5. Ich glaube nicht, dass sich die Feindschaft zwischen mir und Leutnant W. noch einmal umkehrt zu einer richtigen Freundschaft. Andererseits, verfeindet sein bedeutet in diesen Zeiten doch nur, einen Grund mehr zu haben, um miteinander auf Sauftour zu gehen.
Am Tag meiner Machtübernahme lasse ich erstens Leutnant W. an einen Pfahl fesseln und standrechtlich erschießen. Wichtig ist, ihn nicht allzu straff festzubinden, damit ihm nach dem Schuss nicht nur der Kopf auf die Brust sinkt, sondern er mit dem Oberkörper noch ein paar Zentimeter nach unten sackt. O ja, der Leutnant ist ein angesehener Mann, und um seinen Leichnam werden mehrere Städte sich streiten.

6. Alles klar. Die Besatzer lachen nervös, irgendwas tut sich im Dorf. Zwar werde ich noch nicht in die Freiheit entlassen, darf mir aber eine die Gefangenschaft versüßende Erleichterung auswählen. Ab sofort soll eine der jungen Gymnasiastinnen zu mir in den Schuppen kommen und auf dem Cello vorspielen. Eine Stunde pro Tag; Etüden, Sinfonien,

klassische Chefkompositionen. Wie ich die handschriftlichen Ergänzungen der Cellistin auf dem bedruckten Notenpapier liebe. Wahrscheinlich sind das die geheimen Nachrichten, auf die ich so lange gewartet habe. Meine Cellistin und ich, wir organisieren nun den Widerstand gegen die Besatzer gemeinsam. Nichts verträgt sich besser mit dem bewaffneten Kampf als eine leise Streichmusik.
Meine Gefährten da draußen, ihr müsst wachsam sein; jeden Baum im Dunkel müsst ihr für einen getarnten Soldaten halten, auch wenn dieser Soldat euch nur für einen Baum hält.

7. Leutnant W. ist misstrauisch geworden. Er steht die ganze Zeit vor der Tür, lauscht den Klängen des Cellos. Als hätte er Ahnung von Melodien, als wäre er nicht abgestumpft bis in die Eingeweide, runzelt er an bestimmten Stellen die Stirn oder klatscht verzückt in die Hände. Nachdem die Cellistin, sie ist mittlerweile auch meine Geliebte, gegangen ist, durchstöbert Leutnant W. meinen Schuppen, jetzt sage ich schon: »meinen Schuppen«, und sucht das Musikinstrument. Sollte er nämlich unter dem Bett oder neben dem Waschgeschirr das Cello entdecken, so wüsste er ja, dass meine Freundin nicht ihr Instrument, dafür aber mich im schwarzen Koffer herausgetragen hat. Von dieser Überlegung her nimmt mein Fluchtplan Gestalt an.

8. Jetzt nur keine Hast. Später, im Frieden, am ersten Jahrestag des eingeschneiten Besatzers, nehme ich meine tapfere Geliebte zur Frau. Unser Plan ist ganz einfach: Da Leutnant W. nach dem Vorspiel nicht schaut, ob ein Gefangener zu wenig, sondern nur, ob ein Cello zu viel im Raum ist, wird meine Freundin eben ohne ihr Instrument zu mir kommen. Das bedeutet für mich, in der letzten Musizierstunde das Cello mit meiner Stimme zu vertreten, dann in den Koffer zu steigen – adieu Leutnant W., hallo Freiheit. Zum Glück erlaubt mir meine sehr trockene Aussprache das unendliche

Abspulen von Cellokunstwerken; Augenblicksmelodien ebenso wie langwierigen Ouvertüren. Ich übe Nacht für Nacht unter der Bettdecke, mal mit Noten, mal ohne, mal beim Schein meiner Mondtaschenlampe, mal ganz ohne Licht, nur nach Gefühl. Es ist merkwürdig, aber bei den leisen Stellen verausgabe ich mich mehr als bei den lauten.

9. Jetzt, wo meine Gefangenschaft allmählich zu Ende geht, werde ich wehmütig. Ein Kampf zwischen zwei Männern ist langweilig, wenn einer der beiden, hier Leutnant W., dem anderen eindeutig unterlegen ist. Zwar hat W. etwas Lauerndes in seinem Blick, seiner Stimme und auch in der Art, wie er sich den Scheitel nachzieht, ansonsten aber drückt alles an ihm eine große Lebensangst aus. Vielleicht, unter anderen Umständen, in einer anderen Zeit, wären wir gute Freunde geworden. Jawohl, Leutnant W. reibt sich öfter die Augen, als es ihm gut tut. Hat er jemals, so wie ich, etwas von der Liebe erfahren, was nicht schon tausendfach mit einem krummgebogenen Nagel in eine verrottete Hauswand geritzt oder mit heiserer Stimme in einen Telefonhörer gestammelt wurde? Okay, wenn endlich Frieden ist und der Leutnant seinen falschen Idealen abgeschworen hat, gebe ich ihm eine Aufgabe zum Nutzen des Gemeinwohls – zur Karnevalszeit, als Mitglied des Elferrates zum Beispiel.

10. Ich muss hart bleiben gegenüber dem Leutnant. Er verschont mich doch auch nicht mit seinen Launen, zieht mir wieder und wieder das Lesezeichen aus dem Soldatenroman. Und wie er versucht, angesichts der Cellomusik betroffen zu wirken. Ich halte es für ein Gerücht, dass dumme Menschen traurig sein können. Ein nachdenkliches Mienenspiel ist in einem dumpf geschnittenen Gesicht immer irgendwie fehl am Platz. Ich werde den Leutnant weder standrechtlich erschießen, noch soll er mit gebrochenem Genick an einem Fallschirm vom Himmel herabschweben. Nein, er soll seine Chance bekommen und sich noch einige Tage in der Stadt

aufhalten dürfen. Vielleicht hilft ihm ja eine der Gymnasiastinnen; Fluchtromantik nenn ich das, Alltag eines Verlierers.
Ich jedenfalls handle, sogar auf meinem Rachefeldzug, nach ausschließlich schöngeistigen Prinzipien. Wie ein Schachspieler, dem es nicht auf ein simples Matt ankommt. Dem es nur darum geht, mit all seinen Bauern bis zur letzten Linie durchzubrechen, um dann mit acht glanzvollen Damen den König des Gegners über das Feld zu hetzen.

11. Heute ist es so weit. Der Himmel steht grau über dem Dorf, ich lege meine Hand auf das zitternde Schicksal und das Schicksal... hält still. Ein kleiner Tod bahnt sich an, eine andere Uhrzeit als vierzehn Uhr einundzwanzig wird es niemals mehr geben. Alle Wege führen zu meinem Schuppen. Unglaubliche Festtagsfrisuren, bepflanzte Fensterbretter, lichtecht gefärbte Offiziersuniformen. Ich bin zu besagter Uhrzeit aus dem Cellokoffer gestiegen. Such, Leutnant W., such das Musikinstrument. Viel Zeit hast du nicht mehr. Auf dem Bahnhof treffen unentwegt neue Aufständische ein. Ich zeige ihnen, wie man ein Schnellfeuergewehr bedient, wie man einen Kopfverband anlegt. Meinen Eltern und meiner Schwester bin ich im Kampfgetümmel noch gar nicht begegnet; sie wissen nur vom Hörensagen, dass ihr Sohn, ihr Bruder die Revolutionstruppen anführt. Zwei, drei Tage noch, dann haben wir die Besatzer vertrieben.

12. Komplikationen. Meine Geliebte, ihr Vorname entstammt übrigens einer Schlangenbewegung, ist mit meinem Stellvertreter auf und davon. Natürlich, es ist nicht einfach, mit einem Kommandeur wie mir zusammen zu sein, immer nur kämpfen, sich verstecken, mit der Waffe unter dem Kopfkissen schlafen. Natürlich, eine Frau träumt mit zweierlei Maß. Sie will den ewig währenden Flirt, und bestehe der auch nur darin, dass ihr Mann sie einmal pro Woche mit verstellter Stimme anspricht. Kurze Zeit bin ich versucht,

alles hinzuschmeißen, wieder in den Schuppen zu ziehen. Dort lagern ja noch meine alten Bestände, meine alten Vorräte an Sehnsucht und Cellokunstwerken. Allein, ich darf mich nicht gehen lassen. Mein Platz ist hier, zwischen den Selbstfahrlafetten der Aufständischen, Auge in Auge mit Leutnant W.

13. Neue Komplikationen. Zwar sind die Besatzer geflohen, haben kapituliert, doch hat sich Leutnant W. ausgerechnet im Haus meiner Eltern verschanzt. Er muss keine Geisel nehmen, meine Schwester, diese in den Tag hinein romantisierende Trulla, hat sich in ihn verliebt. Niemand könne so zärtlich wie er die Haarspange aus ihrem Haar herausziehen. Wenn der Leutnant bestraft wird, droht meine Schwester, werde auch sie weder Gesetz noch Heimat kennen und sich öffentlich einen zwischen linkem Wangenknochen und rechtem Hüftgelenk hin und her wandernden Schmerz, wandernden Splitter zufügen. In all diesen Überspanntheiten, diesen sinnlosen Liebeleien erkenne ich die Nachwirkungen des Krieges; die Leute, meine Schwester eingeschlossen, müssen sich erst wieder an ein geregeltes Leben und einen vernünftigen Tonfall gewöhnen. Sogar meine Mutter hat die Besatzungszeit nervlich nicht folgenlos überstanden. Manchmal, tief in der Nacht, stürzt sie plötzlich ans Telefon, wählt irgendeine Nummer und hofft, am anderen Ende meldet sich die Polizei.

14. Ich habe dem Leutnant das Recht auf die eigene Unterschrift wieder zuerkannt. Soll er meine Schwester doch heiraten, sollen sie von nun an dazu verdammt sein, den Rest ihres Lebens auf allen Urlaubsfotos Arm in Arm nebeneinander zu stehen.

15. Mein Schuppen ist zum heimatgeschichtlichen Museum geworden. An den Wänden hängen kleine Erinnerungsstücke, die von den verschiedenen Etappen in meiner revo-

lutionären Laufbahn erzählen. Hier einige Steine, die mir Leutnant W. damals aufs Dach warf, da das Lesezeichen, das er mir immer aus dem Soldatenbuch zog. Bei den Führungen, nachmittags zwischen 14 und 18 Uhr, Treffpunkt Dorfplatz, können sich Kinder bis zu zwölf Jahren in den im Originalzustand erhaltenen Cellokoffer legen und von ihren Vätern aus dem Schuppen tragen lassen. Dazu spielen wir vom Band eine leise Streichmusik und das Geräusch von detonierenden Panzergranaten ein. Manche Jungs betteln so lange, bis sich auch ihr Vater einmal in den Koffer kauert und sie jetzt ihn eine Runde um den Schuppen schleppen dürfen.

16. Ich weiß, alle, die diese Zeilen hier lesen, interessiert eigentlich nur, wie es meiner Geliebten, meiner Befreierin, meiner Cellistin ergangen ist. Ob sie sich bei mir gemeldet, mich um Verzeihung gebeten hat. Ob ich, zufällig durch eine Notiz in der Zeitung, davon erfahren habe, dass sie als gefeierte Virtuosin in allen europäischen Hauptstädten auf der Konzertbühne steht. Ich kann und will darüber nicht reden; man möge mir Nachsicht und Verständnis entgegenbringen, man möge einem Mann, der der Heirat seiner eigenen Schwester mit seinem Todfeind als Trauzeuge hat beiwohnen müssen, nicht noch mit solchen Fragen zusetzen.

17. Ende.

SEBASTIAN UNGER

STOFFJUNGE UND 220 VOLT LEERES MONDLICHT

Ich zerschlug einen Stein. Es gab ein Geräusch, als würde eine Billardkugel mit großer Wucht auf eine andere treffen. Ich hatte einen kleineren, faustgroßen Stein gegriffen und ihn aus Langeweile gegen den anderen geworfen, ohne viel Kraft, eher mit einer abwinkenden Geste. Der größere Stein zerbrach in zwei Hälften, mit scharfen, wellenförmigen Kanten. Im Inneren saß eine Eidechse und verharrte im Licht.
Ich stieß Moritz an, der neben mir saß und sah, dass er die Eidechse schon bemerkt hatte. Er sagte nichts. Er saß ohne Bewegung. Es wehte ein leichter Wind, doch nicht einmal seine kurzen, welligen Haare schienen dadurch in Regung versetzt. Sie sahen aus, als wären sie ihm zähflüssig blond über den Kopf gelegt worden und dann in diesen Wellen erstarrt. Er presste die Lippen zu einem Streifen zusammen, der blass im Gesicht lag. Das war wie immer.
Wir hatten uns etwas abseits gesetzt, waren ein Stück, vielleicht zwanzig Schritte weit, den Hang raufgegangen, während die anderen spielten. Sie suchten kleine grüne Steine, nicht größer als Stecknadelköpfe, die hier verstreut lagen. Die Erzieher hatten uns gesagt, dass die Steine nichts wert seien. Wir sollten unsere Zeit nicht verschwenden. Doch ihr Grün war eine der wenigen Farben, die von der Hitze nicht ausgewaschen wurden. Es hatte alle fasziniert. Ein dunkler Glanz trat hervor, zerrieb man die Staubkruste zwischen den Fingern.
Als wir das Kurhaus verlassen hatten, lag der Asphalt wie ausgerollt in der Sonne. Der Teer schwitzte, und in der Ferne, wo sich die Straße verjüngte, flirrte die Hitze. Auf der anderen Seite der Straße war nichts.

Vor Beginn des Spaziergangs hatte man uns gesagt, dass wir nicht sprechen dürften, solange am Rand der Straße noch Häuser zu sehen seien. Das Schweigen sei wichtig, um die Ruhe des Ortes nicht zu stören. Es ging darum, einen guten Eindruck, vielleicht auch darum, überhaupt keinen Eindruck zu hinterlassen. Doch von anderen Gästen war nichts zu sehen. Nichts deutete darauf hin, dass sich hinter den weißen Brettern der Häuser Menschen befanden. Der Ort lag tot gegen Mittag.
Der Erzieher hatte gepfiffen. Dann wurden wir gesammelt und über die Treppe aus dem Haus gezählt. Meine Nummer war einundzwanzig. Sie stand mit einem Lötkolben in ein rundes Holz geglüht über meinem Bett. Wir gingen in Zweierreihen. Wie aus einer umgestülpten Eierpackung auf die Straße gesetzt. Der Abstand stimmte. Vierzig Kinder. Die Schritte drangen kaum zum eigenen Ohr, so gewichtslos waren sie gegen die Hitze. Wir waren unhörbar.
Wie jeden Tag waren wir atmen gegangen in der guten Luft auf der Insel. In der Luft war kein Vogel. Wir rannen den Asphalt hinunter wie stummes Wasser. Die nackten Kinderoberkörper glänzten.
Neben uns lief der Erzieher. Seine Haut war so braun, dass der freie Oberkörper nichts Nacktes mehr an sich hatte. Er hatte ein starres Gesicht.

Vater hatte am Abendbrottisch seine gefalteten Hände vom Gesicht entfernt, in die er, wenn er mit dem Essen fertig war, Nase und Mund steckte, um zu schweigen. Der Korb aus Fingern hatte sich gelöst. Eine Hand strich mit Daumen und Zeigefinger noch über die Nasenflügel. Dann war sein warmer Mund zu sehen, und er zog ihn in die Länge, mit einem Aufnicken und einem kurzen Luftlachen beim Ausatmen durch die Nase.
Mutter weinte fast, an jenem letzten Abend vor der Fahrt. Vater legte eine Hand auf meine Schulter, stützte den Kopf in die andere und schlug vor, wir könnten ja jeden Abend zu

einer bestimmten Uhrzeit zum Mond schauen und wüssten, dass wir gerade aneinander denken. Die Vorstellung machte mich traurig. Mutter sagte, ich hätte so ein Glück. Dann räumten wir den Tisch ab.

»Das ist ein Gecko«, sagte Moritz nach einer langen Pause. »Wenn man die festhält, können die ein Stück ihres Körpers abwerfen, einfach so. Das wächst wieder nach.« Wir schauten auf die Eidechse. Sie war blassgrün, mit gelbem Bauch. Ihre glänzenden Augen waren das Dunkelste in der ganzen Landschaft. Sie schauten in die tausend Richtungen, aus denen die Welt einströmen konnte.
Moritz wirkte ganzer als ich. Wenn ich ihn anschaute und er wegsah und sich nicht bewegte, kam es mir vor, als wäre das Bild geschlossen. Es musste so sein. Es gab keine Lücke im Moritzgesicht. Ich kam mir dagegen durchsichtig vor.
Schon in der ersten Woche war Moritz plötzlich da gewesen. Er hatte mich nicht angesprochen, sondern nur kurz genickt, vielleicht gelächelt, als würden wir uns schon kennen. Wir wurden gerade gesammelt. Und bevor der Klumpen Kinder von der braunen Hand auseinander geschoben und neugeformt wurde wie lang gezogene Zopfknete, hatten Moritz und ich uns unsichtbar gehalten. Moritz war neben mir geblieben. Dann wurden wir zu zweit in die Reihe geschoben. Seitdem gingen wir zusammen den Schweigemarsch und stellten uns abends zusammen an, wenn die Kinder zu zweit in den Badewannen geduscht wurden. Das Geräusch, wenn ein Strahl Wasser auf die Fliesen trifft. Eine Zikade, die um eine Neonröhre kreist. Man musste in Badehosen, mit einem Handtuch über dem Arm warten, bis man an der Reihe war.

Ich war hier, um in den Sommernächten nicht mehr am Fenster stehen zu müssen. Nicht mehr dort stehen zu müssen und darauf zu warten, dass das Luftholen wieder von selbst ging. Zu Hause stand mein Bett direkt unter dem

Fenster. Wenn ich nachts keine Luft bekam, kam Mutter zu mir herüber, nahm mich in den Arm und öffnete das Fenster. Dann stand ich, anfangs mit Mutter und nach einigen Minuten allein zwischen den offenen Fensterflügeln und schaute auf den Hof. Später sah Mutter wieder nach mir. Sie war inzwischen im Bad und in der Küche. Ich hörte sie über den Flur laufen, hörte meinen Atem, hörte hinaus. Meine Füße waren in der Matratze versunken. Es war ein komisches Gefühl, aus der Höhe auf die harten Gehwegplatten zu schauen, die tief unter mir lagen, und gleichzeitig im weichen Bett zu stehen. Meine Beine berührten das Fensterbrett. Mutter sagte, ich solle nicht so dicht an das Fenster herangehen und mich hinknien. Doch wenn sie gegangen war, stand ich dicht vor der schwarzen Öffnung.

Das Fensterbrett war anfangs das Einzige, was zu sehen war. Es schimmerte in der Dunkelheit kreideweiß, und ich atmete darüber hinweg, atmete Happen aus der warmen Luft, als würde ich in einen Kuchen beißen und blind sein, in einen warmen Kuchen, der nach Wiese roch. Ich sog ihn aus der Dunkelheit zu mir ins Zimmer. Im Hintergrund bewegte sich bald die Pappel, deren Spitze bis über die Dächer ragte, in einem Wind, der nur über den Dächern wehte.

Auf einem Plan, der neben der Tür aufgehängt war, stand das Programm für die Woche. Die Buchstaben waren mit blassen Buntstiften geschrieben. In Rot und Blau stand dort: Spaziergang, Tee, Mittagsruhe, gemeinsames Führen des Tagebuches.

Im Lärm, der entstand, wenn alle ihre Sachen für den Spaziergang zusammensuchten, stand ich vor dem Plan und schaute auf die Worte Tee Donnerstag, Tee Freitag, Tee Sonnabend, zweimal rot und einmal grün. Bei dem grünen Wort Tee, wo wir uns in drei Tagen befinden würden, war die Mine des Buntstifts gebrochen. Kinder rannten über den Flur, mit Fotoapparaten in der Hand und Sonnencreme. Meine Arme kamen mir dünn vor, wie Stoffarme, und ich stützte sie von hinten gegen das Glas, lehnte meinen Rücken gegen das Fenster. Neben mir hing der Plan. Ein Erzieher rief alle zusammen. Die Schreie wurden leiser. Ich roch den Schweiß des Erziehers, als er an mir vorüberging und zu einem Kind das Wort »Mensch« fauchte.

Während des Mittagsschlafes häkelte eine Frau im Flur. Sie saß auf einem Stuhl, der direkt vor der Tür unseres Zimmers stand. Ab und an blickte sie auf, sah durch ihre Hornbrille mit durchsichtigem Plastikrahmen auf unsere Laken, in unsere Gesichter. Mein Gesicht stand offen. Sie sagte nichts dazu, schaute mich an und blickte weg. Ich konnte mittags nicht schlafen und schaute auf die Punkte an der sonnenbestrahlten Decke. Einmal kam eine Zikade ins Zimmer geflogen. Sie blieb lange an der Decke sitzen, während sich die Vorhänge in den Windstößen bewegten. Der Wind kam wie die Sonne ungehindert herein. Manchmal war es ein streichelnder Wind, der unmerklich kühlte. Er war ohne jedes Geräusch und blies den Schlaf weg.
Der Erzieher ging schwebend durch die Räume, mal zur Balkontür herein, wenn er über die lange Balustrade aus einem der anderen Zimmer gekommen war, mal durch die Tür. Dann grüßte er die häkelnde Frau mit einem Blick. Sie schaute ihn an und häkelte weiter. Sie senkte den Kopf und ihre grauen Korkenzieherlocken standen wie ein Mopp von ihr ab. Der Erzieher schwebte gegen den Wind ins Zimmer. Die anderen Kinder schliefen. Am Arm trug er eine blinkende Uhr. Er schwebte mit Sandalen über den Steinfußboden, langsam und gleichförmig, wie ein braun gebrannter Geist. Das Zimmer war weiß von der Sonne und sah aus wie das Zimmer in einem Traum. Manchmal wusste ich nicht, ob ich schlief, wenn ich in die Stille schaute, in die blassen Gesichter der anderen, die schliefen, die die abgeschrienen Lippen hängen ließen, deren offene Münder vom Wind ausgespült wurden für neue Worte.
Ich vergaß die Augen zu schließen. Der Erzieher blieb vor meinen Bett stehen, hob eine Hand auf Kopfhöhe und

formte mit der Hand einen Schnappmund, der wie eine Schattenfigur aussah. Er ließ die vier aneinander gehaltenen Finger gegen den Daumen klappen. Sein Gesicht schaute streng und unbewegt, als wüsste es nicht, was seine Hand tat. Schnapp, machte sie zum vierten und fünften Mal. Das war das Zeichen, die Augen zu schließen. Sie dürfen beim Mittagsschlaf nicht offen stehen. Ich schloss sie. Es war unheimlich, dass er hinter der blassroten Wand der Augenlider vor mir stand. Ich stellte mir vor, wie sich seine Augen weiteten. Dass er mich anschaute, wie er mich eigentlich anschauen wollte. Mit großen Augen, die mich ausgesucht hatten. Mit Augen, die keine Geduld mehr haben.
Draußen auf dem Gang schob die häkelnde Frau ihre Füße zusammen und räusperte sich. Dann fiel der Vorhang in das Zimmer zurück. Der Erzieher war auf den Balkon verschwunden und der Wind beulte den Stoff.

Ich sah an die Decke. Ich sah auf den Plan. Ich sah auf den Teller. Ich sah auf den grünen Staub, der sich um das grüne Wort »Tee« in drei Tagen legte, bei dem der Buntstift abgebrochen war. Ich sah auf den Mond, was ich nicht mochte, da es wehtat. Dass meine Eltern an mich denken würden, tat weh. Ich wollte mir keine Sehnsucht auf ihren Gesichtern vorstellen, ich wollte allein traurig sein, wenn ich traurig war.
Ich konnte den Mond sehen, wenn ich mich im Bett aufsetzte und aus dem Balkonfenster sah, und sah meinen Vater, wie er das Gesicht aus den gefalteten Händen hob. Der Mond war die Stille meines Vaters. Dass der Mond nur ein leeres Licht sei, wollte ich, und stellte mir vor, sein Schein, der durch die Holzgitter des großen Fensters fiel, sei elektrisches Licht.

Die Post wurde im Freien verteilt. Mutter schrieb jeden Tag. Wir standen mit nackten Oberkörpern in einer Reihe, nachdem wir Stunden gelaufen waren. Ein Stapel Briefe lag in der

Hand des Erziehers. Die Haare auf seinem Arm wirbelten sich im Wind, als würde ein winziger Hubschrauber auf einer winzigen schwarzen Wiese landen. Luftpost. Die weißen Kanten der Briefumschläge. International. Rote und blaue Zacken. Par Avion. Und wieder lief ich einige Schritte aus der Reihe und nahm meinen täglichen Brief. Mutters Schrift war tiefblau. Sie hörte sich langsam gesprochen an. Ihre Stimme sprach allein in einem großen Raum, mit leisen Tönen. Als würde gegen die Außenwände dieses Raumes der zypriotische Wind drücken, unwirklich und still, als würden vor der Tür des dunklen Raumes, in dem sie zu mir sprach, die lauten Stimmen der anderen zu hören sein und das Schnappen der Hand des Erziehers beim Mittagsschlaf.
Der Wind knickte das Blatt. Es war ein einziger Brief, der jeden Tag mit anderen Worten wiederkam. Wieder ein Brief, die leise Stimme meiner Mutter, die Kilometer, die Tage, die ausgetrockneten Sandhügel, die nackten Rücken und Moritz und wieder ein Brief mit der erwachsenen Stille.
Der Brief zog eine Haube über meinen Kopf. Sie drückte mich in mein Inneres. Ich saß zwischen Steinen und las aus der Innenwand der Haube gegen das Störgeräusch der anderen Kinder an. Mein Nachttisch platzte vor Briefen. Den neuen Brief legte ich hinein, wenn sich die anderen die Zähne putzten. Ich hielt die Schublade geschlossen und stellte mir vor, wie es innen, in der Dunkelheit nach Papier und Tinte roch.

Ich stand am Plan und rechnete, wievielmal Tee ergibt eine Woche, wie viele Tassen Tee in zweiundvierzig Tagen. Meine Arme waren aus Stoff. Sie hingen aus den stabilen Ärmeln des T-Shirts heraus und waren leicht zu knicken. Ich schaute sie nicht an, winkelte sie noch weiter nach hinten, kreuzte sie zwischen Rücken und dem kühlen Fensterglas und lehnte mich dagegen. An der Kühle der Scheibe fühlte sich der Stoff lebendig an.

Der Gecko klebte am Stein, als wäre er ausgestopft. Auch als Moritz mit der Sandale über den Boden fuhr und eine Staubwolke seinen Fuß einhüllte, blieb das Tier unverändert. Vielleicht wurde es vom Licht gegen den Stein gedrückt. Vielleicht schmolzen die Füße vor Angst und in dieser Hitze, wie der Teer zwischen den Fugen schmilzt. Die flüssige Sohle der Eidechse, die sie ein Stück in den Stein einsickern ließ, die sie festklebte. Die Sonne hatte den Gecko erschlagen.
Um hierher zu gelangen, waren wir nach dem Schweigemarsch eine Stunde gelaufen. Eine Schlange mit zwei Wirbelsträngen. Den Weg hinauf, Berge im Hintergrund, Serpentinen und Weinterrassen. Dann war der Hügel erreicht und jemand fand den ersten grünen Stein.
Die Erzieher hatten sich zusammengestellt. In ihren Mündern setzten die Erwachsenengespräche ein, derweil noch ein Kind in den Armen einer Erzieherin hing. Es räkelte sich in der Umarmung. Ich hatte Moritz angeschaut. Wir standen auf einem trockenen Berg, der rot und matt war, mit Steinen und Sträuchern. Wir hatten Durst.
Dann waren Moritz und ich hinauf in den Schatten einer Zypresse gegangen. Dort saßen wir und fluchten. Nach einer Weile habe ich den Stein genommen und ihn auf den anderen geworfen. Eine Stoffbewegung mit Gummi im Innern. Es gab ein Geräusch, als würde eine Billardkugel mit großer Wucht auf eine andere treffen. Ich machte viel zu viele Bewegungen, obwohl es so heiß war.

Moritz hatte sich im Sitzen nach vorn gebeugt, und ich betrachtete seinen Rücken. Er saß da, sah zwischen den Knien hindurch auf den Boden und kugelte die Schulter im Spiel. Es war schön, wie sich die Schulterblätter leicht heraushoben. Wie sie sich nach außen neigten und zwischen ihnen ein Schattental entstand, das sich in die Haut senkte, eine kleine Höhle, deren Boden straff und gespannt war.
Ich stellte mir meinen Rücken vor. Ich wollte, dass mein

Rücken dieses Bild annahm. Vielleicht würde sich jemand meinen Rücken als Fixpunkt suchen, als Schirm gegen die Sonne, wenn wir später wieder in einer Reihe liefen. Wenn die Sonnencreme glänzen wird. Ich schloss die Augen und versuchte, das Bild auf meiner Haut zu spüren. Mein Rücken ist blass. Ich kann mir keinen eigenen Rücken denken.

Später, wenn wir voll Staub und Schweiß wiederkämen, würden wir abgeduscht werden, mit einem Gartenschlauch. Links, gleich neben dem Haus, war eine Wiese. Nackte Körper im Sprühregen, jemand kreischt, die Mädchen gucken, und in der Unordnung des Sprühwassers kommt ein Regenbogen zum Vorschein. Er hängt auf Höhe des Essenraums. Wasserspritzer treffen das Fenster. Das Wasser wird kühl sein. Der Junge aus Stoff wird denken, dass das Sprühwasser nicht auf dem Plan im Flur steht und es mögen. Der Junge aus Stoff wird vollgeweicht und kalt triefen. Er wird trotzdem lachen. Er wird sich fragen, wie lange das Wasser zum Lachen taugt.

»Und du bist ja nur auf Urlaub hier«, hatte der braune Kopf des Erziehers zu mir gesagt, als alle Kinder am Tisch saßen. Die Schnapphand hielt einen Block mit lauter Noten. Die Noten sind für stillen Schlaf am Mittag. Keine Augen dürfen offen sein. Die Stoffarme zappeln unterm Laken. Ich war nachts auf den Balkon gegangen. Auf dem Weg zum Waschraum hatte ich durch die Tür von Moritz' Raum geschaut. Grauer Span trennt die Räume. Drei Trennwände bis zum Moritzraum. Die Türen offen. Das Klatschen der nackten Füße auf den Fußbodenplatten. Moritz hatte im Bett gesessen und aus dem Fenster geschaut und hatte mich bemerkt, wie ich vorbeilief, und gelacht. Da hatte ich keine Lust auf das Laken ohne Zikaden im Dunkeln, als ich wieder vor meinem Bett stand. Da hatte ich nicht nachgedacht und war zur Balkontür rausgelaufen und bin den Moritz er-

schrecken gegangen. Da war ich von unten plötzlich aufgetaucht vor dem Moritzgesicht auf der anderen Seite der Scheibe. Da haben wir so laut gelacht, dass die Nachtfrau kam. Die Nachtfrau hat mich am Arm gegriffen, und ich musste sie zum Bett führen. Sie sprach kein Deutsch und hielt einen Block in der Hand und schrieb die Nummer einundzwanzig.
»Du bist ja nur auf Urlaub hier,« hatte das braune Gesicht gesagt, als alle Kinder im Frühstückssaal saßen. Was für ein Glück du hast, hatte Mutter gesagt. Ihre leise Stimme ärgerte mich. Auf dem Balkon gewesen. Einen blauer Punkt auf dem Block hinter der einundzwanzig. Die Schnapphand machte die Vermerke. Die Eltern wussten nichts. Sie schauten zum Mond. Vielleicht hatten sie mich zum Urlaub geschickt.

Für gute Noten gab es bunte Bilder. Die Erzieher mussten sich viel Arbeit machen. Sie schnitten aus Reiseprospekten Fotos aus. Es musste ein großes Lager mit Bildern geben. Die Bilder glänzten auf dünnem Papier. Menschen am Strand. Eine Hafenstadt auf Zypern in der Mittagssonne. Masten. Holzsegelboote. Fischerkaten. Ein alter Fischhändler, wie er einer jungen Frau den größten Fisch aus dem Korb unter das Gesicht hält, und beide lachen.
Die Bilder waren wertlos wie die grünen Steine in den Bergen. Die Hand des Erziehers zählte sie wie Scheine.
Die Kinder sammelten die Bilder und klebten sie abends auf. Ich war manchmal ohne Bilder. Ich hatte die Briefe von Mutter. Sie machten den Nachtschrank schwer. Die anderen staunten über die Post.

Am Abend ging der Polylux an. Die braune Hand schob den Riegel auf die On-Position und wir starrten auf die Wand des Essenraums. Alle schlugen ihr Tagebuch auf. Auf den Umschlägen war Donald Duck mit Schnorchel und Taucherbrille. Er freute sich auf Zypern und ging über einen Sandfleck. Ansonsten war die Farbe des Tagebuches ein

blasses Blau. Wie die Farben, die von der Hitze ausgewaschen waren. Der Polilux brummte. Der Text an der Wand musste in das Donald-Duck-Heft. Auf der Innenseite des Deckels stand ein liniertes Feld mit der Überschrift: Mein Name Doppelpunkt. Die Kleinsten schauten nach jedem Wort, das sie geschrieben hatten, wieder auf das Lichtviereck. Beim Schreiben schaukelte ihre Zunge zwischen den Mundwinkeln hin und her. Sie sprachen die Worte immer wieder, bis sie geschrieben waren. Moritz schaute mich an. Er saß an einem anderen Tisch.
Das Throdosgebirge ist Heimat vieler Tiere, stand auf der Wand. Der braune Mann war im Dunkeln wie ausgeschaltet. Irgendwo blieb er stehen, ein paar Tische weiter über ein Kind gebeugt. Seine Stimme verbesserte die Worte. Er sagte: kyyypeeeerunnnnda. Unter dem Text klebten die Bilder. Ich schaute aus dem Fenster. Meine Seite blieb heute nur blau, wie Mutters Schrift in den Briefen. Ich war nur auf Urlaub hier.

Einmal hatte ich Moritz scherzhaft gefragt: »Was ist das denn?« und auf einen größeren Leberfleck auf seiner Brust gezeigt, ob er den vererbt bekommen hatte. Daraufhin tauchte Moritz in eine andere Stille, mit einem dunklen Gesicht im Waschraum. Seine Augen sahen denkend aus. Die Zeit war einen Moment gefroren, bis er mich dann in den Bauch boxte. Das ging blitzschnell. Er schaute mich noch einen Moment weiter an, ging dann ein paar Schritte nach vorn und verschwand im Dampf mit einem anderen Rücken neben sich. Ein anderer Kinderkörper. Die Lücke auf dem Band war schnell mit Ersatz gefüllt, wie auch schon ein anderer neben mir stand. Ich schaute das Kind nicht an. Es war ein zerflossenes Gesicht in der anderen Hälfte der Badewanne. Vorhaut zurückziehen. Seife drauf. Der Erzieher hielt den Duschkopf darüber. Der Schreck ließ den Schlag nicht wehtun. Am nächsten Tag stellte sich Moritz wieder neben mich.

Der Gecko rannte zu den scharfen Kanten des Steins. Er krümmte sich über den Rand und verschwand wie ein Geschoss. Wir sahen auf die Erzieher, die dastanden und sich unterhielten. Sie trugen Sonnenbrillen. Ihre Arme waren verschränkt. Alles musste so sein. Ich konnte mir nicht vorstellen, wie ich aussah, wenn ich hier saß. Ich war möglich. Doch alles andere schien notwendig und hatte einen reservierten Platz. Die Gruppe, die unten zusammenstand, die Spucke, die jemand auf einen Stein spie, die sich überschlagende Stimme eines Jungen und Moritz.

Ich hatte mit einer Erzieherin über meinen vorzeitigen Rückflug verhandelt. Sie hatte mit übereinander geschlagenen Beinen vor mir gesessen und den Kopf geschüttelt. Die Balkontüren standen offen, und der Wind drückte sich gegen die Hitze in den Saal. Draußen hörte ich den Gruppenkörper spielen. Er rief ab und zu einen Namen, jemand kreischte und lachte dann laut auf. Ich hatte vor der Erzieherin gestanden und in ihre braunen Augen geschaut. Sie schwieg, nachdem sie wiederholt hatte, dass ich bis zum Ende der Kur hier bleiben müsse. Es seien ja nur sechs Wochen und die anderen würden es auch schaffen. Sie lächelte. Das war stärker als das Wort »nein« aus ihrem Faltenmund mit Kosmetik.

An diesem Tag hatte ich festgestellt, dass mein Fotoapparat nicht funktionierte. Das war, als hätte sich ein heimlicher Begleiter von zu Haus beim Auspacken schwer verletzt. Auf dem Fotoapparat stand: Beirette. Er lebte und war kaputt.

Meine Beine hingen vom Bett herab, und ich drehte den Fotoapparat in den Händen. Als ich dann an der Brüstung des Balkons auf und ab lief, die volle Länge der Etage entlang, mit dem Fotoapparat in der Hand, traf ich auf einen Erzieher. Er schaute auf die andere Straßenseite, dorthin, wo nichts war, nur Landschaft. Er würde sich später darum kümmern, sagte der Erzieher. Später, warum später, warum

später? Der verletzte Begleiter, der unsichtbare, heimliche Kranke aus meinem Gepäck, war schon wieder gegangen. Er hätte sofort Hilfe gebraucht. Der Apparat blieb tot zwischen meinen tastenden Fingern. Und es war, als würde der Begleiter, der ohne Hilfe gegangen war, mich von unterwegs aus noch einmal anrufen und die Leitung würde plötzlich unterbrochen, und zwar in dem Moment, in dem er sagte: »und eines noch, das du dort nicht vergessen darfst...«
So sprach Vater und hob den Zeigefinger dabei. Und eins noch, Junge, das du dort nicht vergessen darfst...; und eines noch, es ist nicht wichtig, eine Überschrift zweimal ordentlich zu unterstreichen, leg das Lineal lieber weg und rechne; und eines noch, Vater roch nach Rasiercreme, wenn er sich über mich beugte und ich an den Hausaufgaben schrieb; und eins noch, es ist nicht wichtig, auch nicht in einem Donald-Duck-Heft, in dem steht: das Throdosgebirge ist Heimat vieler Tiere, das muss nicht unterstrichen werden, das Lichtviereck ist nicht wichtig, der Polylux ist nicht wichtig, der braune Mann ist nicht wichtig, der Inhalt ist wichtig, Vater. Vater vergrub sein Gesicht zwischen den gefalteten Händen. Du hast so ein Glück, sagte Mutter.
Ich war vor dem Erzieher stehen geblieben und hatte gewartet, ob er seine Meinung nicht änderte. Grillen waren in der Stille. Der Fotoapparat lag ruhig in meinen Handschalen. Der Erzieher schaute aus seiner flachen und großglasigen Brille in mein Gesicht, als hätte er Schwierigkeiten, mich zu erkennen. Die Brille hatte einen dünnen Metallrahmen. Er blinzelte voller Erwachsenensauberkeit.
Ich drehte mich mit dem Fotoapparat in der Hand um und ging durch die offene Balkontür zu meinem Bett. Dann kamen die aufgesparten Tränen, derweil die anderen eine Gruppe waren, aus deren Körper sie herausriefen, sich etwas zuschrien und ihre Köpfe wieder zurückzogen. Sie waren draußen im Garten, und ich hatte beschlossen, vorzeitig zurückzufliegen. Ich war eine Möglichkeit. Du wirst das aushalten, hatte die Frau mit den braunen Augen gesagt und

sich dann, kurz vor dem Aufstehen, die Hosen glatt gestrichen.

Die Erzieher riefen die Gruppe zusammen. Wir würden heute einen anderen Weg zurückgehen, als wir gekommen sind, hieß es. Wir würden durch das größere Dorf zurücklaufen und müssten deshalb jetzt schon aufbrechen. Moritz sah auf den leergewordenen Stein, ohne Gecko. Nun, wo er weg war, kam es uns unwirklich vor, dass er im Inneren des Steins gesessen hatte. Ich sah Moritz an und freute mich, dass er ebenso zögerte. Wir blieben sitzen, bis es still um uns herum wurde. Der Staub war so fein, dass ein rötlicher Schimmer in der Luft lag. Es war Zeit zu gehen. Ich nahm mein Taschentuch und grub es neben mir ein. »Soll es da unten vertrocknen«, sagte ich. Moritz verzog das Gesicht, stand auf, ging ein paar Schritte vor. »Manchmal sagst du Sachen, die mich erschrecken«, sagte er. Ich wollte, dass er vorging und stand sehr langsam auf. Moritz wartete. Die Kinder klopften sich den Staub von den Hosen und wurden gezählt. In vielen Fäusten waren kleine grüne Steine.

Wir bogen in eine enge Straße. Das Pflaster glänzte, als wäre es nass. Zwischen den Hauswänden und der Fahrbahn war nicht viel Platz. Die Zweierreihe schob sich auf Kommando wie ein Reißverschluss ineinander, zu einer schmalen Linie von Körpern, deren halbe Nacktheit matt und im Schatten feucht wirkte. Sie waren ausgeglüht und begannen, vom Schweiß zu kleben. Auf den Armen war ein Film aus feinem Staub. Die Straße lag wie ein Schacht da, mit dunklen Hauswänden und dem anschwellenden Rauschen, wenn ein Auto vorbeifuhr. Ich ging am Schluss der Reihe. Hinter mir nur der Erzieher.

Wir bogen in eine Kurve. Der Erzieher war müde und schob sich schwer in leichten Schlappschuhen die Kinderkette hinauf, an mir vorbei, ohne zu schauen. Er wollte zum Verkehr an die Spitze, ihn regeln helfen.

Aus einem Reißverschluss hakte sich das letzte Segment aus. Einfarbig blass war der obere Teil des Kinderkörpers. Im Schatten der kalten Mauern blieb die Bewegung kühl und unscharf, wie die eines Fisches. Dort sah jeder Körper ein Stück entfernt aus. Der Himmel war eine Luke, geschnitten von den Dachfirsten, eine blasse Luke, durch die der Nachmittag feucht an den Wänden herabfloss. Unter Wasser glitt, in feinen Auf- und Abbewegungen, eine Schnur Kinder davon. Sie gingen an der Innenwand des Aquariums entlang, an Haustüren und Fenstern, an dem abblätternden Putz, in die Kurve.
Moritz drehte den Kopf und sah, wie ich stehen blieb. Einen Moment wollte sein Blick mich in die Ordnung zurückziehen, wie ein Magnet aus dem Moritzkopf. Erst blinzelte er, als wäre er nicht sicher, was er sah. Dann stimmte die Brennweite. Seine Pupillen rasteten ein. Hakten meinen Körper fest und seilten ihn ab. Schon war er weit entfernt mit den andern. Seine Schritte waren nicht erschrocken über mein Fehlen, kamen nicht ins Straucheln. Doch sein Blick zog mich noch, wie eine Leine. Unter Wasser gegen eine Leine ziehn war schwer. Moritz hatte kein Lächeln im Gesicht. Seine Lippen blieben schmal und wirkten noch schmaler, als sie sind, da er sie aufeinander presste, damit nichts herauskam. Ein wenig war es, als würde er die Luft anhalten und den Druck seines Kopfes gegen die Welt pressen, damit auch nichts hineinkam. Er war blass und schaute mich ernst an, derweil seine Beine automatisch weitergingen. Er drehte sich zum Vordermann. Der Reißverschluss war dicht. Einen Augenblick blieb nur er allein noch zu sehen. Dann waren sie weg. Es war so still wie noch nie.
Ich stand hier. Und die Dinge waren keine Kulisse mehr zum Weitergehen. Alles wurde langsam. Der Putz hatte auf Kniehöhe tiefe Löcher, ich sah jedes Korn, wie es für sich strahlte, wie es nie wieder angeschaut würde. Es gab keine Unterscheidung. Wo der Blick hinfiel, schälte er ein Zentrum aus, der Lack eines Autos, das Geräusch von Gummi auf

dem Pflaster, die Muster des Straßendrecks, wo die Hauswände die Straße berührten, die Körnung von feuchtem Sand in den Fugen.
Mein Blick fraß sich fest, riss sich los, stopfte nach, so viel nur hineinpasste. Ich schlang, ohne zu kauen. Alleingelassen an der meterlangen Tafel mit Töpfen, Tellern und Schüsseln voller Bilder. Mir lief es aus den Augenwinkeln hinaus. Die Welt glühte mich in sich ein, für diesen einen Moment.
Niemand kam die Straße zurückgelaufen, um mich am Arm zu greifen. Bis hinauf zur Kurve war alles frei. Kein Ordnungsgesicht, das mit Angst gelaufen kam, und wenn es mich erblickte, die Angst zu Zorn versteift. Niemand kam. Ich atmete tief. Meine Beine bewegten sich nicht. Die Straße rauschte wie eine kühle Umarmung um den satten Körper. Ich sah mich, während ich dort stand. Die Kurve lag leer. Eine Minute schon. Dann lief ich.

PAUL-RICHARD GROMNITZA

PFEFFERMINZBLAU ODER SCHWARZ

Bäume. Was für welche? Vielleicht Weiden, Trauerweiden. Ich ging auf einem Schotterweg, die kleinen Steine scharrten. Der Weg führte in Richtung eines großen Hauses. Aber wann ist groß eigentlich groß? Das Haus, in dem viele Kinder wohnen mussten und heute vielleicht noch müssen, war aus rotem Backstein, aber wahrscheinlich war es doch ein grauer Plattenbau. Im Innern stehen Tische, und unter einem hocke ich, ich verstecke mich unter einem Stuhl, male und warte, warte und singe. Ich möchte es hören, das polnische Kinderkauderwelsch, doch wenn ich etwas höre, dann ist es das Knirschen der Kiesel. Die Steine kennen keine Lieder.

Ein wahres Bild? Vielleicht ist es eine erfundene Erinnerung, oder eine von einem anderen Menschen, der sie mir geschenkt hat – in guter Absicht oder als Fluch. Kann es bloß erfundene Erinnerungen geben?

Plötzlich sehe ich den geraden Weg, den kleinen Park, das mächtige Mauerwerk. Möchte ich es genau wissen, so entpuppt sich alles als bloßer Farbklecks: Graublaubräunlich, manchmal pfefferminzblau oder schwarz.

Dann tappe ich im Dunkeln. Das andere, das ist so hell, so im Heute. Da lief ich nicht, da bin ich in Bewegung; laufe, schwitze im dicken Mantel, ich keuche nicht durch den Schnee, ich hüpfe auf der gefrorenen Schneedecke, die im schwachen Sonnenlicht schimmert. Jetzt beim Erinnern weiß ich, dass es mein letzter Winter in Polen war.

Unbekümmert springe ich auf dem Eisschnee umher, bis ich plötzlich einbreche und bis zur Brust im Schnee stecke.

Dieses Erinnerte kann ich sofort abrufen, es ist schön, auch wenn ich immer wieder fast im Schnee ertrinken muss. Es glitzert, auch weil es hinter mir liegt, ich kann es mein Eigen nennen. Ich nehme es in die Hand, wie damals einen Schneeball. Oder das Gänseküken, das ich gegen den Stall werfen sollte.

Ich schleudere es gegen die Mauer, wie die Mutter es mir aufgetragen hat. Es zuckt am Boden, und ich quäle es weiter, klatsche es erneut an die Stallwand.
Ich sehe mich mit flachsblondem Haar und den gelblichen Flaum in der Hand, der sich plötzlich nicht mehr rührt.
War es doch nur ein Jungenstreich?

Aus meiner Zeit in unserem masurischen Dorf besitze ich Fotos, einen dünnen Stapel an Schwarzweißabzügen, aber immerhin, besser als orangegrüne Erinnerungskleckse, denke ich manches Mal. Es sind nicht mal zehn Fotos. Sie sind in einem kleinen Karton, der kaum etwas wiegt; und doch eine Schwere hat.
Die Pappe und das belichtete Material ist alles, was ich besitze. Abgesehen von dem, das ich in mir trage, habe ich nichts.
Die magere Anzahl der Bilder hat mich nie bekümmert, niemals hegte ich deswegen irgendeinen Verdacht. Das war halt so. Fotos waren in der Volksrepublik teuer, selbst schwarzweiße.
Es sind witzige Fotos, teilweise zumindest. Vom lustigsten habe ich gleich zwei. Da sieht man mich in der Dorfkirche neben dem Altar, in den Händen halte ich ein Hämmerchen, das ich gerade vom Nikolaus bekommen habe. Der Kaplan, die Messdiener, alle lachen, denn ich beuge mich, in einem gelben Regenmantel, vor und küsse nicht den weißen Bart des Heiligen, sondern seinen Mund. Ich glaube, dass ist in der Kirchengeschichte Raschungs einmalig gewesen, vielleicht sogar in ganz Polen.

Ein anderes Familienphoto ist drei Wochen später aufgenommen worden. Oder vielleicht im darauf folgenden Jahr. Datieren kann ich es nicht, dieses Weihnachten.

Ich sehe mich neben einer pummeligen Schwester und einem Vater, die weihnachtlich ernst vor einem Baum stehen, umrahmt von einem Passepartout mit gezahntem Rand. Katarzyna, die Schwester, heute nenne ich sie Katarina, Katarzyna, blickt mit aufgerissenen Eulenaugen in die Kamera, der Vater hat eine Hand auf meine Schulter gelegt.
Der Vater steht da, als unterdrücke er einen Gang zur Toilette. Ich trage einen Hosenanzug, halte eine Stofftüte in einer Hand und blicke wie nicht dazugehörig leicht links an der Linse vorbei. Suche ich meine Mutter? Wer hat das Foto gemacht? Sie? Wohl kaum.

Von den ganzen Weihnachtstagen aus der damaligen Zeit ist nur ein Fetzen übrig: ich spiele mit einem riesigen Marienkäfer aus Plastik, der an seinem Kopf eine Schnur hat, und wenn ich an ihr ziehe, klappert er mit seinen Flügeln; und ich weiß bis heute nicht, wie er das bewerkstelligen konnte, dazu ist das Bild zu blass. Ganz deutlich aber ertaste ich die großen schwarzen Punkte auf den Flügeln, sie wölben sich leicht rundlich. Mit Kinderhänden kann ich stets hin und her gleiten; aber das ist alles.
Dieser Winter war streng, meine ich mich zu erinnern, in Friedenszeiten rollten Panzer durch unser Dorf, um mit den Schneemassen fertig zu werden. Der Winter blieb lang, bis April oder Mai. Oder doch nur bis März. Im März ertränkten wir, wie es Brauch war, die Marzanna, eine Puppe aus Stroh. Wir ließen sie einen Bach hinuntertreiben, ich weiß es nicht mehr ganz, aber ich meine, sie angezündet zu sehen. Nur, hätte sie dann ertrinken können?
Ertrunken sind viele im Dorf, Seen gab es genug. Manchmal reichte auch ein zwei Meter tiefes Loch und ein kleiner Junge, der durch Pfützen springen wollte. Aus einer kam er

nicht mehr heraus. Er hieß Piotr, Grzegorz, nein, Kamil, ich glaube, er war mein Namensvetter. Der ganze Kindergarten fuhr zur Beerdigung nach Biskupiec, in das nächstgelegene Städtchen, ich weiß es noch wie heute, doch war ich wohl nicht wirklich da, denn ich erspähe zwischen den Grabsteinreihen keine Gesichter, und auch sonst nichts.

Da sind andere Gesichter, ein Gesicht. Das von Herrn Lalak. Herrn Lalak habe ich vor ein paar Jahren wieder gesehen, vielleicht liegt es daran.

Er, Lalak, sah immer aus, als ob er weinen wollte, selbst wenn er lachte. Ich bin noch oft bei den Lalaks, meine Erinnerungen sind dort.

Ich schwimme in ihrem Ententeich voller Entengrütze. Als ich das letzte Mal hinter dem Stall schauen war, da fand ich nur noch eine Wiese vor, aber ich weiß, dass es einen gab, denn die Entengrütze klebt immer noch an meiner Haut. Hinter dem Teich begannen die Mohnfelder, Mohn ist mir im Gedächtnis.

Lalaks jüngste Tochter, Lilka, nimmt mich immer mit zum Melken, ich verliebe mich. Einmal waschen wir die Milchkannen, und ich rechne aus, wann ich so alt bin wie sie. Sie ist fünfzehn, sechzehn oder siebzehn.

Ich zähle laut an meinen Fingern: acht, zwölf, achtzehn. In drei Jahren werden wir also heiraten. Sie lacht natürlich.

Einmal fand ich das ganze dreizehnte Monatsgehalt des Vaters, und brachte es den Lalaks. Ich weiß nicht, ob es für Lilka war oder für Herrn Lalak, der ständig rumgemeckert haben soll.

Mit sieben Jahren bin ich auch zum ersten Mal betrunken, von einem Viertelglas Sekt. Lilka hat Geburtstag, wir tanzen im Kreis, und ich falle um, man bringt mich nach Hause. Die Mutter ist böse. »Was habt ihr angestellt? Seid ihr noch bei Trost, ihr Bauern, man kann einem Knirps doch nichts anbieten, panie Lalak, brón boze!«

Sie nahm mich in den Arm, und sagte weder Danke noch

Auf Wiedersehen. Nach zwei Tagen ging es mir wieder besser, und schon bald lief ich wieder zu den Lalaks. Ich gehe gern den schnurgeraden Weg, rechts ist eine Kleewiese und links ein kleines Gemüsefeld, geschützt von Ringelblumen. Dahinter ist ein kleine Anhöhe mit einer satten Wiese. Ich beschreite diesen Feldweg. Gerade vor mir erkenne ich eine große Scheune, rechts einen Schweinestall, links stehen mächtige Kirschbäume, durch ihre Äste leuchtet das kleine rote Haus der Lalaks.
Herr Lalak kommt aus dem Stall.

»Komm, komm.« Mehr sagt er nicht, er führt mich zu seinen Schweinen. Basia, ein dicke furchteinflößende Sau, hat geworfen, ihre Zitzen sehen aus wie überreife rote Früchte.
Die Kleinen quietschen auf, als Herr Lalak nach ihnen greift und mir eins reicht. Diesmal knalle ich es gegen keine Wand. Ich drücke es vorsichtig an meine Brust. Es fühlt sich ganz warm an und weich in meinen Händen. Wurde ich mal so mütterlich gehalten?
Lilka, Herr Lalak, Basia, das alles hätte so weitergehen können, es ging natürlich nicht so weiter.

Auf einmal war meine Oma weg; nicht dass ich sie vermisst hätte, ich kann mich an meine Großmutter in Polen nicht erinnern, auch nicht an meinen Großvater Hubert oder meine Tante Lili.
Sie waren weg, wie viele, denn auch die Familie Weisz zog nach Deutschland, die Szimelfeniks und die Erdmanskis, das bekam auch ich mit, denn plötzlich waren weniger Kinder in der Nachbarschaft, mit denen man in den Maisfeldern Verstecken spielte oder Heidelbeeren suchen ging. Ein Mädchen vermisste ich besonders, sehne mich bis heute nach ihr. Anna-Maria, dank ihr habe ich immer noch, es ist kaum zu sehen, einen dünnen Strich vom Brustbein hinunter bis zum Bauchnabel. Ein gescheiterter Versuch, einen Maschendrahtzaun hinaufzukommen.

Ich kann nicht rekonstruieren, wie ich hinaufgeklettert bin und warum ich mich fast aufgeschlitzt hätte. Aber die Wunde brennt noch manchmal, und das Blut verklebt das T-Shirt mit der Bauchdecke.
Wenn alles Vergangene bloß so im Fleisch hinterlassen worden wäre.
Anna-Maria – für mich heißt sie so – war ein Mädchen mit schwarzen langen Locken, dem ich wohl imponieren wollte. Über sie weiß ich nichts, ich weiß nicht mal ihren Namen, sie war fort. Von ihr habe ich noch einen Traum, es ist vielleicht der erste, an den ich mich erinnern kann.
Nichts Bewegendes, nur dass ich sie als Sechsjähriger in unserer Dorfkirche geheiratet habe. Ein Traum ohne Namen. Von ihr habe ich nie mehr etwas gehört. Ganz im Gegensatz zu unserer Oma. Auf einmal bekamen wir Pakete aus Mülheim, mit Nussnougatcreme und Knäckebrot. Ich weiß, dass mir die braune Creme nie mehr so gut geschmeckt hat wie in den Gläsern, die Oma mir geschickt hatte.
Als wir nach Westdeutschland kamen, fand man diese braune Creme überall, aber ich war enttäuscht, wie anders sie in Deutschland schmeckte. In Omas Paketen waren auch immer Puddingpackungen zu finden, in denen neben dem Beutel mit dem Instantpulver auch eine Tonkassette versteckt war. Die Mutter war immer natürlich ganz aufgeregt. Ich machte mir nichts aus solchen Botschaften. Ich verstand auch nicht, warum man sie verstecken musste. Das kleine Leben ging weiter.
Abgesehen davon, dass die Eltern nun öfter nach Biskupiec und sogar in das große Allenstein fuhren. Einmal nahm mich die Mutter mit. Auf der Straße, gleich vor dem Busbahnhof, begegnete uns eine Frau, ihr Gesicht fällt mir nicht ein, es ändert sich wie ein gespiegeltes Gesicht auf dem Wasser. Seit einigen Jahren wünsche ich mir in Gedanken den eisigen, masurischen Winter von damals herbei. Überlege ich zweimal, dann stelle ich fest, dass es durch den Frost noch tiefer im Eis läge, vielleicht sogar ihre ganze Gestalt

weit unter dem Gefrorenen wäre, nicht mehr erreichbar für mich. Ihre schwarzen, dicken Haare könnte ich nicht riechen? Sie duften nach Äpfeln. Schwarz? Blond! Weiß es die andere Mutter besser, jedes Mal, wenn ich sie befrage. Straßenköterblond in langen Strähnen, die häufig einfach nur nach altem Stroh rochen.
Als sie gegangen war, fragte ich nach ihr. »Kamilku, nur eine alte Bekannte, nur eine alte Bekannte«, sagt die Mutter, und reißt mich fast von der Stelle fort. Es kümmerte mich nicht, warum auch? Was wir den ganzen Tag in dieser großen Stadt gemacht haben, weiß ich nicht, aber zu Mittag waren wir in einem richtigen Restaurant essen, es gab leider nur Rührei und Bigos, wir nahmen zweimal Rührei.

Ich weiß nicht, ob ich wirklich niemals etwas geahnt habe. Nach den Ferien sollte ich endlich in die Schule kommen. An eine Abschiedsfeier für Kamil, der nach Deutschland auswandern soll, habe ich nicht die geringste Erinnerung. Auch weinte ich keine Träne zusammen mit Lalak oder Lilka. Ich fuhr einfach fort und ließ alles zurück.

Es war im August, es war ein langer Weg von unserem Dorf über Warschau, durch die DDR nach Friedland. Das alles liegt über zwanzig Jahre zurück, ich sehe aber noch immer die Holzkisten, in jede einzelne hätten die Mutter, der Vater, die Schwester und ich hineingepasst. Ich stand damals staunend davor, und bis heute habe ich keine größeren gesehen. Wir haben alles mitgenommen, abgesehen vom Haus, ich vermisse nichts wirklich, weder die Weiden noch den Holzstuhl im Heim. Zumal ich manchmal glauben möchte, alles sei bloß ein Hirngespinst. Auch Mutter, Vater, Schwester nahm ich fort, eine Familie.
Doch sie, sie ist dageblieben, sie, die einen Jungen traf, sie, eine Frau von vielen auf den grauen Straßen Allensteins. Sie hatte keine Mutter sein wollen, wie ich viel später erfahren sollte.
Das also ist keine Erinnerung.

DIE AUTOREN

Volker H. Altwasser, geboren 1969 in Greifswald. 2003 erscheint die Erzählung ›Wie ich vom Ausschneiden loskam‹, deren Anfang hier abgedruckt ist.
›Prag‹ © Volker Altwasser.

Karoline Brunke, geboren 1973 in Oschatz.
›Der Weichling‹ © Karoline Brunke.

Katrin Dorn, geboren 1963 in Thüringen. 2000 erschien der Roman ›Lügen und schweigen‹.
›Die Geschichte von der blauen Jacke‹ © Katrin Dorn.

Franziska Gerstenberg, geboren 1979 in Dresden.
›Anna-Resa küsste nicht‹ © Franziska Gerstenberg.

Paul-Richard Gromnitza, geboren 1972 in Sensburg (Polen), lebt seit 1979 in Deutschland.
›Pfefferminzblau oder schwarz‹ © Paul-Richard Gromnitza.

Ariane Grundies, geboren 1979 in Stralsund.
›Die Uniform‹ © Ariane Grundies.

Roswitha Haring, geboren 1960 in Leipzig. 2003 erscheint die Novelle ›Ein Bett aus Schnee‹.
›Tanz in den Mai‹ © Roswitha Haring.

Falko Hennig, geboren 1969 in Berlin/DDR. Zuletzt erschien 2002 der Roman ›Trabanten‹.
›Alles nur geklaut‹ © 1999 MaroVerlag, Augsburg.

Jörg Jacob, geboren 1964 in Glauchau/Sachsen.
›Russensonne‹ © Jörg Jacob

Cornelia Kahl, geboren 1966 in Tangermünde an der Elbe.
›Junge Brechbohnen‹ © Cornelia Kahl.

Anna Kaleri, geboren 1974 im Ostharz.
›Thingtag‹ © Anna Kaleri.

Jan Kuhlbrodt, geboren 1966 in Karl-Marx-Stadt. 2001 erschien ›Lexikon der Statussymbole‹.
›Kosmonauten‹ © Jan Kuhlbrodt.

Johannes Lindhorst, geboren 1960 in Berlin/DDR.
›Jauchzet frohlocket‹ © Johannes Lindhorst.

Marko Martin, geboren 1970 in Burgstädt/Sachsen. Zuletzt erschien 2000 der Roman ›Der Prinz von Berlin‹.
›Die Jahre davor‹ © Marko Martin.

Clemens Meyer, geboren 1976 in Halle/Saale.
›Immer bereit‹ © Clemens Meyer.

Terézia Mora, geboren 1971 in Ungarn, lebt seit 1990 in Berlin. 1999 erschien der Erzählungsband ›Seltsame Materie‹.
›LAGER MIRA‹ © Terézia Mora.

Katja Oskamp, geboren 1970 in Leipzig.
›Nudossi‹ © Katja Oskamp.

Jörg Schieke, geboren 1965 in Rostock. Zuletzt erschien 1997 ›Seemans Gesten. Gedichte und Prosa‹.
›Die Geschichte eines Befreiers‹ © Jörg Schieke.

Jochen Schmidt, geboren 1970 in Berlin/DDR. Zuletzt erschien 2002 der Roman ›Müller haut uns raus‹.
›Produktive Arbeit‹ © Jochen Schmidt.

Paula Schneider, geboren 1976 in Leipzig.
›Großes großes Areal‹ © Paula Schneider.

Julia Schoch, geboren1974 in Bad Saarow. 2001 erschien der Erzählungsband ›Der Körper des Salamanders‹.
›Die sechste Karte‹ © Julia Schoch.

Ingo Schramm, geboren 1962 in Leipzig. Zuletzt erschien 2000 der Roman ›Die Feigheit der Fische‹.
›Hausarrest‹ © Ingo Schramm.

Tom Schulz, geboren 1970 in Großröhrsdorf/Sachsen. 1997 erschien der Band ›städte, geräumt. Gedichte‹.
›Höre Bach und die Sterne‹ © Tom Schulz.

Matthias Senkel, geboren 1977 in Greiz.
› »Hier eine schöne Jugend« ‹ © Matthias Senkel.

Antje Rávic Strubel, geboren 1974 in Potsdam. Zuletzt erschien 2001 der Roman ›Unter Schnee‹.
›Prolog‹ aus ›Offene Blende‹ © 2001 Deutscher Taschenbuch Verlag, München.

Sebastian Unger, geboren 1978 in Berlin/DDR.
›Stoffjunge und 220 Volt leeres Mondlicht‹ © Sebastian Unger